HEYNE
BÜCHER

JULIE KAEWERT

MIT SCHIRM, CHARME UND MELONE

Der Roman zum Film
nach dem Drehbuch von
DON MACPHERSON,
inspiriert von der gleichnamigen Fernsehserie

Aus dem Amerikanischen
von Sonja Funke

Deutsche Erstausgabe

WILHELM HEYNE VERLAG
MÜNCHEN

HEYNE ALLGEMEINE REIHE
Nr. 01/20029

Titel der Originalausgabe
THE AVENGERS
erschien 1998 bei Bantam Book

Besuchen Sie uns im Internet:
http://www.heyne.de

Umwelthinweis:
Das Buch wurde auf
chlor- und säurefreiem Papier gedruckt.

Redaktion: Redaktionsbüro Dr. Andreas Gößling

Printed in Germany 1998
Umschlagillustration: © 1998 by Warner Bros.
Umschlaggestaltung: Atelier Ingrid Schütz, München
Satz: Pinkuin Satz- und Datentechnik, Berlin
Druck und Bindung: Ebner Ulm

ISBN 3-453-14986-6

Prolog

In den Tiefen des Labors von Sir August de Wynters in Hallucinogen Hall stand der Meister persönlich über eine durchsichtige gläserne Wanne gebeugt, die von Fläschchen mit vielfarbigen Chemikalien umgeben war. Sein Assistent Bailey folgte nervös den Instruktionen seines Herrn und zupfte aus dem Gestell mit den Teströhrchen eine Phiole, die eine erschreckend grüne Mischung enthielt.

Er gab sich große Mühe, seine Abneigung gegenüber dieser Aufgabe zu verbergen. Sir August war äußerst impulsiv, und es wäre nicht gut, ihn zu reizen. Dennoch erbleichte Bailey, als er die Flüssigkeit in die durchsichtige runde Wanne schüttete, die ihn immer an einen flüssigen Mutterleib erinnerte. Er war eingestellt worden, um die Feinde von Sir August einzuschüchtern und gewisse andere zwielichtige Aufgaben zu erfüllen, die ihm großes Vergnügen bereiteten. Es war der Traum eines jeden Psychopathen, auch noch dafür *bezahlt* zu werden, daß man andere Menschen verletzte! Aber daß er die Rolle des Igor in Sir Augusts Frankenstein-Drama übernehmen sollte, war in seinem Vertrag nicht erwähnt worden.

Bailey war stolz darauf, ein rücksichtsloser Mistkerl mit der Sensibilität einer Vogelscheuche zu sein. Aber wenn er in dieses Labor gerufen wurde, mied er den Gedanken daran, wer – oder vielmehr was – in der Wanne trieb. ›Es‹, wie er das Ding zu nennen beschloß, jagte ihm Angst ein. Es war ein kurvenreicher weiblicher Körper, an sich gar nicht so übel, aber es trieb nackt in dieser ekelhaften zähen Flüssigkeit. Und es war mit einem hautengen Leichentuch aus Gummi umwickelt, das ihn an Frischhaltefolie erinnerte. Es war so befremdlich menschlich, und wiederum auch nicht …

»Genetische Codes einstellen. Reaktivieren«, befahl Sir August ungeduldig.

Bailey legte auf der neben ihm befindlichen Kontrolltafel einen Hebel um, und sofort erfüllte der Klang summender Energie das Labor. Die Leute vom Elektrizitätswerk von Cambridgeshire versuchten schon lange nicht mehr herauszubekommen, auf welche Weise der verrückte Wissenschaftler Sir August de Wynter derart enorme Strommengen in seinem Landhaus verbrauchte. Bei diesem Gedanken grinste Bailey höhnisch. Wenn sie wüßten …

Sir August stieß ihm in den Rücken, und er kam wieder zu sich. Sein Grinsen erlosch. Er wählte einen kleineren Behälter mit gelber Flüssigkeit, da dieser, wie er wußte, zum nächsten und letzten Schritt in der Abfolge gehörte, und leerte ihn sorgfältig in die Wanne. Diesen Teil haßte er am meisten. Das Ding fing wie eine Kaulquappe an zu zappeln, was bei einer perfekten weiblichen Form abstoßend aussah. Ihr ganzer Körper schlängelte sich rhythmisch, sinnlich, als ob er sich zu einer Musik bewegte, die nur sie hören konnte. Bailey merkte, wie er darauf reagierte, dann riß er sich zusammen. *Es ist nur ein Ding,* sagte er sich, entsetzt bei dem Gedanken, daß er sich von etwas angezogen fühlte, das ungefähr so menschlich war wie ein Fisch oder ein Frosch.

»Was für eine schreckliche Technologieverschwendung«, äußerte Sir August, während er zusah, wie die sich windende weibliche Form lebendig wurde. Er klang leicht enttäuscht. »Schade um die Augen … und … äh … das andere.«

Sir August, oder Dr. Frankenstein, wie Bailey ihn hier unten für sich nannte, lächelte ihn traurig an und regulierte einige Schaltereinstellungen auf der Kontrolltafel.

»Aber diese Idioten werden es nicht einmal erfahren …«

Bailey war dankbar, daß Sir August den letzten Handgriff selbst ausführte. Er fürchtete sich vor dem Tag, an dem er dazu aufgefordert würde. Sir August trat näher an die Wanne, griff hinein und zog ehrfürchtig das Gummituch zurück. Bailey stand so, daß er der Frau, die wirklich ganz attraktiv war, direkt ins Gesicht blickte. Tatsächlich sah sie ziemlich wie das Portrait von Emma Peel in Sir Augusts Bibliothek aus, dachte er. Aber dann öffneten sich ihre Augen, und er zuckte unwillkürlich zurück. Ihre Augen glitzerten gefährlich und enthüllten ihre Unmenschlichkeit. Sie wiesen eine unheimliche Gelbfärbung auf.

Sir August schien ihre Unzulänglichkeiten nicht zu bemerken. Besorgt beugte er sich über die Wanne und sprach freundlich zu dem Frauen-Ding. »Steh auf, meine Liebe. Ich habe wieder eine kleine Arbeit für dich …«

Bailey durchfuhr ein Schauer.

Kapitel 1

Er ist ein Böser, Vater,
Ich mag ihn nicht gern ansehn.
Der Sturm, *William Shakespeare*

Nur sehr wenige Menschen wußten, warum die rote Telefonzelle mitten auf einer aufgegebenen Start- und Landebahn stand. Und genauso wollte es das Ministerium auch.

Regierungspsychologen, Verteidigungsstrategen und Sicherheitsspezialisten hatten sich in monatelangem Ringen intensiv der Frage gewidmet, wie man den Eingang eines hochgefährlichen, äußerst geheimen unterirdischen Regierungslabors am besten tarnen könne. Bei der Erörterung dieses Themas waren buchstäblich Tonnen Papier, Tausende Druckerkartuschen, Ladungen voller Kisten mit gefüllten Keksen und Ozeane von Tee verbraucht worden.

Schließlich hatten Britanniens beste Köpfe einen Konsens gefunden. Was konnte wohl gewöhnlicher sein als eine Telefonzelle? Ihre kirschrote Farbe, ihr Fensterglas und das spitze Dach vermittelten Trost, Tradition und Würde – genau das Richtige, um ein geheimes Programm zu verbergen, welches das Potential besaß, die Welt zu zerstören. Das, so fanden die Wissenschaftler, enthielt einen Schuß Ironie.

Aber bereits als die Regierungsspezialisten am Ende ihrer brillanten Analyse ankamen, wußten sie, daß die Telefonzelle das Projekt nicht vor Spionen und Saboteuren schützen konnte. Und auch darin hatten sie recht.

Denn eines Tages vor nicht allzu langer Zeit störte in England ein rasendes Fahrzeug die Einsamkeit der verlassenen Start- und Landebahn – und der roten Telefonzelle. Zuerst war das Auto nur an einer Rauchwolke am Horizont sowie am kehligen Knurren des hochtourig beschleunigten Motors zu erkennen; dann schoß wie eine Kugel ein langer, eleganter Jaguar E-Type ins Blickfeld. Die muskulösen Kurven der Karosserie verdrängten die Luft auf das wirksamste, der heulende Motor fuhr mit Vollgas, während sich der Wagen der Telefonzelle näherte. Kreischend kam er zum Stehen, eine Staubwolke aufwirbelnd, die sich allmählich senkte, während wieder Stille eintrat.

Das delikate Geräusch der sich öffnenden Fahrertür durchbrach erneut die Stille des ruhigen Julitages, und ein schwarzer, völlig mit Schnallen und Riemen bedeckter Lederstiefel kam zum Vorschein. Knirschend bohrte sich der Stiefel in den Boden, als der Rest einer großen, geschmeidigen Frau, vollständig in schwarzes Leder gekleidet, aus dem Wagen sprang. Sie war vielleicht Ende Zwanzig und hatte prächtiges, langes rotbraunes Haar. Wie eine zweite Haut umschmiegte ein schwarzer Einteiler aus Leder ihre hochgewachsene, sanft muskulöse Gestalt.

Er betonte jeden Zentimeter ihrer langen Beine und kräftigen Schenkel, die in einen fesselnd kurvigen Po übergingen. Schnallen und stramm gezogene schwarze Lederriemen unterstrichen die schmalen Formen ihrer Hand- und Fußgelenke; ein langer, übertrieben großer Reißverschluß an der Vorderseite des Ledersuits bettelte darum, aufgezogen zu werden. Die Frau warf die rotbraune Mähne zur Seite, stieß mit der Hüfte gegen die Autotür und schloß diese mit einem sauberen *Klick*.

Leichtfüßig lief sie zur Telefonzelle. Drinnen hatte das Telefon zu läuten begonnen – das höfliche Doppelläuten, das so typisch für das britische Königreich ist. Sie öffnete die Zellentür und nahm den Hörer ab. Scheinbar ohne die Lippen zu bewegen, sagte sie: »Was nun, braune Kuh?« Sie blinzelte und hielt einen Moment inne, bevor sie erwartungsgemäß fortfuhr: »Der schnelle braune Fuchs sprang über den trägen Hund.«

Stimmenidentifikation. Ihre Stimme war dem Computer wohlbekannt.

Die Frau hörte ein Summen, als Leben in die Sicherheitskamera kam, die hinter ihr an der Decke befestigt war. Automatisch drehte sie den Kopf zur Seite und sah in die Linse. Die Kamera klickte und nahm brav das charakteristische Leder, das kupferne Haar und die blitzenden Augen auf.

Aus dem Hörer in ihrer Hand drang eine verwischte Frauenstimme. »Paßwort positiv. Drücken Sie Taste ›B‹.«

Sie hängte den Hörer ein und ein Pappschild außen an die Zelle: ›Außer Betrieb‹. Lächelnd streckte sie einen eleganten Finger aus, um auf eine Taste neben dem Münzeinwurf des alten Bakelit-Telefons zu drücken. Ein sanftes Summen erklang, als der Boden der Telefonzelle die lederbekleidete Frau langsam in die Tiefe senkte.

Sie war drinnen.

Mit verschränkten Armen und ungeduldig wippendem Fuß fuhr die Frau auf der Liftplattform hinab und starrte zur Decke, die sich wieder über ihr schloß. Nach einigen Augenblicken endete ihre außergewöhnliche Fahrt in einem sterilen Hightech-Forschungslabor. Es sah aus wie immer schon und fühlte sich auch so an: kalte Stahlwände, Luftschleusen zwischen Gängen, extrem helle, versenkte Deckenbeleuchtung und die Stille eines Altarraums.

Unverzüglich trat sie von der Plattform hinunter und schritt an einem Assistenten vorbei, ohne sein Lächeln oder seinen Gruß zur Kenntnis zu nehmen. Diese Dummköpfe ... sie hatte heute keine Zeit für solche absurden Gesellschaftsrituale. Sie spürte seinen Blick auf ihrem Rücken, als sie den langen stählernen Korridor entlanggging. Eine leuchtende Metalltür tauchte vor ihr auf, auf der stand: ›Programm Prospero – Nur für autorisiertes Personal‹. Unter dem Schriftzug durchdrang ein strahlend gelber Lichtblitz eine schwarze Wolke – das Prospero-Logo. Entschlossen ging sie auf die Tür zu.

Aus einem Lautsprecher drang eine ruhige Männerstimme: »Prospero-Programm, Phase fünf. Wetterbedingungen alpha-eins. Windgeschwindigkeit null-fünf. Wolkenverhalten günstig.«

Die Frau öffnete die Tür und trat selbstbewußt hindurch. Ein freundlich blickender Mann mit Brille und professoralem Aussehen erkannte sie sofort. Lächelnd grüßte er sie von der anderen Seite des Raumes her. »Ah, Dr. Peel. Was für eine angenehme Überraschung.«

Sie beachtete ihn nicht, als sie den Raum betrat. Heute konzentrierte sie sich darauf, schnell hindurch und direkt an ihren Zielort zu gelangen. Mit nervösem Stirnrunzeln trippelte der kleine Gelehrte zu ihr, um sie zu begrüßen, wich dann aber zurück – er merkte, daß sie direkt gegen ihn stoßen würde, wenn er ihr nicht aus dem Weg ginge.

»Ich ... ich habe Sie nicht erwartet«, sagte er. »Ich muß unsere Termine durcheinandergebracht haben. Wir ...«

Sie lief an ihm vorbei und gab sich immer noch nicht die Mühe zu antworten. Er eilte durch den Raum hinter ihr her und in den nächsten Flur. Zögernd blieb dieser Dummkopf hinter ihr und wußte nicht, wie er mit seiner normalerweise höflichen – sogar verbindlichen – Kollegin umgehen sollte. Sie merkte an dem Schritt des Mannes und an seiner vorherigen Reaktion, daß er verwirrt war. Er fand sie nicht so witzig oder freundlich wie sonst, auch nicht so charismatisch. Nun, seine Unruhe würde nicht lange anhalten. Dafür würde sie schon sorgen.

Dr. Peel vergrößerte ihre Schritte und lief weiter den Flur aus schimmerndem, wissenschaftlich sterilem Stahl entlang, gefolgt von dem vogelartigen kleinen Mann. Die mit Stahl beschlagenen Fersen ihrer Stiefel klackten bei jedem Schritt auf den Stahlboden, und das Geräusch hallte wild vom Boden zur Wand, dann zur Decke und wieder zurück.

Aber sie hatte heute ihre Lieblingsstiefel tragen *müssen,* um die Erfüllung ihres Traums zu feiern. Außerdem kam sie sich in ihnen *anders* vor … Sie sah auf und spürte, wie sie der Schauer der bevorstehenden Gewalt durchfuhr. Die Halogenlichter in der Decke ließen alles auf höchst anziehende Weise leuchten. Sie warf den Kopf zurück, da sie wußte, daß diese Art von Licht die Strähnchen in ihrem Haar zur Geltung brachte.

Als sie schließlich an der ersten Schleusentür anhielt, verschwendete sie bei deren Öffnung keine Zeit. Präzise, wenngleich wahnsinnig schnell kurbelte sie an dem Rad, um die Luftschleuse zu öffnen. Sie trat hindurch und ließ sie mit untypischer Sorglosigkeit offenstehen. Immer noch hörte sie, wie der ineffektive kleine Mann hinter ihr herschlurfte. Aus den zögerlichen Schritten des Professors konnte sie seine Gedanken herauslesen. *Das paßt ganz und gar nicht zu Dr. Peel,* dachte er, während er durch die Schleusentür trat und zurückblieb, um sie selbst zu schließen.

Zwei weitere Male stieß sie auf Luftschleusen, öffnete sie und drang zügig in weitere verschlossene Kammern vor, wobei das Klacken ihrer Hacken einen beständigen Hintergrundrhythmus erzeugte. Sie ließ den schlurfenden Professor hinter sich die Luftschleusen schließen, während sie mit starrem Blick voraus immer weiter in dem stählernen Labyrinth vorankam. Sie würde sich nicht von ihrem Ziel abbringen lassen.

Der Professor eilte nun ängstlich an ihre Seite und warf seiner Kollegin hin und wieder einen beunruhigten Blick zu. Sie konnte seine Unruhe spüren. *Etwas deutlich Unheimliches an Dr. Peel heute …*

Ein Countdown ertönte aus dem Lautsprecher. »Zehn … neun … acht …« Dr. Peel reagierte nicht.

Der Professor, nun offensichtlich besorgt, blickte wieder zu ihr, während er sich bemühte, mit ihr Schritt zu halten. »Ist alles in Ordnung mit Ihnen, Dr. Peel?«

Sie übersah ihn weiterhin, spürte beim Laufen nur die Kraft in ihren Beinen. Das kleine Wiesel. Wie hatte sie ihn je ertragen können?

»Ich habe gerade erst die Analyse abgeschlossen«, sagte er mit unterwürfigem Zischen. »Ein Mikrogramm Antimaterie wird die Wolkenstürme genau auf das Ziel lenken …«

Als sie an der letzten Luftschleuse stand, konnte sie sich vorstellen, daß der Professor die Stirn runzelte. Sie hörte ihn mit beunruhigter Stimme sagen: »Aber Dr. Peel – da unten ist nur der Kontrollraum, und …«

Die Frau drehte sich um und blickte ihn aus zusammengekniffenen Augen an. Es wurde Zeit.

»Hier entlang, Dr. Peel …« Er bedeutete ihr, auf dem Weg, den sie hergekommen waren, wieder umzukehren, zögerte dann aber. Seine mittlerweile schweißbedeckte Stirn war gefurcht und verriet seine Gewißheit, daß etwas schrecklich falsch lief. »Dr. Peel …?«

Ohne Vorwarnung schmetterte sie ihn mit einem Hieb gegen die Wand aus rostfreiem Stahl. Als er langsam, verblüfft auf den Boden rutschte, versetzte sie ihm einen wirkungsvollen, tödlichen Karateschlag in den Nacken. Er war auf der Stelle tot. Mit leisem dumpfem Geräusch sackte er zu Boden, während sie aus seiner Tasche einen schweren Schlüsselbund zog, der aus merkwürdigen, zylindrischen Formen bestand. Sie entfernte sich und wandte sich entschlossen dem

Gang zu, über dem ein Schild warnte: ›KEIN ZUGANG: GEHEN SIE ZURÜCK: GEFAHR! GEHEIM.‹

Sie stieß die Tür auf und lief den Gang hinunter.

Ein Sicherheitsbeamter, der im Hauptquartier des Prospero-Programms Tee trank, erblickte sie auf seinem Bildschirm. Er hatte seine Tasse beinahe an den Mund geführt, hielt inne und setzte seinen Orange-Pekoe-Aufguß wieder ab. Die Person sah aus wie Dr. Peel, aber was ...? Die Anordnungen waren eindeutig. Er mußte eine Warnung einleiten, auch wenn das ausgerechnet Dr. Peel war ...

Der Wachmann fand seine Stimme wieder und schaltete das Mikrofon der Sprechanlage ein. Er sprach eindringlich und ruhig. »Eindringling in Sektor Neun. Wiederhole. Eindringling in Sektor neun. Sicherheitsmaßnahmen aktivieren.«

Im Kontrollraum beobachtete sie sorgfältig ihre Umgebung. Schwungvoll kam sie durch die Tür herein und hielt plötzlich inne. Ihre Lippen verzogen sich vor Vergnügen. Einen Augenblick lang starrte sie gebannt in die riesige gläserne Blase vor sich. Die experimentelle Wetterblase hatte das Aussehen eines überdimensionalen Glaskolbens, in dessen Innerem eine gewaltige chemische Reaktion stattfand. Darum also, dachte sie, ging es bei Prospero ...

Der Kontrollraum war luftdicht und aus starkem Stahl, wie die anderen Räume, damit eine potentiell unkontrollierbare Reaktion nicht nach außen dringen konnte. Aber es war bei weitem der größte Raum der Anlage, da er die Sturmblase beherbergte. Er war mindestens zwei Stockwerke hoch und durch eine stählerne Rampe unterteilt, über die man noch näher an die Blase herankommen konnte. Sie ging zur Rampe, einem Gerüst, das aus perforiertem Metall zusammengesetzt war und mit seinen Vorsprüngen dem Turm eines Kraftwerks nicht unähnlich sah. Mit einem entzückten Blick nach oben schwang sie sich hinauf, wobei sie immer zwei Stufen gleichzeitig nahm, bis sie in Höhe des zweiten Stockwerks angekommen war.

Sie trat auf die Plattform hinaus und vor die Blase, berührte das Glas mit den Händen und spähte hinein. Wetterstürme sprudelten und prasselten mit rasender Gewalt auf der anderen Seite der Blase. Schwarze Wolken spien Regen, Blitze zuckten, Wirbelstürme rasten, pilzförmige Wolken spien Gase aus – inmitten einer zischenden, tobenden Kakophonie, die sie bis ins Mark erregte. Sinnlich ließ sie ihre Hände über das gefährlich enganliegende Leder auf ihren Schenkeln hinab und wieder hinauf gleiten.

Durch die Sprechanlage drang eine Stimme: »Radiosender an. Wetterantenne an. Codesysteme, Wolkensensoren an.«

Sie machte sich wieder an die Arbeit. Sie durfte sich nicht ablenken lassen. Sie schwang sich von der Rampe hinunter und näherte sich schnell dem Kontrollbereich: einer langen, schmalen stählernen Tafel, die mit Schaltern, Hebeln, Monitoren und Anzeigelampen bestückt war. Mit einem Tritt stieß sie einen Stuhl auf Rollen aus dem Weg. Wer konnte schon in Zeiten wie diesen sitzen? Mit den Schlüsseln des Professors schloß sie die Schutzdeckel über den Kontrolleinrichtungen der Tafel auf, wobei vor Erregung ein winziges Beben ihre Hand durchlief, als sie an die Kraft dachte, die sie nun entfesseln würde.

Sie hatte die Vorgehensweise viele Male eingeübt. Zuerst schloß sie mit den Schlüsseln die Kontrolltafel auf; dann konnte sie den Sturm auslösen. Schnell drehte sie die Schlüssel um, welche die Aktivierung des Hauptkontrollschalters ermöglichten. Ihre Finger zuckten, als sie zärtlich über den ersten Kontrollhebel strich und ihn dann nach oben in die ›Ein‹-Position stieß. Geschafft!

Sie griff nach dem Antimateriehebel und fing an, die Menge der brisanten Elemente in die Höhe zu treiben, die in die Wetterkugel gepumpt werden sollten. Rote Warnlichter blitzten auf den Kontrolltafeln in Augenhöhe auf, genau wie sie es erwartet hatte, und flackerten dann wild, als sie den Hebel in die maximale Position schob.

Eine Sirene ertönte; sie stöhnte. Sie atmete nun heftig, ihr Herz raste. Überall um sie herum blitzten warnend Lichter auf, während sie, die Lippen vor Entschlossenheit zusammengepreßt, den Antimaterielevel weiter in die Höhe trieb. Ihr Blick schoß zur Temperaturanzeige, als die Nadel in den roten Bereich schnellte. *Ja!* Mit einer letzten Handbewegung stieß sie den Hebel an der roten Gefahrenmarke vorbei.

Der durchdringende Alarmton hallte herrlich durch das unterirdische Labor. Diese Schwingungen … diese Eindringlichkeit, die Erregung …! Sie hatte nicht zu hoffen gewagt, daß es ihr soviel bringen würde … jedenfalls nicht in *dieser* Hinsicht.

Über die Sprechanlage erklang eine Stimme: »Alarm! Eindringling! Alarm! Eindringling! Antimaterielevel zu hoch. Sicherheits- und Selbstzerstörungsverfahren aktiviert. Wiederhole, Selbstzerstörung aktiviert.«

Vor ihr wirbelten die digitalen Zahlen, Ströme aus roten, sich jagenden Ziffern. Eine Nachricht blitzte auf: ›CODESYSTEM GEÄNDERT‹. Die Sirene klang in ihren Ohren, während die Zahlen weiter wirbelten, bis schließlich die Nachricht ›SELBSTZERSTÖRUNG‹ das Display füllte.

In den Augenwinkeln nahm sie Bewegung auf dem unteren Monitor wahr, fasziniert wandte sie sich ihm zu. Der Videoapparat empfing Bilder von einer periskopähnlichen Kamera, die oben auf der Landebahn installiert war, und sie sah entzückt zu, wie ein zwei Meter hoher silberner, an der Spitze gerundeter Zylinder sich durch den Asphalt nach oben schob. Der Radiosender glitzerte drohend in der Sonne. Sie gab sich nicht die Mühe, ein unwillkürliches Lachen zu unterdrücken. Es war perfekt. Alles war, wie es sein sollte. Es war praktisch unmöglich, sie noch aufzuhalten, nun, da sie es so weit geschafft hatte.

Im Inneren der Glaskugel zischten und knurrten Wetterstrukturen wie eingesperrte Raubtiere, während die Sirene warnend heulte. Für einen Augenblick wurde sie von dem Anblick abgelenkt, als uniformierte Wächter in den Kontrollraum stürzten, nachdem sie durch die letzte Luftschleuse gelangt waren. Sie konzentrierte sich und sah auf die Wächter hinunter. Nie würden sie erfahren, was sie getroffen hatte, diese kleinen Jungen, die Soldaten spielten.

Sie sprang von der Stahlrampe hinunter, landete auf vier Männern gleichzeitig und plazierte nacheinander auf jedem Nacken einen ihrer besten tödlichen Karateschläge. Als sie wieder auf die Füße sprang, war ihr klar, daß die vier bereits tot waren. Die anderen waren noch nicht nah genug, um sie aufzuhalten – selbst wenn sie könnten, dachte sie –, und sie wußte zudem, daß sie Befehl hatten, nicht zu schießen. Außerdem kannten sie sie seit Jahren und vertrauten ihr. Ihre englischen Landsleute waren ja so zivilisiert; das wirkte sich hübsch zu ihrem Vorteil aus.

Sie rannte um eine Ecke – und stieß auf eine ganze Phalanx aus Wachmännern in Angriffsformation und mit erhobenen Schlagstöcken. Auch wenn sie geradezu übernatürlich cool war, ließ die schiere Anzahl der Männer sie einen Moment langsamer werden.

»Stop!« schrie der Wachmann vor ihr, während sie ihr Tempo drosselte. Sie drehte sich auf der Stelle, und der Wachmann zögerte einen fatalen Augenblick. In diesem Moment schwang sie sich herum, überschlug sich und traf – mit nahezu übermenschlicher Anmut und Geschwindigkeit, wie sie sich selbst sagte – mit einem Doppelkick zwei Wachmänner, die leblos zu Boden gingen.

Mit wie ein roter Tornado auffahrenden rotbraunen Haaren, wirbelte sie um die eigene Achse, als sich zwei weitere Wachmänner näherten. Mit einem zweiten spektakulären, finalen Doppelscherenkick schlug sie sie zu Boden. Sie blieb nicht stehen, sondern sprang wieder in die Luft, als ob sie mit einem akrobatischen, drei Meter hohen Salto die Schwerkraft außer Kraft setzen wollte. Wie eine Katze landete sie direkt vor der Ausgangstür.

»Selbstzerstörungs-Countdown«, kam die Stimme über Lautsprecher. »Räumung! Wiederhole, Räumung! Selbstzerstörung in zehn … neun …« Die übrigen Wachmänner, ungefähr zehn, rannten um ihr Leben zu den Fluchttunneln im hinteren Teil des Raumes. Auch sie kannte die Tunnel, wollte aber den Hauptausgang benutzen, die Telefonzelle in der Nähe ihres Wagens. Die Wachmänner waren darüber informiert, wie sie wußte, daß sie im Fall einer Selbstzerstörung genau zehn Sekunden hätten, um zu den Notausgängen zu gelangen. Schade, daß sie nicht alle töten konnte – wie gern sie das täte –, aber sie mußte sie laufen lassen. Vielleicht ein andermal.

Ein gewissenhafter Wachmann – sie erkannte ihn als Derek Miller – drehte sich um und richtete mit gequältem Blick seine Waffe auf sie. Aber er war zu spät. Sie sprang zur Tür hinaus und rannte mit ihrer Höchstgeschwindigkeit – durchaus kein unbedeutendes Tempo – zu der Halle, die zum Telefonzellenaufzug führte.

Als sie aufrecht in ihren mit Schnallen und Riemen bewehrten Stiefeln stand, kalt wie Trockeneis, hörte sie das verräterische Surren der Kamera. Perfekt, dachte sie und wandte ihr Gesicht direkt der Linse zu. Sie haben ihr Foto von Emma Peel, wie sie das Prospero-Labor zerstört. Sie war wirklich ziemlich stolz auf ihre Arbeit.

Sie spulte ihre Ausgangspaßwörter ab: »Doktor Foster ging nach Glo'ster in einem Regenguß.« Die wichtige Pause. »Regen an St.-Swithins-Tag, das Wetter vierzig Tag' nicht zu wechseln vermag.« Ihre Augen glänzten unheimlich, als der Lift sich seufzend in Gang setzte und sie zur Landebahn hinaufbrachte.

Eine richtig hübsche Show, dachte sie und lief zackig zu ihrem Jaguar. Eine, die sogar sie selbst mit Stolz erfüllte. Während sie in ihren ledernen Schalensitz sank, blickte sie auf ihr Werk zurück. Eine wirbelnde schwarze Wolke voller Elektrizität trieb drohend auf den Sender zu, der an der Glasblase befestigt war. Voll krachender elektrischer Energie zischte und summte der Wirbelsturm, wie sie sah, schwoll mit Macht an, entlud sich und baute sich dann wieder auf. Ein Blitz, dick und zackig, schlug in den silbernen Sender ein. Der nächste Blitz traf ihn gleichfalls und widersprach damit dem alten Gesetz, daß Blitze nie zweimal einschlagen.

Das war kein gewöhnliches Gewitter. Es war in Wirklichkeit äußerst unnatürlich. Unter der Erde zischten und krachten in der bizarren Glasblase *von Menschen gemachte* Wettersysteme wie tickende Zeitbomben. Und ganz genau das waren sie auch. Tickende Bomben.

Plötzlich hörte sie, wie das Glas der riesigen Blase splitterte, sah, wie das Metall des Senders schmolz und in sein Inneres zerlief – wie Quecksilber in einem Thermometer, das bei einem Patienten eine richtig schlimme Krankheit anzeigt.

Die paar unglücklichen Wachmänner und Wissenschaftler, die in der Anlage zurückgeblieben waren, würden, wie sie wußte, ein komisches Druckgefühl empfinden, als ob sie rasende Kopfschmerzen bekämen ... und dann würden sie nichts mehr spüren. Die Kräfte in der Glasblase würden mit einer elektrochemischen Gewalt explodieren, die den Kontrollraum und jeden darin mit der Wirksamkeit einer Atombombe zerstören würde. Menschen, Geräte, Stahlwände – alles aufgelöst.

Kaum fähig, ihre Erregung zu unterdrücken, legte sie den ersten Gang ein und drückte das Gaspedal durch. Als der Wagen die Landebahn entlangraste, stellte sie ihren Rückspiegel so ein, daß sie einen besseren Blick auf die Verwüstung hinter sich hatte, auf Asphalt, der sich aufrollte und dann in die Luft flog. Sie lachte böse angesichts der Katastrophe, die sie heraufbeschworen hatte. Im Spiegel beobachtete sie, wie sich die Explosion himmelwärts fortsetzte, und spürte, wie die Schockwellen sie noch in ihrem Wagen trafen. Am Rand des Flugfelds kam sie mit kreischenden Bremsen zum Stehen, stieg aus dem Jaguar aus und kletterte auf sein Dach. Dort stand sie mit weit gespreizten Beinen. Sie atmete schwer, die Arme ekstatisch um sich geschlungen, und spürte die gefährliche Beschleunigung ihres Herzschlags. Wie um ihren Höhepunkt perfekt zu machen, schraubte sich ein hübsches Exemplar von einem Pilz vor ihr in den Himmel.

Sie schloß die Augen, die Lippen leicht geöffnet. Sie genoß den Augenblick und wollte ihn verlängern. Sie stand auf dem Jaguar, vernahm das tosende Nachspiel der Explosion, spürte die Hitze der Flammen und eine Druckwelle – möglicherweise von einer zweiten Explosion. Sie bebte unkontrollierbar und öffnete wieder die Augen. Daran würde sie sich erinnern.

Wirklich sehr befriedigend.

Kapitel 2

… Er wär der Herzog wirklich durch die Stellvertretung
Und Ausübung der äußren Form der Hoheit,
Samt jedem Vorrecht. Draus wuchs nun sein Ehrgeiz …
Der Sturm, *William Shakespeare*

Als Farthing, der Butler, zur Tür der Bibliothek hineinsah, erkannte er, daß seine Sorgen berechtigt waren. Sein Herr hatte wieder einen Anfall. Natürlich waren sie mittlerweile chronisch geworden. Krachende Akkorde der majestätischen Orgelmusik stiegen zur gewölbten, domartigen Decke des Raumes empor.

Farthings Blick wanderte den schmalen Gang der Bibliothek hinab. Dieser war von Büchern flankiert, die vom Boden bis zur Decke reichten, und mit unirdisch gefärbten Sonnenstrahlen beleuchtet, die durch die bleigefaßten Glasfenster einfielen. Es wäre durchaus verzeihlich, wenn jemand diesen Raum für eine Kirche hielte, dachte Farthing, wenn man einmal von dem alten Buch *Die Zauberformeln des Magus* und einer ungewöhnlichen Sammlung seltener meteorologischer Bände absah, die kreuz und quer auf einem langen Eichentisch verstreut lagen.

Sein Blick wanderte noch weiter durch die Bibliothek, durch einen verzierten engen Torbogen, wo er schließlich seinen Herrn erblickte. Sir August de Wynter saß an der riesigen Orgel, die ihrerseits einen kleinen Raum füllte und deren Pfeifen unterschiedlicher Länge eine ganze Wand bedeckten. Seine Hände bewegten sich wild – brillant – über die Tasten, während seine Füße die ganze Zeit über wie rasend in die Pedale traten.

Die Orgel schien nahe daran, vor Leidenschaft, Kraft und Großartigkeit zu explodieren, dachte Farthing. Mit einer gewissen Faszination sah er zu. Schaukelnd und schwingend schien sein Herr von seinem eigenen leidenschaftlichen Spiel verzaubert zu sein. Seine Finger beschleunigten sich zu virtuosen Arpeggios, bis er schließlich in einem bebenden Vibrato auf die Tasten einschlug … und sein Spiel in einem letzten krachenden Akkord kulminierte. Der Klang, dachte Farthing mit nicht geringem Ärger, war entschieden ohrenbetäubend.

Er spähte am Türrahmen vorbei und sah, wie Sir August plötzlich aufstand und sich, indem er sich selbst applaudierte, von der Orgel abwandte. Entsetzt bei der Vorstellung, entdeckt zu werden, zog sich Farthing hinter die Ecke zurück. Der letzte Akkord widerhallte noch von der domartigen Decke, als Farthing den Kopf schüttelte. Es war eine Schande, daß sein Herr so geistesgestört war. Dabei war er wirklich ein hochintelligenter, talentierter, sogar geschmackvoller Mann.

Farthing wagte es, noch einmal vorsichtig um den Türrahmen zu spähen. In seiner grauhaarigen Reife war Sir August tatsächlich schön. Er hatte den Körper eines Mannes, der halb so alt war, und durchdringende Augen wie eisblaue Laserstrahlen. Die Königin hatte ihn zum Ritter des britischen Königreichs geschlagen, und Farthing wußte, daß er früher einmal irgendeine supergeheime wissenschaftliche Einrichtung geleitet hatte, und zwar hier in Cambridgeshire. Ja, sein Herr war brillant, privilegiert und gebildet. Wenn er nur nicht diese bizarren Obsessionen hätte …

In seiner dreißigjährigen Dienstzeit bei den de Wynters hatte Farthing einige sehr merkwürdige Dinge miterlebt. Aber die letzten drei Jahre hatten alles übertroffen. Das merkwürdigste Wetter, das es sonst nirgendwo im ganzen Land gab, plagte Hallucinogen Hall, den Sitz der de Wynters und ihrer Vorfahren. Mehr als einmal hatte er sich die Auffahrt zum Schloß durch Wirbelstürme hinabgekämpft und dann bei der Hauptstraße einen friedlichen blauen Himmel und duftige weiße Wölkchen vorgefunden.

Und nun noch diese fremde Kreatur, die plötzlich aus dem Nichts aufgetaucht war, wie eine Frau aussah, wie ein Tier aß und wie ein Kind sprach. Und dann die Folterkammer im Spiegelballsaal mit Schraubzwingen für den Kopf und Riemen, die … ja wen? … festhalten sollten. Ganz zu schweigen von den Fläschchen mit Chemikalien, auf denen ›Gift‹ stand und die mit Schädel und gekreuzten Knochen, sorgfältig in gepolsterte Kisten verpackt, hier eintrafen.

Er schüttelte den Kopf. Ein Urteil stand ihm nicht zu. Die de Wynters waren immer mehr als nett zu ihm gewesen. Aber er hatte nie damit gerechnet, daß Sir August so vollkommen von jeder Normalität abweichen würde.

Farthing zog sich noch weiter zurück. Gleichzeitig beobachtete er, wie sein Herr nach oben starrte und atemlos heulte: »Bravo! Wir wollen unsere Feier beginnen.«

Farthing verzog den Mund und verdrehte die Augen. Das war wirklich äußerst abstoßend. Er wußte, mit wem sein Herr sprach und wen er ansah. Es war das Porträt der schönen Mrs. Emma Peel, die der Frau, die neuerdings im Schloß wohnte, bemerkenswert ähnlich sah. Auch wenn er aus Sir Augusts Gesprächen mit dem Mädchen, das anscheinend keinen Namen hatte, schließen konnte, daß sie eindeutig *nicht* Emma Peel war. Traurig schüttelte er den Kopf, trat von der Tür weg und ging mit größtmöglicher Geschwindigkeit zur Küche. Diese Besessenheit seines Herrn konnte in einer Tragödie enden. Sir August hatte die Frau fünfzehn Jahre lang angebetet, und jetzt schien sich eine Krise anzubahnen.

Farthing eilte den Gang hinunter und bemühte sich,

seine Sohlen leise auf dem Holzboden aufzusetzen. Es wäre nicht gut, wenn sein Herr ihn in diesem Flur entdeckte, ganz und gar nicht gut. Denn sein Herr heulte, ja *bellte* wie wild. Viele der anderen, neueren Dienstboten waren einfach verschwunden.

Farthing schauderte. Man konnte nicht wissen, wozu Sir August de Wynter fähig war.

Kapitel 3

War's falsches Spiel, weil wir's verlassen haben?
Oder war's Glück für uns?
Der Sturm, *William Shakespeare*

Als erstes tauchte der sorgfältig hochgeklappte Rand einer schwarzen Melone aus der Dorfbäckerei auf. Die Türglocke bimmelte, als John Steed mit eingezogenem Kopf – um sich vor dem Türpfosten zu schützen – flink nach draußen trat. Er wandte sich um und betrachtete das Schaufenster; er hatte herausgefunden, daß Spiegelungen in Schaufenstern immer nützlich für Observationen waren.

Aber er sah lediglich Kuchen, Hörnchen, Teilchen und eine ein Jahr alte Hochzeitstorte – abgesehen von seinem eigenen Spiegelbild. Die Melone, die alte Schulkrawatte, Weste, Anzugjacke, die perfekte Bügelfalte, der Schirm an seinem Arm – ja, alles war in Ordnung. Ein letzter Blick hinunter zu seinen maßgefertigten Schuhen zeigte eindeutig, daß sie tatsächlich die gesamte Pracht mit spiegelartigem Glänzen wiedergaben.

Die Glocken der Dorfkirche spielten die erste Zeile von ›Jerusalem‹ an und schlugen dann zehn. Steeds Spiegelbild gab getreu wieder, wie er beiläufig nach der Taschenuhr in seiner Westentasche griff, und zeigte lachende Augen, die auf die Uhr hinab- und wieder zurückblickten.

Er steckte die Uhr an ihrer Kette in seine Weste zurück, schob seine Melone zurecht und wandte sich vom Schaufenster ab, um die enge Dorfstraße ins Auge zu fassen. Sie war der Inbegriff der Hauptstraße eines englischen Dorfes, gepflastert und gerade breit genug, daß

Pferd und Wagen zwischen den Geschäften hindurchkamen. Abgesehen vom Bäcker erkannte er Anzeichen eines Pubs, einer Autowerkstatt, eines Zeitungs- sowie eines Obsthändlers. Etwas weiter die Straße hinunter stand die Gemeindekirche auf dem Dorfanger.

»Absolut schöner Tag«, äußerte Steed und erfreute sich am Klang seiner Stimme. Nur zu wenige Kinder wurden darin unterrichtet, die wohlklingenden Töne hervorzubringen, die ihm von Geburt an geläufig gewesen waren. Aussprache, Diktion, Stimmlage, Sprechtechnik, Resonanz – in England gehörten sie einer aussterbenden Kunst an. Die Abwendung von der Tradition konnte nur ins Unheil führen, überlegte er seufzend.

Steed vernahm ein merkwürdiges Geräusch von oben. Neugierig hob er den Kopf und trat mit geübter Lässigkeit einen Schritt zur Seite, als eine Vase aus chinesischem Porzellan direkt neben ihm auf die Straße geworfen wurde. Ihre gezackten Scherben verstreuten sich zusammen mit einem halben Dutzend roter und weißer Nelken über die Pflastersteine. Steed behielt seinen undurchdringlichen Gesichtsausdruck bei – seine Spezialität. Er trat einen Schritt zurück, um das Fenster über ihm zu betrachten, das vermutlich zur Wohnung des Bäckers gehörte. Nichts – außer weißen Spitzenvorhängen, die sich an diesem stillen Morgen geheimnisvollerweise bewegten.

»Hmm.« Immer noch ohne eine Miene zu verziehen, beugte er sich hinab und hob eine rote Nelke auf, deren Stengel er geschickt in sein Knopfloch schob.

Steed trat auf die Straße und grüßte den Dorfpolizisten, als dieser aus dem Pub trat. »Morgen, Constable«, sagte er freundlich.

Der Constable grüßte mit einem höflichen Nicken zurück, aber sobald er an Steed vorbei war, drehte er sich schnell um – die Hand zu einem tödlichen Karateschlag erhoben. Steed hörte, wie sich der Stiefel des Mannes auf den Pflastersteinen zu drehen begann und seine Kleidung ein Geräusch machte, als er den Arm hob, und wandte sich blitzschnell um. Er wehrte den Schlag ab und versetzte seinerseits dem Polizisten einen Hieb – wie praktisch, den schwarzen Gurt zu haben, dachte er –, so daß dieser stürzte und sich auf dem Boden wand.

Vor dem gestürzten Officer hob Steed kurz seinen Hut zum Gruß, wischte sich einen Staubfleck von der Jacke und ging weiter. Der Lieferwagen, der im Dorf die Milch ausfuhr, rollte harmlos mit surrendem Motor auf ihn zu. Steed nickte dem Milchmann freundlich zu, der sich aufrichtete, zwei leere Halbliterflaschen hob und an der Wagenkante köpfte. Er sprang auf die Straße und schwang die gezackten Flaschenreste vor Steeds Gesicht hin und her. Vielleicht war dieser Milchmann zu oft von zähnefletschenden Hunden bedroht worden, dachte Steed. Etwas launisch ... beziehungsweise übelgelaunt ...

Der Milchmann machte einen Ausfall nach vorn. Blitzschnell brachte Steed seinen Schirm mit beiden Händen vor sich, als wäre es der Spazierstock eines Boulevardschauspielers. Rasch schlug er ihn dem Mann mit ziemlicher Wucht unter die Arme, so daß der unglückliche Kerl rückwärts auf das Pflaster taumelte und sein Kopf mit einem dumpfen Knall, der Steed zusammenzucken ließ, auf den Pflastersteinen aufschlug. Die scharfkantigen Flaschen flogen in die Luft; befriedigt beobachtete Steed, wie sie auf seinen Angreifer zurückfielen.

Steed strich sich den Mantel glatt und lief weiter. Er legte die Finger an seinen Hutrand, um eine ältere Dame zu grüßen, die vernünftige Schuhe trug und einen Kinderwagen schob. Sie lächelte süßlich zu ihm zurück und nickte dankbar. »Hübscher Tag«, setzte er an, sah dann aber, daß sie unter der bunten Babydecke ein Bündel Messer hervorgezogen hatte. Die Klingen blitzten, als sie sie geschickt in seine Richtung warf. Er duckte sich und hörte, wie sie an ihm vorbeipfiffen und sich harmlos in eine Tür der Werkstatt auf der anderen Seite der engen Straße bohrten.

Wie auf ein Stichwort kamen aus der Werkstatt zwei stämmige Mechaniker mit schweren Ketten auf ihn zugestürzt. Wieder parierte Steed geschickt mit seinem Schirm, aber diesmal zog er den zusammengerollten Stoff ab, unter dem ein Schwert zum Vorschein kam. Mühelos hielt er sich mit dieser Waffe seiner Wahl ihre umständlich langen Ketten vom Leib und erfreute sich an ihren Gesichtern, da sein eines elegantes Metallteil ihre größeren, schweren beherrschte. Als er des Spiels überdrüssig wurde und sie für eine weitere Runde ihre schweren Ketten hochzuheben versuchten, versetzte er nacheinander jedem einen Stoß in ihre breiten Bäuche, gerade so heftig, daß sie zu Boden gingen.

Während sie stöhnend und bäuchehaltend dalagen und tödliche Wunden befürchteten, sagte Steed »Sorry«, rückte seine Manschetten zurecht und ging auf der Hauptstraße weiter. Etwas unfreundlicher Ort, dachte er stirnrunzelnd. Fast so, daß man sich nicht willkommen glaubte. In diesem Augenblick kreuzten drei Nonnen seinen Weg, und ihre schwarzen Gewänder fegten über das Pflaster.

»Guten Morgen. Herrlicher Tag für einen Spaziergang«, sagte er zu den Nonnen und lächelte, als sie im Pub verschwanden. Er dachte noch über die moderne Haltung dieser Bräute Christi nach, da gewahrte er plötzlich einen Schatten. Aufblickend sah er, wie ein Auto in Höchstgeschwindigkeit um eine Ecke und direkt auf ihn zugerast kam.

Hmm. Jetzt war er etwas in der Klemme, dachte Steed. Auf der engen Straße gab es keinen Ort, wohin er flüchten konnte, und er hatte keine Zeit mehr ... Mit müheloser Eleganz, wenn er sich dies einmal so sagen durfte, richtete Steed seinen Schirm nach oben. Er hielt ihn diesmal an der stählernen Spitze, hakte den Rosenholzgriff über das Pub-Schild und zog sich hoch. Der Wagen tauchte direkt unter seinen glänzenden Halbschuhen auf und kam nur Zentimeter weiter kreischend zum Stehen.

Während Steed an seinem Schirm hing, als wäre dies die natürlichste Haltung der Welt, stieg aus dem Wagen ein gebeugter, gelehrt wirkender Mann im weißen Mantel aus. In der Hand hielt er eine Stoppuhr.

»Gut gemacht, Steed«, sagte er und nickte anerkennend.

»War mir ein Vergnügen, Dr. Darling«, erwiderte Steed und ließ sich fallen. Er strich sein Revers glatt, hob seinen Schirm auf und lief mit Darling weiter die Straße hinunter. Hinter einer Ecke gelangten sie in einen Bürobereich voller Schreibtische und Telefone. Ein junger, bebrillter Bürokrat im weißen Kittel hielt für Steed ein Klemmbrett mit sechs großen Zahlen hoch, die mit einem schwarzen Stift geschrieben waren. *Wie ein Eiskunstlaufpunktrichter,* dachte Steed und betrachtete die fünf Zehner und die eine Neun.

Fragend sah Steed den Mann an. »Wofür ist die Neun?«

»Ein bißchen langsam bei den Werkstattmechanikern, dachte ich. Ansonsten schaffen Sie's.«

Steed nickte knapp und sah sich im Raum um. Der nachgestellte Spielort, wo der Laborangriffskurs stattfand, war eigentlich ein ganz nettes kleines Dorf; ihm hatte der Spaziergang gefallen. Es war eine Schande, daß alles sich in Faxgeräte und Telefonapparate auflösen mußte.

Dr. Darling las in seinen Augen und sagte: »Man weiß nie ...«

»... wann der Feind zuschlägt. Ja. Falls wir noch einen Feind haben ...«

Dr. Darling nahm einen Gummistempel von dem nächstgelegenen Schreibtisch. Schwungvoll stempelte er ›TOP SECRET‹ auf ein dickes Dokument, das sowohl die königlichen Insignien als auch das Logo des Ministeriums trug. Die hellroten Großbuchstaben sprangen Steed ins Auge. Er wußte, worauf Darling damit hinaus wollte.

Mit einem grimmigen Blick zu Steed fuhr Darling fort: »Einen Feind gibt es immer, Steed. Man muß nur wissen, wo man suchen soll ...« Unheilvoll brach er ab und sah kurz auf das Dokument. Er blinzelte und blickte dann verstohlen um sich, bevor er wieder Steed ansah. »Im Ministerium ist etwas im Gange. Man will, daß Sie jemanden kennenlernen.«

»Dort ist ja bekannt, wo man mich finden kann«, sagte Steed. Er stellte eine goldene Schachtel mit leuchtend roten Bändern auf den Schreibtisch. Als Antwort auf Darlings neugierigen Blick sagte er: »Makronen. Für Mutter.« Mit schwingendem, zusammengerolltem Schirm schritt er davon und in die große weite Welt hinaus.

Kurz sah er auf die ziemlich bedrohlich aussehenden Wolken über sich und sagte mit dem Hauch eines Lächelns: »Ich glaube, Regen ist angesagt.«

Kapitel 4

Hör, was du sonst noch tun mußt.
Der Sturm, *William Shakespeare*

Auf den Straßen Londons bot Steed einen besonderen Anblick, wie er in seinem geschmeidigen grünen Bentley über das Pflaster glitt. Er hatte nie ein anderes Auto besessen; dieses befand sich nun seit ... also ... fast vierzig Jahren in Familienbesitz. Gute alte Tradition, dachte er. Und da wurde behauptet, britische Wagen seien unzuverlässig. Unsinn.

Mit keineswegs beunruhigter Miene vernahm er aus der geöffneten Konsole die alarmierte Stimme des Autoradiosprechers: »Eine Explosion hat die Landschaft von Cambridgheshire in der Nähe einer wissenschaftlichen Forschungseinrichtung zerstört ...«

In diesem Augenblick hatte der Bentley wiederholte Fehlzündungen. Steed mußte gezwungenermaßen den einen Nachteil zur Kenntnis nehmen, der mit einem tief in der Tradition verwurzelten Auto verbunden war. Fußgänger zuckten bei dem Geräusch zusammen, das genauso klang, als würde eine geladene Pistole abgefeuert. Der Nachrichtensprecher sprach weiter gegen den Lärm der Fehlzündungen an. Steed drehte das Radio lauter. »Mittlerweile hat das Kriegsministerium bestätigt, daß die historische Versammlung der Weltministerkonferenz einen neuen globalen Verteidigungsvertrag ankündigen wird ...«

Steed fuhr weiter in Richtung Chelsea. Dort wohnte eine Frau, von der er seit einiger Zeit immer wieder hörte, eine Dr. Emma Peel, und er wollte unauffällig ihre Umgebung ein wenig ausspionieren. Er sollte mit ihr zusammenarbeiten – oder vielmehr sie *glauben* machen, daß sie zusammenarbeiten würden. In Wirklichkeit bestand sein Auftrag darin, sie zu töten, weil sie eine der wichtigsten Forschungseinrichtungen des Landes – ihren eigenen langjährigen Arbeitsplatz – in die Luft gesprengt hatte. Man wußte nie, warum treulose Verräter ihre Verbrechen begingen.

Aber Steed fragte sich, ob er nicht vielleicht einen eigenen kleinen Verteidigungsvertrag mit ihr abschließen könnte ... die Fotos, die Dr. Darling ihm gezeigt hatte, waren wirklich ganz erstaunlich. Und seit Jahren schon fielen jedem noch verfügbaren Junggesellen – und auch den nicht mehr verfügbaren Männern – bei ihrem Anblick die Augen aus. Dem Gerücht nach wurde ihre überlegene Intelligenz lediglich von ihren körperlichen Fähigkeiten übertroffen. Steed war ihr nie persönlich begegnet, aber das sollte sich nun ändern.

Wenn Dr. Darling wüßte, was er vorhatte, würde sich die Situation sicher zuspitzen. Er seufzte. Diese geheimen Aufträge konnten ja so strapaziös sein ... vielleicht sollte er zwecks Entspannung ein wenig Zeit im Club verbringen, bevor er Mrs. Peel treffen würde. Ah ja. Der Club war zudem der perfekte Ort für eine andere Art von Aufklärungsarbeit ...

Emma Peel lag in tiefem Schlaf in ihrem Bett, als der Summer ertönte. Sie öffnete die Augen, erkannte stöhnend, daß es ihre Türklingel war, die diesen schrecklichen Lärm machte. Genußvoll kuschelte sie sich erst noch einen Moment in ihr bequemes Kissen, bevor sie die Bettdecke fortstieß und sich dann auf die Bettkante setzte.

Dr. Peel waren solche Besuche nicht unvertraut. Gähnend überlegte sie, daß sie in diesem Geschäft *eines* ganz bestimmt gelernt hatte: immer bereit zu sein. Niemand würde glauben, was sie in ihren achtundzwanzig Jahren schon erlebt hatte, und ohnehin durfte sie darüber nicht sprechen. Um wie eine gute Pfadfinderin allzeit bereit zu sein, mußte man immer angezogen sein. Seit fast zehn Jahren hatte sie nicht mehr in Nachtwäsche geschlafen.

Sie stand auf und streckte sich. Sie trug ein glattes schwarzes, gefüttertes Kleid aus elastischem Wollstoff. Die Muskeln ihrer Unterschenkel kräuselten sich, als sie an der Schlafzimmertür in hochhackige Schuhe schlüpfte. Dann trat sie auf die Metallbrücke, welche die zwei Ebenen ihrer Wohnung durchschnitt und zur Treppe hinunter führte. Als sie den großen weißen, offenen Raum durchquerte, warf sie einen befriedigten Blick auf ihre Umgebung. Drei freistehende Chelsea-Häuser hatten hier gestanden, bevor sie alle zu einem Gebäude zusammengefaßt hatte. Etwas Traditionelles hätte ihr weiß Gott nicht zugesagt. Das Land ging bereits unter dem Gewicht des ganzen traditionellen Zeugs zu Boden.

In ihren Schuhen mit Stahlabsätzen schritt sie die Stufen hinab, vorbei an modernen abstrakten Gemälden, und genoß den gewohnten Kitzel, den ihr die Freude am Besitz bescherte. Unten, auf der Hauptebene, gab es mehrere Sitzbereiche mit pastellenen bonbonfarbenen Stühlen und Glastischen.

An der Tür schob Emma das Plättchen vor dem Spion zur Seite, spähte hindurch und sah einen unschuldig wirkenden Boten in Uniform. Sie öffnete alle sechs Türriegel und riß die Tür auf. Aufmerksam betrachtete sie den jungen Mann, der »Dr. Peel?« fragte und ihr eine goldene, mit roter Schleife umwickelte Schachtel reichte.

»Danke.« Sie schloß die Tür, zog die Schleife auf und öffnete den Deckel der Schachtel. Eine geprägte Karte lag obenauf. Emma las sie laut: »Bitte gehen Sie ans Telefon.«

Sie sah ihr Telefon an, das in vollkommenem Schweigen dastand, und zuckte die Schultern. Doch als sie sich wieder abwandte, fing es an zu klingeln. Sie hob ab und hörte eine Stimme vom Band, die klang, als gehörte sie der Zeitansagerin von ehedem: »Boodle's Club, vierzehn Uhr dreißig. Mr. John Steed ... Boodle's Club, vierzehn Uhr dreißig. Mr. John Steed ...« Das Telefon piepte einmal, dann war die Verbindung unterbrochen. Emma sah auf die Schachtel in ihrer Hand und zog den oben liegenden Stoff herunter. Pralinen. Verwirrt stopfte sie sich eine in den Mund.

»Ah. Rumtrüffel. Wer immer dieser Steed sein mag, er hat einen guten Geschmack.«

Emma lenkte ihren graublauen Jaguar E-Type auf den letzten freien Parkplatz vor dem weißen Stuckgebäude in der Pall Mall, wo sich der Boodle's Club befand. Unter den bewundernden Blicken von Fußgängern stieg sie in einem weißen Lederkostüm aus, das der Fantasie wenig Raum ließ: Minirock, Bustier und Jacke. Ihre knielangen hochhackigen weißen Lederstiefel und ein langer, durchsichtiger türkisfarbener Schal rundeten ihre Erscheinung ab, aber sie erwiderte weder die ihr geltenden Blicke, noch schien sie sie zu genießen. Denn Emma Peel kleidete sich nur, um sich selbst zu gefallen ... und den Erfordernissen ihrer Arbeit zu genügen.

Während sie gelassen auf den Eingang von Boodle's zuging, kam sie an dem Schild eines Zeitungsverkäufers vorbei, auf dem schwarz auf weiß stand: ›MYSTERIÖSE EXPLOSION: VERTEIDIGUNGSBEREITSCHAFT‹.

Sie stieg die Treppe zum Club hinauf und bemerkte die Inschrift auf der Messingtafel an der Tür: ›Boodle's Gentleman's Club.‹ Sie öffnete die Tür und trat ein, vorbei an einem erstaunten Pförtner in Uniform.

Im Empfangsbereich des Clubs näherte sich ihr ein

ungefähr fünfzigjähriger Portier, verblüfft darüber, daß sie es wagte, diesen geheiligten Eingang zu verdunkeln. »Kann ich Ihnen behilflich sein, Madam?« Er zog die Mundwinkel nach unten, ein Andenken, dachte Emma, an jahrzehntelange Versnobtheit und Mißbilligung.

Emma lächelte freundlich. »Mr. John Steed bitte. Ich bin Dr. Peel.«

Der Portier blickte zur Seite und erlaubte sich ein herablassendes Lächeln. »Oje«, sagte er sarkastisch. »Ich fürchte, daß Madam sich irrt. Verstehen Sie, es ist schlicht unmöglich.«

Er zeigte auf eine Hinweistafel, auf der in absichtlich unverschämter Form, wie Emma fand, geschrieben stand: ›KEINE NICHTMITGLIEDER. KEINE TIERE. KEINE FRAUEN.‹

Der Portier schielte auf ihre weiße Lederpracht, und seine Augen weiteten sich kurz. »Sie *sind* doch eine Frau?« Seine Mundwinkel zuckten ironisch.

Emma beugte sich zu ihm vor, so daß er nicht umhin konnte, einen Blick auf ihr Dekolleté zu werfen. »Wie Sie sehen.«

Das war zuviel, sogar für seine Frostigkeit. Errötend blinzelte der Portier und sah weg. »Sie ... es tut mir leid ... dann können Sie nicht herein.«

»Ich habe eine Verabredung«, erklärte Emma freundlich.

Er schloß einen Moment lang verzweifelt die Augen. Als er sie wieder öffnete, vermied er es, sie anzusehen. »Keine Frauen. Nicht in Boodle's. Nicht seit 1783.«

»Ach ja?« fragte Emma und gab sich interessiert. »Was war denn 1783?«

Der Portier war damit beschäftigt, den Mund zum Sprechen zu öffnen, als Emma, kühl wie die sprichwörtliche Hundeschnauze, an ihm vorbeizog und in die Halle trat. Sofort war sie von einem Kokon aus alten

Mahagoni- und Lederstühlen umgeben. Nun, sie war schon früher in solchen männlichen Enklaven gewesen. Wenn die nur wüßten ...

Der Portier machte von hinten einen Sprung auf sie zu, aber da sie diese Dummheit halb erwartete, wich sie mit einer zarten Jujitsu-Bewegung aus. Während er geradewegs an ihr vorbei eine gegenüberliegende Treppe hinunterstürzte, zog sie ein Buch aus einem Regal hervor und prüfte auf der Copyrightseite, ob es sich um eine Erstausgabe handelte. Er fiel immer weiter, Hals über Kopf. Es ehrte ihn, daß er nicht aufschrie, als die Stufen auf seinen weichen, fleischigen Körper eintrommelten. Schließlich hörte das Ächzen und Stoßen auf, und das unterdrückte Stöhnen begann.

So weit, so gut. Sie schloß das Buch, schob es ins Regal zurück, sah die Treppe hinunter und sagte: »Herzlichen Dank. Ich finde Mr. Steed schon selbst.«

Der Mann starrte benommen zu ihr hinauf.

Emma lief weiter, auf eine massive Doppeltür zu. Sie sah sich um und nahm interessiert ein Paar nackter Bronzekrieger wahr, die oben von einer Empore streng auf sie hinabblickten. So also wünschten die Männer von Boodle's sich selbst zu sehen. Nur ungern war sie diejenige, die ihnen reinen Wein einschenken sollte, aber nach dem, was sie bisher gesehen hatte ...

Sie salutierte mit gleichfalls strengem Blick knapp zu den Kriegern hinüber, dann drückte sie schwungvoll die Türflügel auf und betrat einen Raum, der offensichtlich als Bibliothek diente. Elegante Regale zogen sich vom Boden bis zur Decke an den Wänden entlang. Emma stolzierte sachlich zwischen Stühlen und Tischen hindurch, die mit alten trinkenden und rauchenden Männern besetzt waren – von denen übrigens, wie sie bemerkte, sehr wenige lasen.

Ein Blick genügte ihr, um zu erkennen, daß sie allesamt eine kleine Diät und Bodybuilding nötig hatten, um auch nur annähernd so auszusehen wie die von ihnen bewunderten Bronzekrieger. Das hatte sie schon vermutet. Auf den muffigen alten Erinnerungsstücken der Mitglieder, die neben ihnen auf den Tischen lagen, hatte sich bereits Staub angesammelt: Zigarrenkästen, Pfeifen, Skulpturen von Männern auf Pferden, nutzlose Briefbeschwerer, antike Globusse, Tintenfässer. Sogar die Luft fühlte sich einige Jahrhunderte alt an und roch, als wäre Muffigkeit Amok gelaufen. Als sie auf ihren mit Stahl beschlagenen Stiefelabsätzen vorbeiklackte, schnappte eines der älteren Mitglieder hörbar nach Luft. Zeitungen raschelten. Bücher wurden zugeknallt, und eines fiel zu Boden. Der gesamte Raum glotzte.

»Guten Tag, meine Herren«, sagte sie kühl und ging weiter durch den Raum zu einer anderen Doppeltür. Sie mochte den Klang ihrer Stimme. Heutzutage sprachen nur allzu wenige Briten mit der richtigen Aussprache, Diktion, Stimmlage, Sprechtechnik, Resonanz …

Als sie die Türen aufstieß, erblickte sie ein Schild, auf dem ›Orientalischer Raum‹ stand. Dampf drang durch die Türritzen. »Hmm«, sagte sie und öffnete die Tür. Wenngleich er in eine Dampfwolke gehüllt war, glaubte sie einen Mann sitzen zu sehen, der abgesehen von einem Handtuch an der kritischen Stelle nackt war. Er hatte ausgerechnet eine Melone neben sich und schien eine sehr durchnäßte, pfirsichfarbene Zeitung zu lesen. Sie hörte ihn murmeln: »Morgen also Regen. Hmm. Direkt unter diesem Artikel über die ›Mysteriöse Explosion‹ …«

Emma betrachtete ihn, wie er las und mit sich selbst sprach. Irgendwo hatte sie gelesen, daß man an dieser merkwürdigen, selbstbezogenen Angewohnheit das wahre Genie erkennen könne. Und sie nahm interessiert zur Kenntnis, daß er zumindest von weitem den Bronzekriegern ähnelte. Ja – gar nicht so schlecht. Er las sogar ihre Lieblingszeitung, die *Financial Times*.

Plötzlich schien er Emma durch den Nebel wahrzunehmen und wandte den Kopf in ihre Richtung. »Dr. Peel, nehme ich an?«

»Und Sie müssen Steed sein – bitte, stehen Sie nicht auf«, fügte sie hinzu. Sie wollte nicht gleich *so* viel auf einmal von ihm zu sehen bekommen. An dem Funkeln in seinen Augen erkannte sie, daß er die tiefere Bedeutung ihrer Äußerung erfaßt hatte. *Gut,* dachte sie. Aber was wollte er?

Sie betrachteten einander, nur der zischende Dampf war zu vernehmen. Emma blieb in Türnähe stehen.

»Ich wollte schon das Handtuch werfen«, gab Steed zu und ließ die Zeitung sinken.«

»Sorry. Kleine Unannehmlichkeit am Eingang.«

»Wundert mich nicht«, sagte er warm. »Keine Frau mehr in Boodle's seit ...«

»1783. Bis Sie mich hierher einluden.«

Mit verschränkten Armen sah sie sich abschätzend in dem mit weißem Marmor ausgestatteten Raum um. »Also, was sollte das alles sein – eine Prüfung?«

»Mmm. Glückwunsch. Sie haben eine Bastion männlicher Vorherrschaft betreten. Sie sind niemand, der sich nach Regeln richtet, Doktor.« Sie glaubte ein Lächeln in seinem Mundwinkel zu sehen, war sich aber nicht sicher. Er hatte eine angenehme Sprechstimme.

»Regeln sind dazu da, gebrochen zu werden.«

»Nicht bei mir. Spielen Sie nach den Regeln, Doktor. Oder das Spiel taugt nichts.« Während er sie betrachtete, konnte der zischende Dampf seine Äußerung unterstreichen.

»Und worin genau besteht nun das Spiel?« fragte Emma amüsiert.

»Also, ich finde, wir sind schrecklich förmlich. Muß ich Sie noch weiter Dr. Peel nennen?«

Sie dachte kurz nach. »Mmm. Unter den gegebenen Umständen dürfen Sie mich Mrs. Peel nennen.«

»Viel besser.«

»Da wir nun die Sache mit der Anrede geklärt haben, werden Sie mir freundlicherweise erläutern, warum Sie mich zu sehen wünschten?«

»Nicht ich«, sagte der Mann mit dem Handtuch. »Mutter wünscht es.«

»Mutter?«

»Mutter.«

Steed trocknete sich im Umkleideraum ab. Mrs. Peel war es in der Dampfkabine etwas heiß geworden, und sie wollte draußen am Hintereingang des Clubs auf ihn warten. Die Berichte seiner Kollegen waren weit davon entfernt, genau zu sein. Sie war eine Wucht. Wirklich. Und hatte zudem eine hübsche Stimme. Ein wenig untraditionell, was Kleidung betraf, aber damit konnte er leben.

Aus seinem mahagonigetäfelten Schrank holte er nach Bedarf nacheinander Kleidungsstücke hervor. Sich anzukleiden war eine hohe Kunst, die nicht überstürzt oder auf die leichte Schulter genommen werden sollte. Wer wußte schon, welche Katastrophe sich daraus entwickeln konnte, wenn er nicht den Standard aufrechterhielt. Sicher hätte die kommende Generation dann kein Beispiel, dem sie folgen könnte. Außerdem stattete der Premierminister manchmal dem Ministerium und übrigens auch Boodle's einen Besuch ab. Es wäre nicht gut, nachlässig gekleidet zu sein.

Dr. Emma Peel ... Mrs. Emma Peel. Während Steed seine Hose anzog, fiel es ihm schwer zu glauben, daß sie für die Prospero-Katastrophe verantwortlich sein könnte. Sie hatte zwar einen schalkhaften Blick, aber er traute sich genug Menschenkenntnis zu und hatte das deutliche Gefühl – und zwar seit dem Augenblick, da er sie zum erstenmal gesehen hatte –, daß sie ein feiner Kerl war. Abgesehen von dem neckenden Ausdruck enthüllten die Augen genug Intelligenz, um ihn davon zu überzeugen, daß sie sich nicht für einen terroristischen oder Sabotageakt hergeben würde.

Nein, dachte Steed, da lag ein größeres Rätsel vor. Als er sein Hemd zuknöpfte, war ihm klar, daß er ihr helfen mußte herauszufinden, wer wirklich das Geheimlabor in die Luft gesprengt hatte, sonst wäre ihre Karriere zu Ende.

Außerdem würde er sie sonst nie wiedersehen, weil man mit ihr kurzen Prozeß machen würde. Und das war einfach nicht gut. Steed drückte hinten in seinem Schrankfach auf einen Schalter, blickte dann in den beleuchteten Innenspiegel und band sich die Krawatte. Während er den grellbunten alten Schulschlips durch die Schlaufe an seinem Hals zog, betrachtete er sich kritisch. Ob sie ihn wohl attraktiv fand?

Nach ihrer Reaktion in der Dampfkabine zu urteilen, war sie nicht gerade angewidert gewesen. Aber man durfte sie nicht unterschätzen, das war Steed klar. Sorgfältig bürstete er sich die Haare, warf die Schranktür ins Schloß, drehte den Schlüssel um und steckte ihn in die Tasche. Wirklich merkwürdig: Mrs. Emma Peel war die erste Frau, für die er zu gleichen Teilen Respekt, Bewunderung und Begierde empfand.

Das war eine ganz neue Empfindung und deswegen suspekt.

Steeds grüner Bentley kam langsam die Uferstraße herangefahren, während die Glockenschläge von Big Ben die Uhrzeit anzeigten. Emma saß auf dem Beifahrersitz, Steed fuhr. Keiner sprach, bis Steed sagte: »Vier Uhr. Wir dürfen nicht zu spät kommen.«

»Zum Tee?«

»Ja. Kleine Vorwarnung. Nehmen Sie nicht die Makronen. Mutters Lieblingsgebäck.«

Emma verhielt sich so, als wäre dies vollkommen

plausibel, und enthielt sich jeden Kommentars, als Steed in die Einfahrt zu dem geheimen Parkhaus einbog. Der Wagen hielt vor einem Schild mit der Aufschrift ›THEMSE-FLUSSBEHÖRDE. KEINE ZUFAHRT‹. An der Kontrollschranke schob Steed eine dünne Plastikkarte ein. Ein rotes Licht blinkte auf, und auf einem kleinen Display erschienen die Worte: ›Sicherheitszone – Nur für vorrangige Klarierungen‹.

Die Schranke hob sich, während Emma Steed ansah und neu einschätzte. Big Ben läutete immer noch, so als läge ein feierlicher Anlaß vor. Als das Auto in dem dunklen unterirdischen Parkhaus verschwand, glaubte sie, daß der Tee heute doch interessanter sein könnte als sonst.

Kapitel 5

Du lügst, boshaftes Ding!
Der Sturm, *William Shakespeare*

Ein Filmprojektor warf Bilder in die Dunkelheit. Während Emma die Bilder ansah, saß sie neben Steed, und Mutter saß neben ihm. Mutter, so stellte sich heraus, war ein merkwürdig aussehender Herr im Rollstuhl – ein Mann, dem Emma nicht getraut hätte, wenn dies nicht das Ministerium gewesen wäre. Seine düstere Erscheinung wurde durch dunkle, ölig zurückgekämmte Haare unterstrichen, die ihn entschieden wie einen Gangster aussehen ließen, fand Emma. Aber es hatte noch größere Überraschungen für sie gegeben, zum Beispiel, daß die Büros des Ministeriums völlig unter Wasser lagen, unterhalb der Themse.

Emma wandte ihre Aufmerksamkeit wieder dem kratzigen, schneeigen Schwarzweißfilm zu. Bizarre, unangenehme Bilder tauchten vor ihren Augen auf: Kühe auf verdorrten Wiesen, Kricketrasen im Schneetreiben, knietief in Wasser stehende Pferde.

Der Mann namens Mutter sagte: »Zuerst sind die Chew-Seen verdampft, dann haben sich die Weiden in Kent über Nacht in afrikanisches Buschland verwandelt. Eine ganze Serie merkwürdiger Wetterberichte …«

Emma und Steed sahen Mutter gleichzeitig an, bemerkten dies und warfen einander einen Blick zu. Steed hob kaum merklich die Brauen. *Lieber Himmel,* dachte Emma. Das letzte Mal, daß jemand zur gleichen Zeit wie sie den gleichen Gedanken gehabt hatte, war …

Eine Woge der Verzweiflung durchfuhr sie, und sie

wandte ihren Blick von Steed ab. Zum millionstenmal sagte sie sich, daß sie aufhören mußte, an ihren Mann zu denken. Er war tot. Er würde jetzt nicht mehr zurückkommen. Und niemand würde so gut zu ihr passen wie er. Es war gewesen, als ob sie beide für die Ewigkeit gemacht wären …

Mit Mühe zwang sich Emma in die Gegenwart zurück, während Mutter fortfuhr: »Ein Dorf in Surrey verzeichnete an ein und demselben Tag Fälle von Sonnenbrand und Frostbeulen.« Er klang grimmig. »Verrückte Temperaturen von 65 Grad.«

»Und?« Emma wirkte unbeeindruckt.

Mutters Stimme wurde lauter und klang etwas entnervt. »Am heißesten Tag des Jahres erfror die halbe Fußballmannschaft.«

»Zeit für Wollsachen«, sagte Emma forsch-fröhlich.

»Das Wetter wird häßlich«, sagte Mutter mit zusammengebissenen Zähnen, und sein wütender Blick tadelte sie wegen ihrer Leichtfertigkeit.

Im Dunkeln runzelte Emma die Stirn. Seit langem hörte sie immer wieder von merkwürdigem Wetter. In den letzten paar Jahren waren Berichte über solche Vorkommnisse aus der ganzen Welt aufgetaucht. Eigentlich hatte es *immer schon* wechselhaftes Wetter gegeben, und das würde auch *weiterhin* so sein. Manche Leute sahen einfach in allem eine Verschwörung. Als ihre Stimme schließlich zu hören war, klang sie gelangweilt. »Hier liegt kein erkennbares Muster vor. Wir hatten im Labor ein Expertensystem, das all diesen Berichten nachging.«

Mutter sagte leise: »Wir sind noch weitergegangen. Haben unsere besten Wissenschaftler darauf angesetzt. Die meisten sind verschwunden … oder tot.«

Um diesen Punkt visuell darzustellen, zeigte die Leinwand eine Serie makabrer Todesszenen. Ein Mann steckte im Eis fest, ein weiterer war plötzlich verbrannt.

Noch ein anderer lag tot in einem ausgetrockneten Flußbett neben gleichfalls toten Fischen.

»Ah«, sagte sie. »Ich verstehe.« Wenn es gefallene Agenten zu rechtfertigen gab, wurde das Wetter für das Ministerium plötzlich wichtig. Nun, sie konnten von ihr bestimmt nicht erwarten, daß sie eine Verschwörung für sie erfinden würde.

Warum wurde *sie* hier überhaupt einbezogen? Sie brauchten doch ihren Doktor in Meteorologie nicht, damit sie ihnen mitteilte, daß das Wetter auf der Welt merkwürdig war. Schlimm, daß ihre Wissenschaftler hier in etwas Dummes hineingeraten waren. Wo waren übrigens die anderen Prospero-Wissenschaftler? Warum hatten sie nicht das gesamte Programm geleitet, zusammen mit Professor Quick?

Irgend etwas Seltsames ging hier vor, und zwar angefangen bei den Rumtrüffeln. Emma spürte ein Prikkeln auf ihrer Nackenhaut.

Steed wußte, daß Mrs. Peels Reaktionen auf dem geheimen Videobildschirm hinter der Wand überprüft wurden. Er fragte sich, wie ihr Auftritt eingeschätzt wurde. Auch fragte er sich, wer sie wirklich sein mochte. War sie eine Regierungswissenschaftlerin, der man seit langem vertraute? Oder war sie wirklich eine verräterische Saboteurin? Wie auch immer, sie war verdammt attraktiv. Und je länger er darüber nachdachte, desto besser stand ihr die weiße Lederkleidung. Sie war ganz und gar nicht wie andere Frauen; warum sollte sie sich also wie diese kleiden?

Mutter fuhr fort: »Offen gesagt, wir sind verblüfft. Das Wetter verändert sich. Schnell. Wir wollen wissen, warum.«

»Globale Erwärmung?« meldete sich Steed. »Oder von Menschen verursacht?«

»Beides«, sagte Emma. Steed bemerkte wieder die

Musik in ihrer Stimme. Ähnlich wie seine … nur weiblich. Und geschmackvoll der Klang in den unteren Stimmlagen. Ganz ungewöhnlich.

»Genau«, sagte Mutter und drehte sich vor der Leinwand um. Der Lichtstrahl beleuchtete seine entschieden unattraktiven Züge, einschließlich der dicken Nase und dem angeklatschten Haar, während sich die Zerstörung der Prospero-Wetterstation auf der Leinwand und ein zweites Mal auf seinem Gesicht abspielte.

»Das Prospero-Programm.«

Mutter schaltete die Lichter ein und zog an einer Schnur. Das hölzerne Rollo ging hoch und enthüllte eine Wand aus Wasser. Steed sah mit einem Seitenblick auf Mrs. Peel, daß sie beinahe die Augenbrauen gehoben hätte. Mutter wandte sich wieder um und sagte: »Ich ziehe jederzeit einen Raum mit Aussicht vor, Sie nicht auch?« Er griff nach der Teekanne. »Tee? Ich schenke Ihnen ein …«

Mutter hielt Wort und goß Tee ein, und Steed beobachtete, wie Emma das bizarre Hauptquartier ihres Elitegeheimdienstes in Augenschein nahm. Hölzerne Lattenroste bedeckten undichte Stellen in dem Unterwasserhauptquartier, und eine bedrückende Feuchtigkeit verlieh ihm die Atmosphäre einer Umkleidekabine. Steed konnte fast sehen, wie sie dachte, wenn diese undichten Wände nachgäben, würden sie es kaum lebend nach oben schaffen. Mutter wäre entscheidend im Nachteil.

»Ich weiß von der Explosion des Prospero-Labors«, sagte Emma ruhig. »Zucker, bitte. Einen Würfel … Bin ich deshalb hier?«

Mutter blickte auf und ihr in die Augen, während er sorgfältig mit einer kleinen silbernen Zange den Würfel in ihren Tee gab, so als handelte es sich um einen Giftwürfel. »Sie sind hier zum Tee, Dr. Peel.« Seine Stimme war völlig unverbindlich.

Hinter Mutter erklang eine Frauenstimme aus dem

Dunkel. »Willkommen im Ministerium. Makronen?« Die Stimme gehörte einer jungen Frau, die ein adrettes blaues Kostüm trug und deren kurze dunkle Haare ihre hellen Augen rahmten. Aus dem Nichts schob sie einen kleinen Kuchenwagen heran.

Steed kannte Brenda, Mutters miniberockten Bodyguard und seine leitende Assistentin. Mutter hatte es da nicht schlecht getroffen, dachte er. Brenda zwinkerte Steed zu, als sie mit dem Wagen an ihm vorbeikam. Die Art, wie er sie an der Nase herumführte, war unfair, sagte sich Steed. Er mußte daran irgendwann mal etwas ändern. Doch bis dahin war Brenda ihm ganz nützlich. Wie sie so oft gesagt hatte: Sie würde alles für ihn tun ... wirklich alles ...

Steed merkte, daß Emma mißtrauisch zu Brenda schielte und das Makronenangebot als Trick deutete. Steed hatte sie wegen der Makronen gewarnt.

Stirnrunzelnd erkannte Steed, daß Brenda möglicherweise eine Spur eifersüchtig war. Sie wußte nur zu gut, was geschähe, wenn Mrs. Peel Mutters Lieblingsgebäck nehmen würde. Ja, sie versuchte vielleicht, das Blatt zu Mrs. Peels Ungunsten zu wenden.

Steed wechselte geschickt das Thema. Eine nützliche Fähigkeit bei diesen kleineren Notsituationen. »Prospero ... sehr Shakespeare-mäßig. Erklären Sie.«

»Allergeheimste Forschung«, erwiderte Emma. »Ein Regierungsprojekt, bei dem ich am Aufbau eines Wetterschutzes mitgearbeitet habe.« Sie sah Steed direkt an, dann den Regenschirm neben ihm und übersetzte für ihn: »Ein Verteidigungsschirm, wenn Sie so wollen, Mr. Steed.«

Er war dankbar für diese kleine Höflichkeit. »Ah! Ich verstehe. Jemand greift an ... wir öffnen diesen Schirm ... alle gehen heim zum Tee. Wunderbar.«

»Bis jemand das Forschungslabor in die Luft jagt.« Emma nippte anscheinend teilnahmslos an ihrem Tee.

»Ist man dort einfach hineingegangen?« erkundigte sich Steed. »Wie haben sie die Sicherheitsvorkehrungen überwunden?«

»Das ist das Interessante«, sagte Mutter ernst. »Die Sicherheitskameras haben bei dem Angriff auf das Prospero-Labor ein Bild aufgenommen.« Hier reichte er Emma ein Foto von ihr selbst. »Erkennen Sie sie, Mrs. Peel?«

Mrs. Peel starrte darauf. Steed stellte fasziniert fest, daß der normalerweise undurchdringliche Mund der Frau sich tatsächlich öffnete. Mit weit geöffneten Augen und gespannter Aufmerksamkeit murmelte Mrs. Peel: »Wie eine Zwillingsschwester …«

»Also wirklich«, rief Steed aus. »Sie sieht schrecklich bekannt aus.«

Steed wußte, daß Fachleute hinter den Wänden auf versteckten Videobildschirmen ganz nah an ihr Gesicht herangingen, jeden Ausdruck von ihr auseinandernahmen, ihre Augenbewegungen zählten, ihre Stimme analysierten. Hatten die Burschen ein Glück!

»Das ist ein Spezialauftrag, Dr. Peel. Mit einem besonderem Dreh.« Mutter machte um der Wirkung willen eine Pause. »Sie sind unsere Hauptverdächtige.«

»Ich bin unschuldig … natürlich«, sagte Mrs. Peel, die ihr Gesicht wieder unter Kontrolle hatte.

»Oder«, sagte Steed, der einen Moment lang brauchte, um einen Schokoladenkeks von der Gebäckschale auszuwählen, »schuldig bis zum Beweis des Gegenteils.«

»Warum sollte ich mein eigenes Projekt sabotieren?« fragte Mrs. Peel.

»Das erzählen besser Sie uns«, entgegnete Mutter kühl.

Mrs. Peel runzelte die Stirn und biß in ihren Garibaldi-Keks. Sie kaute, während sie das Foto auf dem Tisch betrachtete. »Sie sieht aus wie ich. Aber sie ist es nicht.«

Steed sah zu Mutter hinüber, der einen auf dem Tisch stehenden Kassettenrecorder einschaltete. Grimmig sagte er, als das Band ablief: »Wir haben dieses Kommuniqué erhalten … natürlich anonym.«

Eine männliche Stimme, die Emma nicht erkannte, ertönte aus dem Kassettenrecorder. »Akt eins beginnt mit einem Sturm, eine von Prosperos Fähigkeiten. Eine hübsche Aufführung von Mrs. Peel. Eine, welche die Weltministerkonferenz bald bewundern wird …«

Mit einem Klick schaltete Mutter das belastende Band aus.

Steed beobachtete, wie Emma die schlechte Nachricht aufnahm. Die meisten Menschen wären zumindest leicht beunruhigt, aber ihr Gesicht war nun beeindrukkend unergründlich, eine Art Tabula rasa. Eigentlich seinem eigenen Gesicht nicht unähnlich. Vielleicht hatten sie wirklich einiges gemein.

»Angesichts Ihres langjährigen tadellosen und loyalen Dienstes wird Ihnen ein Privileg gewährt«, sagte Mutter. »Ihre Unschuld zu beweisen.«

Mrs. Peel verzog die Lippen zu einem kleinen kalten Lächeln. »Genaugenommen sagen Sie, ich hätte keine Wahl.«

Zudem war sie schnell, dachte Steed.

»Die Weltministerkonferenz tritt nächste Woche zu einer Vertragsunterzeichnung zusammen. Hier in London. Wir haben nicht viel Zeit. Finden Sie heraus, was da vor sich geht. Und zwar schnell …«

Steed wandte sich Mrs. Peel zu und machte ihr ein Zeichen, das soviel hieß wie ›Wollen wir?‹. Sie stand kooperativ auf, doch bevor sie zur Tür ging, pflückte sie eine Makrone vom Tablett. Sie biß hinein, während sie Mutter in die Augen sah. Steed erkannte, daß er die Herausforderung annahm. Wenigstens war diese Mrs. Peel niemand, der Konfrontationen scheute, dachte er.

»Mutter wünscht, daß ich Sie in alles einweihe. Er möchte, daß wir im Team arbeiten.«

Als sie aus dem Ministeriumsbüro in den unterirdischen Gang getreten waren und die Tür geschlossen hatten, blieb Mrs. Peel abrupt stehen. Sie hatte die Hände auf die Hüften gelegt und warf ihm einen schlauen Blick zu. »Sie meinen, ich *muß* Ihnen trauen.«

Sie wußte genau, was los war, erkannte Steed. Er sollte ihr Babysitter sein, ihr Aufpasser … wenn nötig, ihr Mörder. Und doch spürte er irgendwie, daß er auch ihr Anwalt sein könnte.

Steed nickte ihr, als allgemeine Bestätigung, fröhlich zu. Unnötig, unfreundlich zu sein, wie er immer sagte.

»Genau, Mrs. Peel. Stehe Ihnen jederzeit zur Verfügung. Wollen wir?«

Emma warf ihm einen vernichtenden, haßerfüllten Blick zu, während er sie den Gang entlang eskortierte.

Als die Tür hinter ihnen ins Schloß gefallen war, tauchten aus dem geheimen Raum Dr. Darling und eine schlanke, geschmackvoll gekleidete Frau mit merkwürdig glasigen Augen auf. Mutter sagte: »Glauben Sie, daß sie diese Wissenschaftler getötet hat, Vater?«

Die elegante Frau namens Vater zog sich ungeduldig einen Ohrhörer aus dem Ohr, während sie antwortete. Ihr dunkles Haar war kunstvoll zu einem komplizierten, gedrehten Knoten frisiert. »Alles in meinem Bericht, Mutter.« Jedes ihrer Worte traf hart und kalt auf Mutters Ohren, so als ob Eiswürfel nacheinander in ein Glas fielen. Ihr hartes Gesicht mochte aus dem gleichen Material gemeißelt sein, so kalt war sein Ausdruck.

»Warum habe ich ihn nicht gelesen?«

»Weil ich ihn Ihnen nicht gegeben habe. Meine Theorie lautet, daß Dr. Peel vielleicht krank ist …«

Mutter sah von dem Aktenstapel auf, wo er nach etwas zu suchen begonnen hatte. »Wirklich. Gedächtnisverlust? Hypnose?«

»Möglicherweise«, antwortete Vater mit frostiger Stimme. Mutter merkte, daß Vater von Dr. Peel nicht übermäßig begeistert war. »Gespaltene Persönlichkeit«, fuhr sie fort, »vielleicht ein Trauma. Es gab da einen Ehemann …«

Sie machte eine Pause, wie um Mutters Reaktion darauf abzuschätzen. »Testpilot, der über dem Amazonas verlorenging. Vermutlich tot. Er war einer von uns.«

Mutter seufzte. »Welch ein Verlust.« Er dachte einen Augenblick lang nach. »Rache wäre also ein mögliches Motiv.«

»Sie entspricht sicher unserem Profil.«

»Mrs. Peel ist unsere einzige Spur«, sagte Mutter resigniert. »Entweder führt sie uns zu dem wahren Feind, oder er findet sie.«

»Sie weiß zuviel«, sagte Vater. »Könnte ein Risiko sein. Geben Sie es zu, Mutter. Wenn sie es ist, bleibt nur eine Lösung …« Sie sah Mutter direkt ins Gesicht. »Das Ende.«

Kapitel 6

Mein Anspruch dann
Ist halt bescheiden. Ich hab keinen Ehrgeiz,
Einen bessern Mann zu sehn.
Der Sturm, *William Shakespeare*

Tief in Gedanken versunken räumte Brenda sorgfältig das Teegeschirr zusammen. Mutter und Vater hatten gerade eine kleine Auseinandersetzung gehabt. Es war schön gewesen, John wiederzusehen; er kam weiß Gott nicht oft genug aus der Außenwelt zu ihnen.

Ihre Arbeit hier machte ihr überhaupt nichts aus, dachte sie, während sie die benutzten Teller stapelte. Sie mußte nur an John Steed denken und daran, was für ein edler Diener der Öffentlichkeit er war ... wie er Tag und Nacht für die Menschen Englands sein Leben riskierte ... schon der Gedanke an seine Selbstlosigkeit brachte sie zum Weinen.

Sie wischte sich eine Träne fort, nahm den Teller mit Krümeln auf, von dem er gegessen hatte, und wog ihn andächtig in Händen. Sie untersuchte die Krümel und erkannte, daß er Butterkeks, etwas mit Schokolade und Kuchen genommen hatte. Gut. Er wurde gut ernährt. Sie stellte den Teller vorsichtig auf den Wagen und räumte die Tassen zusammen.

Brenda runzelte die Stirn. Sie hatte Zweifel, was diese Mrs. Peel betraf. Es klang ziemlich so, als ob sie zur anderen Seite gehörte ... aber John war clever genug, das herauszufinden.

Sie summte ›Rule Britannia‹, während sie die Kanne auf den Wagen stellte und ihn zur Kantine schob.

Emma behielt ihre undurchdringliche Miene bei, während Steed aus dem geheimen Parkhaus fuhr und beschleunigte. Sie hatte sich nichts anmerken lassen wollen, aber Mutters Foto von ihr im Hauptquartier des Prospero-Programms hatte sie ziemlich verwirrend gefunden. In ihrer Laufbahn hatte es eine unglückliche Episode gegeben, kurz nach dem Tod ihres Mannes, als sie in einem Kampf mit einem russischen Agenten zu langsam reagiert hatte. Er hatte ihr gegen den Kopf getreten, und als sie wieder zu sich kam, konnte sie sich an gewisse Dinge nicht erinnern, unter anderem an ihren Namen sowie daran, was sie in der Vergangenheit getan hatte und wo sie an jenem Tag gewesen war.

Seither hatte sie sich bei sehr seltenen Gelegenheiten Sorgen um ihr Gedächtnis gemacht. Das lückenlose Gedächtnis, von dem ihre Universitätsprofessoren so geschwärmt hatten, war ihr viel wert, und es wäre ihr zweitgrößter Verlust, wenn es dauerhaft beschädigt wäre. Sie spürte, daß Steed sie ansah, erwiderte seinen Blick aber nicht. Statt dessen betrachtete sie die Löwenstatuen auf dem Trafalgar Square. Ein Wunder, daß noch niemand sie geklaut hatte, dachte sie. Zum erstenmal nahm sie wahr, daß sie ihre Pfoten ausstreckten, so als ob sie sich auf eine gewaltige Katzenleckerei freuten.

Oder hatte sie das schon vorher bemerkt und nur wieder vergessen? Sie stützte ihr Kinn in die Hand und bemühte sich, ihre Gedanken zu verbergen. Was, wenn sie nachts eine andere Person war? Was, wenn sie *wirklich* gestern ihre eigene Zentrale zerstört hatte? Sie spürte, wie sich zwischen ihren Brauen eine winzige Furche bildete, und entspannte die Muskeln. Vor allem durfte sie Steed nichts merken lassen.

In dem Monat, nachdem sie vom Feuertod ihres Mannes erfahren hatte, war sie nicht sie selbst gewesen. In Gedanken war sie an dunkle Orte gereist, die sie seither bewußt gemieden hatte. Was, wenn diese dunklen Orte nicht verschwunden waren, sondern bis jetzt in ihrem Unterbewußtsein lauerten – eine versteckte Psychose? Denn sie *war* die Person auf dem Foto. Keine Frage.

An einem dieser erschreckend dunklen, erfolgreich verdrängten Orte hatte sie unter ärztlicher Sedierung tatsächlich geträumt, daß die Prospero-Zentrale explodiert wäre. Daß sie an der Kontrolltafel gestanden und Antimaterie in die Testwetterkugel gepumpt hätte, bis diese zerbarst. Sie hatte den Traum so gedeutet, daß ihre Welt in Stücke gerissen war – eine unbewußte Ausführung des Gedankens, daß das gewaltsame Auseinanderbrechen ihres Privatlebens sich auch auf ihr Berufsleben ausweiten konnte.

Emma wurde bewußt, daß sie die Hände zu Fäusten geballt hatte, und entspannte sie vorsichtig, als Steed zu ihr herüber sah. Sein Ausdruck war so verschleiert wie ihr eigener. War es möglich, daß sie an die dunklen Orte zurückgekehrt war – ohne es überhaupt zu wissen – und ihr Labor und ihre Kollegen in Millionen winziger Stücke gesprengt hatte?

Es war undenkbar.

Es war eine deutliche Möglichkeit.

Das Schild, das draußen an Trubshaw's Sportbekleidungsgeschäft auf der Jermyn Street hing, war ein großer geöffneter Schirm; der in Goldbuchstaben gehaltene Name paßte in den massiven Schirmstoff, und ein Paar Wellington-Stiefel schützte ihn von unten.

Drinnen kreuzten Steed und Emma die Degen, um neue Klingen – und einander – zu testen. Ein älterer Angestellter von Trubshaw's fuhr hinter dem Tresen mit seiner Büroarbeit fort, als ob seine Kunden täglich mit rasierklingenscharfen Degen in dem Laden fochten.

»Das Prospero-Programm war wirklich sehr einfach«, sagte Emma, eine Hand auf der Hüfte, während sie geschickt ihren Degen gegen Steeds Klinge führte. »Wir haben Protonen und Ionen bombardiert, um Antimaterie zu erschaffen ...«

»Ich sollte Sie doch besser wieder ›Doktor‹ nennen«, sagte Steed. »Gewicht auf den hinteren Fuß, Mrs. Peel ...«

Lächelnd ließ sie ihn in dem Glauben, daß sie seinen Rat zur Fechttechnik gelten ließe.

Ihre Klingen kreuzten sich, *klick-klack, klick-klack,* sechs Schläge pro Sekunde, und brachten sie in die Gegenwart zurück. Manche Dinge ließen sich eben leichter beweisen als behaupten. *Er ist nicht schlecht,* dachte Emma, *man muß ihn nur ein wenig herausfordern.*

»Wir haben künstlich neue Wettersysteme erschaffen«, fuhr sie fort.

»Sie sind eine Dame mit verborgenen Talenten, Mrs. Peel ... Etwas mehr Beweglichkeit im Handgelenk ...«

Da fängt er schon wieder an, dachte sie. Sie überging seine Anmerkung und fragte sich, ob es – ohne ihr Wissen – zu ihren verborgenen Talenten gehörte, geheime Forschungseinrichtungen in die Luft zu jagen. Tagsüber arbeitete sie ganz normal als zivilisierte Meteorologin; aber vielleicht war sie nachts eine psychopathische Mörderin.

Klick-klack, klick-klack, klick-klack ...

»Wissenschaftlerin ... Fechterin ... worauf führen Sie Ihre außergewöhnlichen Leistungen zurück?« fragte Steed.

Mit einem schnellen Degenspiel, das ein geschicktes traditionelles *tac-au-tac*-Manöver einschloß, zeigte Emma ihm, was sie drauf hatte. *Er ist wirklich nicht so schlecht,* dachte sie mürrisch. *Er hat auf diesen Stoß sogar ziemlich gut reagiert.*

Steed warf ihr einen Blick zu, der besagte: *Touché.*

»Mein Vater wollte immer einen Jungen«, erklärte Emma.

»So? Ich erkenne da keinen Zusammenhang.«

Er war wie alle seine Geschlechtsgenossen. »Das dachte ich mir. So wie er.«

Emma machte einen Ausfall nach vorn, und die Florettspitze traf auf Steeds Fechtanzug mitten ins Herz.

In diesem Augenblick trat ein tadellos gekleideter älterer Herr auf die Brüstung. »Bravo!« sagte er, und seine blauen Augen blitzten. Emma fand, daß er aussah, als wäre er seinerzeit vielleicht ein Athlet gewesen. Etwas an der straffen Gesichtshaut ... »Erweisen Sie mir die Ehre ...?« Er sah Steed erwartungsvoll an.

»Mr. Trubshaw, ich stelle Ihnen Dr. Emma Peel vor, eine Expertin im Fechten.«

»Sehr erfreut.« Trubshaw verbeugte sich kurz und galant in ihre Richtung.

Steed ließ seine Waffe in die Höhe schnellen und balancierte sie wie ein Ritter, dann reichte er sie Trubshaw. Emma gab ihm ihre Klinge, und Trubshaw ging an ihnen vorbei zu dem Verkäufer hinter dem Tresen. Der alte Herr trat zu einer anderen, entfernt stehenden Wandvitrine und machte ihnen ein Zeichen, ihm zu folgen. Er drückte auf einen Knopf, und aus der Wand glitt ein mit schwarzem Samt ausgeschlagenes Brett hervor, das eine an Samurais gemahnende Sammlung von Schwertern mit Schirmgriffen enthielt.

Deshalb trägt Steed immer einen Schirm bei sich, dachte Emma. *Das ist seine kleine Waffe. Ob er wohl überrascht wäre, wenn er wüßte, wo ich meine trage ...*

Bei diesem Gedanken lächelte sie, während sich die beiden Herren über die Auslage beugten.

»Es geht nichts über die Stärke von Elfenbein«, sagte Trubshaw gerade. »Als ich in Indien war ...«

Steed sagte sanft: »Die Elfenbeingriffe sind eine Spur zu schwer. Ich bleibe bei Rosenholz.«

»Der stabile Krummstab, Sir?« erkundigte sich Trubshaw. Steed nickte.

Fasziniert beobachtete Emma den förmlichen Wortwechsel. Dieser Steed war ein besonderes Exemplar. Ob er all das wohl ernst meinte?

»Ausgezeichnet, Sir«, gab Trubshaw von sich. »Wenn Sie bitte hier entlang mitkommen wollen ...«

Er führte sie die Treppe hinunter. Unten war Trubshaw's eher ein konventioneller Herrenausstatter. Jagdtrophäen an den Wänden beobachteten, wie Männer rosafarbene Mäntel probierten, die ihnen Verkäufer in Frack und Stehkragen hinhielten. Emma zog leichtfüßig und kokett durch diese männliche Bastion, in dem Bewußtsein, daß alle Blicke auf sie gerichtet waren.

Sie nahm eine braune lederne Reitgerte auf und schlug sich die Spitze ungeduldig gegen die Handfläche. »Da mein Ritter nun seine Rüstung gewählt hat, sollten wir uns nicht auf den Weg machen?«

Steed hob eine Hand, als wollte er sagen, nicht so schnell. »Trubshaw ist ein Mann, den kennenzulernen sich lohnt. Sinnlos, mit schlechtem Schuhwerk aufzubrechen. Ich habe mir daher die Freiheit genommen, für Sie ein Paar Stiefel zu bestellen, Mrs. Peel.«

»Aha, danke.« Sie dachte kurz nach und schlug sich mit der Gerte nachdenklich gegen das Bein. John Steed war also ein Stiefelfetischist. Vielleicht stand er auf Leder. Ob er Frauen immer Lederstiefel kaufte, kaum daß er sie kennengelernt hatte? Nichts sprach dagegen, daß dies seine kleine Gewohnheit war. »Wenn Sie mir die Frage verzeihen: Woher wußten Sie meine Schuhgröße?«

Steed wirkte leicht peinlich berührt. Sie sah ihn zum erstenmal so. Er räusperte sich und sagte leise, den Blick auf die Reitgerte gerichtet: »Mein ... äh ... *Arbeitgeber* verfügt über ausführliche Archive.«

Trubshaw ergriff das Wort, wie um seinen besten Kunden zu erlösen. Er betrachtete sie kurz von Kopf bis

Fuß und sagte mit leicht geweiteten Augen: »Madam wird unsere Lederfachkenntnisse zu schätzen wissen.«

»Aha. Ausgezeichnet. Na, danke.« Emma ging weiter zur Auslage mit Krawatten und spielte auf dem Glastresen mit den hellen Seidenschlipsen. Trubshaw wuselte mit einer neuen Weste herum, die er an Steed ausprobierte, während Emma wartete. Wollte der Mann etwa Steeds kompletten Kleiderschrank durchgehen, Stück für Stück?

»Alte Schulkrawatten«, sagte sie und richtete sich auf eine lange Wartezeit ein. »Wie reizend. Eine von Ihren?«

Er nickte und sah aus, als wäre er wegen ihres spöttischen Tons verletzt. Oder vielleicht, dachte sie, hatte sie ihn wirklich verletzt.

»Tradition«, äußerte Steed ernsthaft, »ist alles, was wir haben, Mrs. Peel.«

Meinte er das wirklich ernst?

»Da!« rief Trubshaw triumphierend aus, während er den tadellosen Gentleman betrachtete, den Steed darstellte. Ein Herr, hätte er sagen können, wie er ihn selbst geschaffen hatte. »Ich hoffe, Ihre Schuhe und die Weste gefallen Ihnen, Sir.«

»Tadellos, Mr. Trubshaw.«

»Wirklich.« Emma sah, daß der alte Mann den Anflug eines Lächelns nicht unterdrücken konnte. »Ihre Sachen werden an die übliche Adresse geschickt.« Er warf einen Blick auf Mrs. Peel, dann sah er wieder Steed an »Und Mrs. Peels Stiefel, Sir?«

»Schicken Sie sie mit, Mr. Trubshaw.«

Der alte Mann nickte und ging ohne weiteren Kommentar – der Gipfel der Diskretion –, während Steed seine neue Weste zurechtrückte. »Perfekter Sitz. Der Mann ist erstaunlich. Trubshaws Stiefel werden Ihnen gefallen.«

»Das hoffe ich. Ich habe da meine ganz eigenen Vorstellungen, wissen Sie.«

»Das hatte ich mir schon gedacht«, sagte Steed, vor Ironie triefend.

Sie wußte, daß er sie verstanden hatte. Einen Moment blickten sie einander in die Augen, dann lief sie forsch an ihm vorbei, aus dem Geschäft in die schwache Sonne auf der Jermyn Street hinaus.

Kaum hatte Emma den Fuß auf das Pflaster gesetzt, kam es ihr so vor, als würde sie beobachtet. Steed war wahrscheinlich informiert worden, daß man sie beschattete; er wirkte jedenfalls gleichgültig. Dort war wirklich ein Mann in schwarzem Trenchcoat, der in das Schaufenster auf der anderen Seite sah …

Steed folgte ihr mit einer schwungvollen Schirmbewegung ins Freie, sah den Mann in Regenkleidung und nickte Emma zu. »Mutter«, sagte er, »hat vorgeschlagen, daß wir eine Spritztour unternehmen.«

»Hören Sie immer auf Mutter?« zog Emma ihn auf.

»Kommt drauf an. Trotzdem herrliches Wetter, nicht wahr? Kein Tag, um in der Stadt zu bleiben. Wir sollten machen, daß wir fortkommen.«

»Wir?« fragte Emma ironisch.

»Ja. Nur wir beide. Ein Wochenende auf dem Lande. Lange Spaziergänge. Wind in Ihren Haaren … Wie wäre es damit, Mrs. Peel?« Offensichtlich gefiel ihm diese Vorstellung.

»Kommt drauf an, woran Sie denken.« Sorgfältig achtete sie darauf, in neutralem Tonfall zu sprechen.

»Ich bin ein Naturliebhaber«, sagte er. »Also an alles, was natürlich ist.«

Ihr Kopf fuhr herum, und er hob ihr gegenüber nur einmal kurz die Augenbraue. So ein dreister kleiner Kerl! Andererseits mochte sie Männer, die nicht zimperlich waren. Sie gab sich alle Mühe, undurchdringlich zu blicken, während sie sich seinem alten grünen Ungetüm von Bentley näherten.

»Sollen wir meinen Wagen nehmen?« fragte Steed

mit einer Geste zu seinem antiken Fahrzeug. Emma seufzte. Der arme Mann hielt wirklich verzweifelt an Traditionen fest. Sie war sich nicht sicher, ob die alte Kiste es bis aufs Land schaffte.

Sie schlüpften in den Bentley. Emma nahm eine hochmütige Haltung ein, indem sie ihren Ellbogen auf die Tür legte und nach draußen schaute. Sie hatte immer noch nichts über den Bentley geäußert, nicht einmal nach ihrem ersten Ausflug ins Ministerium. Zweifellos wollte er sie mit seinem dummen alten Auto beeindrucken, wie Männer das immer taten. Jungen mit ihrem Spielzeug.

Steed drehte den Zündschlüssel um, aber das Auto sprang nicht an. »Äußerst merkwürdig«, sagte er.

»Vielleicht aus der Übung.«

Emma betonte die letzten drei Worte in der Hoffnung, daß sie ihn nicht im Ungewissen darüber ließen, was sie meinte. Sie bezog sich auf ihn und gewisse Aspekte seiner männlichen Fähigkeiten.

»Ja. Nun. Ich hoffe doch, daß ich das noch hinbekomme.« Steed überredete das Gasventil, und der Motor wurde wieder munter. *Rrrrrmmmmmm!* Er sprang an, und wie! Steed sah sie unter halb geöffneten Lidern bedeutungsschwer an.

Na gut, dachte sie. Der Punkt ging an ihn.

Auf ging's mit hoher Geschwindigkeit. Das Auto zog davon, als würde es mit Raketenbrennstoff betrieben. Ganz so wie ihr eigenes, speziell frisiertes Fahrzeug. Emma erkannte, daß an diesem nichtssagenden Mann mehr dran war, als man auf den ersten Blick annahm.

Vielleicht …

Kapitel 7

Maulst du noch weiter, spalt ich eine Eiche
Und pflock dich in ihr knotiges Gedärm,
Bis du zwölf Winter wegheulst.
Der Sturm, *William Shakespeare*

Der Mann im Trenchcoat drehte sich vor dem Schaufenster gegenüber Trubshaw's um und sah böse hinter dem schneller werdenden Wagen her. Während sie davonjagten, gesellten sich seine Schlägertypen zu ihm und sahen auf das elegante Heck des davonfahrenden Fahrzeugs.

»Was für ein Auto, he, Bailey?« sagte einer mit ätzender Stimme. Bailey, dessen Frisur eine genaue Kopie des Beatles-Pilzkopfs war, verzog die Schnute und gab keine Antwort. Sein geöffneter Mantel ließ einen schwarzen Kragenpullover erkennen, der genau zu seiner Seele paßte. Mit spöttischem Gesicht zog er ein Handy aus der Manteltasche, um Vater anzurufen. Dieser Peel-Vogel sollte nicht mehr lange genug leben, um auch nur einen Pieps von sich zu geben.

In Hallucinogen Hall wand sich Rupert Fellowes, der hauptsächlich mit der Antimaterieforschung befaßte Wissenschaftler des Prospero-Programms, vor Schmerzen. Die Drogen, die durch seine Adern flossen, quälten ihn gnadenlos. Der Schmerz, die betäubende Musik, die grauenhaften Visionen …

Sie hatten ihn geholt, als er gerade in der heimischen Wohnung eine Schinkenstulle aß. Er hatte sich nie für wichtig genug gehalten, um zu glauben, er sei in irgendeiner Gefahr. Wer wäre schon an einem 48jährigen kurzsichtigen Meteorologen mit schiefen Zähnen und Mundgeruch interessiert? Aber von dem Augenblick an, da er die Tür geöffnet und der Mann im schwarzen Trenchcoat die Pistole unter seinem Mantel hervorgezogen hatte, wußte Fellowes, daß er in Schwierigkeiten steckte. In wirklich schwerem Unwetter.

Er war natürlich mit ihnen gegangen – blieb ihm wohl nicht viel anderes übrig, mit dem Pistolenlauf vor dem Gesicht. Plötzlich war alles kaputt, hatte er in den kurzen verzweifelten Augenblicken gedacht, während er in ihren Wagen verfrachtet wurde. Die Prospero-Forschungseinrichtung war in die Luft gesprengt worden – insgeheim war er froh gewesen, daß er zum Zeitpunkt der Explosion dienstfrei hatte. Und sie hatten gerade erst alles fertig entwickelt – beziehungsweise *er* hatte alles entwickelt. Sie wußten, wieviel Antimaterie genau sie injizieren mußten und was dann daraus folgte. Endlich hatten sie eine sichere Waffe produziert. Eine völlig natürliche, auf ihre Art gewaltlose Waffe, die Kriege verhindern konnte.

Ja, er konnte stolz auf die Arbeit sein, der er sein Leben gewidmet hatte. Aber welch schreckliches Ende. Er hatte das unheilvolle Gefühl, daß er diesen bizarren Ort nicht lebend verlassen würde, besonders wenn er sich weiterhin weigerte, die Fragen zu beantworten, die das Monster ihm über Prospero stellte. Aber es war undenkbar, daß er die Regierungsgeheimnisse Ihrer Majestät preisgäbe. Das wäre ganz und gar nicht fair.

Fellowes versuchte sich auf das Monster zu konzentrieren, das in einem merkwürdigen Pelzkostüm in seiner Nähe tanzte, aber die Drogen hatten ihn angeschlagen. Anscheinend konnte er nicht deutlich sehen. Auch konnte er den Kopf nicht wenden, der in irgendeinem Schraubstock zu stecken schien. Er spürte, wie das Monster herankam und etwas summte. Dann drehte es an einem Rädchen an der intravenösen Kanüle, die ihm in den Arm eingeführt worden war. Sie hatten sie angelegt, bevor er auf der Couch aufgewacht war, wo diese gräßliche Hypnoscheibe über ihm psychedelische Muster herumwirbelte.

Irgendwie hatte das Ungeheuer ihm Drogen verabreicht, die seinen Kopf klarließen, während sie seinen Körper außer Gefecht setzten. Er spürte, wie schrecklich sein Herz jagte, als ob es ihm aus der Brust springen wollte, und er keuchte, als wäre er eine Meile gerannt. Gott wußte, daß dies im wirklichen Leben nie vorkam.

Dann bemerkte er, daß das Pelzding entweder eine neue Droge in die Mischung gefüllt oder die Dosierung dessen erhöht hatte, was er bereits bekam. Sein Körper drehte durch, sein Herz flatterte. Er wollte aus der Haut fahren und glaubte beinahe, dazu imstande zu sein.

Dann kam der Schmerz. Zuerst spürte er überall eine Art Kitzel, dann sanftes Prickeln, als ob er von einer Million Nadeln gestochen würde. Dann wurden die Nadelspitzen zu Messern, und es kostete ihn alle Kraft, nicht aufzuschreien. Er konnte sich stöhnen hören, aber nicht länger kontrollieren ... vielleicht hatte man eine enthemmende Droge eingefüllt ...

Schlimmer ... das Pelzmonster ... tanzte, tanzte, schrecklich. Grausam. Mußte ... widerstehen ...

»Ahhhrrrr! Nnnnnnnneeeeeiiiinnnn ...« kreischte er, voller Angst, daß er die Prospero-Geheimnisse preisgeben würde, so sehr fürchtete er den Schmerz. Er knirschte mit den Zähnen und hörte seinen eigenen Schrei, der in psychedelischen Kreisen immer weiter nachhallte ...

Fellowes konnte nicht wissen, daß sein Peiniger, Sir August de Wynter, über das Wetter ebensoviel wußte wie er. Immerhin hatte er jahrelang dem Prospero-Projekt vorgestanden, bei dessen Entstehung er der ursprüngliche Projektleiter gewesen war. Er wollte nur sicherstellen, daß Dr. Peel und die Wissenschaftlertruppe des Prospero-Programms nichts erfahren hatten, was er nicht bereits kannte. Aber er war zuversichtlich …

Verkleidet als Riesenteddybär in Schottenkaros, fühlte er sich völlig ungehemmt. Und er war ein grausamer Bastard, aber er liebte Kirchenmusik sehr. Er tanzte mit seinem speziellen, rasiermesserspitzen Taktstock mit rubinenbesetztem Griff, wogte rhythmisch hin und her und wirbelte zur Aufnahme engelhafter Musik von Massenchören herum, die in herrlicher Harmonie zusammenfanden.

Als die Musik anschwoll, sah Sir August zu der verspiegelten Kammer hinüber, die er für das Verhör seines Opfers geschaffen hatte. Auf der Spezialcouch, wo der Wissenschaftler zwischen Spiegeln und sich spiralförmig drehenden Hypnoscheiben lag, war die Musik sogar noch lauter. Laut genug, um jeden verrückt zu machen.

Sir August lächelte in seinem riesigen Teddybärkopf; dann erlosch sein Lächeln plötzlich. Konnte der dämliche Idiot nicht mit dem *Stöhnen* aufhören? Rückgratloser kleiner Zwitscherer. Und dazu noch mit üblem Mundgeruch.

Sir August unterdrückte seinen Zorn und wirbelte und dirigierte die himmlischen Stimmen während des krönenden, wilden Schlußchors des *Halleluja,* das endlos in Bach-artiger Komplexität und Größe widerhallte. Aber diesen Dummkopf würde er seine Musik nicht ruinieren lassen. Sir August blickte auf den blassen, dürren Wissenschaftler auf der Spezialcouch; Riemen und Kopfklemme hielten ihn dort in einer Position, in der die Drogen in ihm am besten wirken konnten.

Wer vermochte diesen unendlichen pulsierenden psychedelischen Mustern zu widerstehen, mit ihrer Fähigkeit zu verwirren und zu bezwingen? Und da er dem armen Dussel außerdem einen halluzinogenen Cocktail verabreicht hatte, würde der Mann bald schon darum betteln, alles erzählen zu dürfen, was er wußte. Ja, seine genauen Kenntnisse von Halluzinationen hervorrufenden Mitteln hatten sich wirklich als sehr nützlich erwiesen. Auch beim Entwurf der speziellen Spiegelkammer war er absolut brillant gewesen – so brillant wie in der Rolle des Prospero in seiner eigenen Produktion von Shakespeares *Sturm.* Er grinste. Die ganze Welt war *seine* Bühne.

Sir August wirbelte weiter herum und gab sich ganz der Musik hin, so als ob sein Leben davon abhinge. Dabei dirigierte er das Meisterwerk, das mit wahnsinniger Kraft aus den massiven, bis an die Decke reichenden Lautsprechern geschmettert wurde. Schweiß lief ihm in seinem Anzug den Rücken hinunter. Der Wissenschaftler stieß einen besonders langen Schmerzensschrei aus, der Sir Augusts Vergnügen schließlich ruinierte.

»So schrecklich ermüdend!« Er hatte die Geduld endgültig verloren und richtete seinen Taktstock auf den Wissenschaftler. Er streckte eine mächtige stockschwingende Pfote aus und schnitt und schlitzte, mit der Musik perfekt harmonierend, mit dem juwelenbesetzten Taktstock rhythmisch die Wangen seines Opfers auf, aus denen Blutperlen tropften. Der Mann zitterte wie ein Blatt, er wimmerte und stöhnte. Welch gemeine Kreatur. Als sich die Musik zu einem Höhepunkt steigerte, schlug Sir August dem Wissenschaftler auf die Nase.

»Sie *wissen,* was ich wissen will«, sagte er, als ob er ein störrisches Kind zurechtwiese.

Der Wissenschaftler stöhnte nur noch lauter, was Sir Augusts Laune nicht gerade verbesserte. Wütend trat er gegen den Apparat, der die Hypnoscheiben rotieren ließ, wodurch die spiralenförmigen Alptraumbilder noch schneller abgespult wurden. Der Wissenschaftler begann zu wimmern, sein Körper bebte vor Anstrengung, nicht nachzugeben. Schließlich bemerkte Sir August vergnügt, daß er es nicht mehr ertragen konnte. Heftig und hilflos zitternd begann er murmelnd Geheimnisse von sich zu geben, kaum fähig, die Worte schnell genug hervorzusprudeln, um die Amphetamine, die sich mit den anderen Drogen in seinem Blut vermischten, zu beruhigen …

»Ahh! Ich … wir … oh … bei der Produktion von … von … Antimaterie … ist … das Verhältnis von Pro… Protonen zu Ionen …«

Singend und tanzend trällerte Sir August im Triumph ›Protonen zu Ionen‹, wobei er das R rollte.

Verzweifelt sprach der Wissenschaftler weiter. Er schnaufte wie ein Rennpferd. »… gleich der Masse des Wolkendru… drucks entsprechend dem Fermetti-Prinzip. Nimmt … nimmt man ›P‹ als G-g-grundlage …«

»›P‹ als Grundlage«, wiederholte Sir August, wobei er sich an dem inbrünstigen Choral ergötzte, der sich majestätisch erhob und den Wissenschaftler überwältigte. Nachdem er hatte, was er wollte – nämlich das Wissen, daß Prospero nicht weitergekommen war als er selbst –, lauschte er einen Augenblick lang zufrieden. Bei einem elegischen Höhepunkt, an dem Geigen erklangen, hob er ekstatisch seinen Taktstock mit der Rasierklingenspitze. Kurz blitzte sie in dem stroboskopischen Licht gefährlich auf; dann stieß er sie hinab, tief in Fellowes' gequälte Brust.

Ohne Erklärung bog Steed von der Straße in ein Feld ab. Er spürte Mrs. Peels fragenden Blick, als er den Wagen zum Stehen brachte. Befriedigt stellte er fest, daß ihre Privatsphäre wie geplant wirkungsvoll geschützt wäre, wenn sie sich in das hohe Gras setzen würden.

Mit Interesse beobachtete er, wie Mrs. Peel die sich wiegenden Grashalme um sie herum betrachtete, deren reife Ähren schwer herabhingen. »Hübsches Feld«, lautete ihr Kommentar. »Gedenken Sie, sich im Heu zu wälzen?«

Steed lächelte sie an. Wenn sie wüßte, wie nahe sie der Wahrheit war. Dabei hatte er gehofft, seine amourösen Absichten hinter dem Vorwand eines Picknicks verbergen zu können.

»Mrs. Peel, Sie sind eine Quelle der Verwunderung. Sie haben doch sicher nicht gedacht, daß ich Sie auf ein Abenteuer dieser Art ohne ausreichende Nahrung mitnehmen würde?« Er öffnete seine Tür, stieg hinaus in das hohe Gras und holte vom Rücksitz zwei Picknickkörbe. Steed spürte Mrs. Peels Blick auf sich, als er durch das Gras lief und nach der idealen Stelle suchte. Er hörte, wie ihre Wagentür zufiel; sie kam hinter ihm her.

»Ah, das ist es«, sagte er und ließ die Körbe auf die Erde plumpsen. Mrs. Peel näherte sich ihm mit einem sowohl amüsierten als auch skeptischen Blick. Während er ein großes weißes Leinentischtuch hervorzog, es schwungvoll ausbreitete und dabei auf dem Gras ein Rechteck flachdrückte, hoffte Steed, daß Brenda ihren üblichen Standard gewahrt hatte. Seit Jahren schon hatte sie ihn bei diesen Gelegenheiten nie enttäuscht. Sie suchte Fortnum and Mason auf, um ihn für diese berufsbedingten Ausflüge ins Freie auszustatten, wobei sie mit Körben voll der besten Dinge zurückkam, die England (und zugegebenermaßen auch ganz Europa) zu bieten hatte.

Steed genoß es, wie Mrs. Peel, die mit gekreuzten Beinen auf der Decke saß, jede seiner Bewegungen beobachtete, als er die Körbe auspackte.

»Gänseleber«, sagte er und stellte die kleine Dose auf das Tuch. »Kräcker. Brie. Französisches Brot. Lachsterrine. Quiche Lorraine. Eingemachte Königskrabben. Salat mit Schimmelkäse, Vinaigrette und Avocados. Erdbeeren … Brombeeren … Sahne. Reife Pfirsiche. Und natürlich Rumtrüffel.«

»Nun«, sagte sie lächelnd. »Irgendwie werden wir uns schon durchschlagen.« Sie sah zu, wie er zwei Teller aus feinstem chinesischem Porzellan und zwei Bestecke aus schwerem Silber aufdeckte.

Er öffnete den zweiten Korb, der ausschließlich einer großen Menge an Eiswürfeln dazu diente, eine Flasche Veuve Cliquot kühl zu halten. Bei dem Gedanken an das französische Wort für ›Witwe‹ in dem Namen verzog er innerlich das Gesicht. Es sah Brenda eigentlich nicht ähnlich, daß sie nicht daran gedacht hatte. Er hoffte, es würde Mrs. Peel nicht die Laune verderben. Brenda hatte die üblichen zwei Champagnergläser aus schwerem Kristall oben auf die Flasche gelegt, eingewickelt in mehrere Leinenservietten.

»Eins nach dem anderen«, sagte Steed und nahm die Gläser, reichte sie Mrs. Peel und zog die Champagnerflasche aus dem Korb. Er löste den Draht, der den Korken hielt, und legte ihn vorsichtig in den Korb. Sorgfalt gehörte zu seinen Haupteigenschaften. Die Schludrigkeit mancher Junggesellen war seine Sache nicht.

Steed warf eine Leinenserviette über das obere Ende der Flasche mit dem orangefarbenen Etikett und drehte mit den Daumen den Korken nach oben. Als der Korken hochging, entstand durch die entweichende Luft ein befriedigendes, leises *Pfftt*. Da die Flasche richtig gekühlt worden war, lief auch kein Schaum ungebührlich an den Seiten herunter. Steed füllte beide Gläser, legte die Flasche wieder auf das Eis und reichte Mrs. Peel ein Glas.

»Auf Ihre Majestät, die Königin«, sagte er und erhob sein Glas.

Mrs. Peel stieß an. Ihre Augen blitzten. »Auf Ihre

Majestät, die Königin«, sagte sie und neigte ihr Glas. Steed hoffte, daß die Bläschen ihre Nase ebenso verführerisch kitzelten wie seine. Seine Sinne wurden durch feinen Champagner immer geschärft. Dies war, wie er feststellte, ein guter Jahrgang, mit gerade dem richtigen Aroma für einen Toast und winzig kleinen Bläschen.

Als Steed sein Champagnerglas senkte, stellte er irritiert fest, daß Mrs. Peel ihn beobachtete – wieder mit diesem unentzifferbaren Lächeln. Er verbarg sein Unbehagen, indem er fragte: »Stimmt etwas nicht? Ist der Champagner nicht nach Ihrem Geschmack? Ich gebe zu, daß die Auswahl an Speisen begrenzt ist, aber ...?«

Sie schien tief in Gedanken versunken, während sie ihn betrachtete, und antwortete nicht sofort. Das war noch eine weitere gute Eigenschaft an ihr, die er schätzte. Sie hatte nicht das Bedürfnis, ununterbrochen zu schwatzen, um Schweigen zu überbrücken. Eine seltene Eigenschaft bei einer Frau.

Dann sprach sie – nachdenklich und überlegt. »Alles ist ... durchaus zur Genüge vorhanden, Steed.«

Etwas an der Art, wie sie ihn ansah, und die hochgezogene Braue über ihrem linken Auge ließen vermuten, daß sie nicht die Eßsachen meinte.

»Ich bin entzückt, das zu hören«, sagte er sanft und wußte kaum, wie er ein solches Kompliment annehmen sollte. Um seine Überraschung zu verbergen, tauchte er ein Messer in die Pastete und bestrich sorgfältig ein Stück französisches Brot damit. Ihm war bewußt, daß auch sie sich mit dem Essen beschäftigte, wenngleich er sie eine Zeitlang nicht direkt ansah. Er gefiel ihr tatsächlich, dachte er. In einem Winkel seiner Seele, den er nie erforscht hatte – er hatte niemals gewagt, diese letzte Festung vor seiner Verletzlichkeit irgend jemandem zu öffnen –, spürte er, wie etwas lebendig wurde.

Dann speisten sie in alleraußergewöhnlichstem Schweigen. Es war das romantischste, verlockendste, erregendste Mahl seines Lebens. Er bemerkte, daß er nie zuvor schweigend gegessen hatte, außer allein. Er sah ihr beim Essen und Trinken zu; sie sah ihm zu. Steed hatte sich in seinem ganzen Leben noch nie von jemandem so angezogen gefühlt. Emma – was für ein Kitzel, sie bei ihrem Vornamen zu nennen! – war nur einen Meter von ihm entfernt, auf der Decke, ihre Lippen feucht von Champagner, und ihr hautenger Anzug betonte all die Kurven und Vertiefungen an den richtigen Stellen.

In der perfekten Harmonie, die der Champagner, der Hefegeschmack des französischen Brotes, die Würze der Pastete und vor allem *Emma* hervorriefen ... fand Steed, daß seine Sinne über alle Vernunft stimuliert waren. Als Emma schließlich in einen Pfirsich biß, nachdem sie von den anderen Köstlichkeiten gekostet hatte, blinzelte er sogar. Aber weitere Risse in seiner Unergründlichkeit wollte er sich nicht gestatten. Zuviel stand auf dem Spiel.

Als er Champagner in ihre Gläser nachfüllte, sagte er sich, wenn die Zeit käme, um, äh, sich mit Mrs. Emma Peel zu *verbinden,* würde das Erlebnis außergewöhnlich werden. Er müßte unbedingt bis zum richtigen Zeitpunkt warten; es hätte keinen Sinn, die Sache voranzutreiben. Das könnte alles zerstören. Bis sie also beide den geeigneten Moment für gekommen hielten, war die Spannung fast mehr, als er ertragen konnte. Sie war köstlich, bezaubernd ... grausam.

Sie blickten einander an und tranken ihren Champagner aus. Keiner von ihnen sprach ein Wort.

Kapitel 8

Was denn! launisch?
Was kannst denn du verlangen?
Der Sturm, *William Shakespeare*

Der Bentley schnurrte eine einspurige Straße in Cambridgeshire entlang. Steed sagte zu Emma: »Würden Sie bitte auf den Knopf drücken? Tee?«

Emma gehorchte kommentarlos. Vor ihr öffnete sich eine Klappe im Armaturenbrett und enthüllte ein silbernes Teeservice. Ein Samowar speiste die Wedgewoodkanne, die dann den Tee exakt in Täßchen aus chinesischem Porzellan ausschenkte.

»Ist die Kanne warm?«

Er schien die doppelte Bedeutung ihrer Frage zu erfassen und sah sie an. »Immer.«

»Milch?« erkundigte sich Emma mit einem Seitenblick zu ihm.

Er schüttelte rasch einmal den Kopf. »Zitrone. Nur einen Spritzer.« Seine Worte trafen sie hart, ja, sie brachten sie einen Augenblick aus der Fassung. Genauso hatte ihr Mann seinen Tee getrunken, vor jener schicksalhaften Reise an den Amazonas.

Brach sie ihr lebenslängliches Versprechen, wenn sie sich für diesen John Steed interessierte? Nach dem, was bei dem Picknick geschehen war, diesem alleraußergewöhnlichsten Mahl, war sie sich nicht mehr völlig sicher, ob sie überhaupt eine Wahl hatte. Es war immer ihre Überzeugung gewesen, daß man die Vergangenheit hinter sich lassen und Risiken eingehen sollte. Was sie auch ganz bestimmt gerade tat.

Aber eigentlich, sagte sie sich, dürfte sie sich für niemanden interessieren. Sie konnte eine gefährliche

Geisteskranke sein. Das beste, was sie für Steed tun konnte, war vielleicht, aus seinem klassischen Dinosaurierwagen zu entkommen und ihn nie wiederzusehen.

Dennoch zupfte Emma einen Zitronenschnitz aus einer Schale, die voll davon war, und drückte sie kurz über Steeds Tee aus, bevor sie ihm die Tasse samt Untertasse reichte.

»Leider kein Gebäck«, sagte Steed entschuldigend. »Es macht Ihnen doch nichts aus, primitiv zu leben?«

»Im Gegenteil.« Ihre Worte enthielten ein Lächeln. »Aber sollten wir nicht etwas für heute abend planen?«

»Aber ja, Mrs. Peel. Aber ja. Dachte, wir hätten Zeit für einen Gesellschaftsbesuch. Da wir zufällig vorbeikommen.«

»Mmm. Dachte ich auch. Jemand Besonderes?«

»Sir August de Wynter. Ehemaliger Mann aus dem Ministerium. Chef der Spezialaufträge, leitete unsere Strategische Täuschungsinitiative. Er lebt jetzt zurückgezogen. Sehr reich, sehr merkwürdig.«

»Faszinierend. Ein wohlhabender Einsiedler?«

Emma merkte, daß sich Steed auf den Rückspiegel konzentrierte. Sie sah in den Seitenspiegel. Ein Wagen. Verfolgte er sie? Er drückte den Fuß hinunter und schaltete mit dem Finger auf Supervollgas. Der Bentley schoß wie ein Hochgeschwindigkeitszug davon.

Als Emma ihren Kopf vom Rücksitz lösen konnte, gegen den er während der Beschleunigung gepreßt worden war, wandte sie sich Steed wieder zu.

Er setzte ihre Unterhaltung fort, als ob er sie nicht gerade mit einer Ladung Raketentreibstoff und fast hundert Meilen pro Stunde durch die englische Landschaft katapultiert hätte. »Sogar noch interessanter. Sir August ist ein fanatischer Meteorologe. Das liegt in der Familie. Mutter hieß April. Schwestern: May, June …«

»Juli, August?« führte Emma fort. »Die Familie

scheint nur Wetter im Kopf zu haben. Noch andere Laster?«

»Eigentlich paßt alles zusammen. Sir August ist der Vorsitzende von SCHIRM ...«

Emma sah ihn entsetzt an. Das konnte er doch nicht ernst meinen.

»Ja, die ›Schutzinitiative für Regnerische Monate‹. Eine private Gruppe, die sich aus Topwissenschaftlern zusammensetzt.« Er wirkte ernst, dachte Emma. »Er glaubt, an dem britischen Wetter hätten ... Außerirdische herumgepfuscht. Alles sehr geheim. Im Ministerium hält man nicht allzu viel von ihm. Mutter sagt, er verließ es unter ...«

»Einer Wolke?« warf sie harmlos ein.

»Natürlich.« Er drehte sich lächelnd zu ihr. »Wenn es Sie nicht zu sehr belästigt, könnten Sie bei ihm wohl ein wenig Ihren Charme spielen lassen?«

»Ich will sehen, was ich tun kann«. Sie verschränkte die Arme.

»Noch Tee?«

»Nein, danke.«

»Ich meinte, für mich«, sagte er matt. »Aber egal. Wir sind schon da.«

Vor ihnen schwangen Tore auf und gaben den Blick auf ein riesiges, fremdartiges Haus frei, das mit Türmchen und Erkern übersät war, wie die Wahnvorstellung eines Verrückten. *König Ludwigs Schloß in Neuschwanstein kann damit nicht mithalten,* dachte Emma. Es war riesig, unheilvoll und symptomatisch für einen brillanten, aber verirrten Geist. Steed brachte den Bentley vor dem Tor zum Stehen, ließ aber den Motor laufen.

»Ich seh' mich einmal um«, sagte er. »Sie lenken ihn ab.«

Ganz richtig, dachte Emma. »Und was schlagen Sie vor, wie ich das tun soll?«

»Versuchen Sie es mit Small talk.«
»Ah ja. Das Wetter.«
»Oder ... vielleicht etwas Weiblicheres. Mit weiblichem Gespür ...« Er wandte sich ihr zu und bekam die volle Wirkung des Blickes ab, den Emma an ihm ausprobierte. »Das sollte wirken.«
»Glauben Sie. Ihre Zuversicht ist überwältigend.«
»Wie bescheiden«, sagte er.
»Ein kleineres Talent. Oder hatten Sie es noch nicht bemerkt?«
Steed äußerte sich nicht dazu, aber sie konnte es ihm nicht übelnehmen. Vielleicht hatte die Fechtepisode dem Mann doch mehr zugesetzt, als ihr bewußt war. Er ließ sie an der Auffahrt heraus, bei Hallucinogen Hall, wie ein behauener Stein am Eingang verkündete. Sie ging auf den Hof zu, über weißen feinen Kies, vorbei an in Form geschnittenen Topfpflanzen, und er fuhr in seinem Wagen los auf Erkundungstour.
Emma gelangte zu einem mechanischen Pfau, der ein Rad schlug, als sie vorbeilief. Sie hatte keine Ahnung, daß sich seine Kamera einschaltete.

Steed ließ den Wagen unten an der Auffahrt stehen und betrat zu Fuß das Schloßgelände, wobei er einen Blick auf das Haus warf, auf der Suche nach Emma. Sie hatte ihren Auftrag bereitwillig akzeptiert, fand er. Sie war berühmt für ihre ganz hervorragende Fähigkeit zu dieser Art zwischenmenschlicher Spionage. Das gehörte zu den Dingen, die er an ihr so faszinierend fand.
Falls sie wirklich mit Sir August de Wynter unter einer Decke steckte – natürlich bildhaft gesprochen –, wäre dieser Heimbesuch nichts weiter als eine Chance für sie, sich mit ihrem Trupp zu beraten. Aber er hatte sie sorgfältig beobachtet, als sie sich dem Haus genähert hatten. Er war ganz sicher, daß dies hier für sie

ebenso neu war wie für ihn. Aber sie war so cool, kaum aus der Ruhe zu bringen ... schwer zu sagen.

Wenn sie zur anderen Seite gehörte, mußte er auf seinen Rücken aufpassen. Dieser kleine Ausflug wäre für sie eine hübsche Gelegenheit, ihn loszuwerden.

Schirmschwingend lief er auf die Nebengebäude des Schlosses zu und lachte in sich hinein, als ihm einfiel, wie der Bentley sie überrascht hatte. Er liebte es, Leute mit diesem Triebwerk zu erstaunen. Das hatte noch immer zur Unterhaltung beigetragen.

Aber im nächsten Augenblick runzelte er die Stirn, da er eine Komplikation sah. Während er mit dem Schirm gegen das hohe, ungemähte Gras schlug, mußte er sich eingestehen, daß er noch niemals solche Gefühle für eine Person empfunden hatte, die möglicherweise eine Psychopathin war – oder vielleicht, schlimmer noch, eine feindliche Agentin.

Ihre wehenden Haare im Wind, die Traurigkeit in ihren Augen, die Funken von Intelligenz, die sie versprühte – sie, Mrs. Emma Peel, war die Frau, von der er immer geträumt hatte. Sie konnte ihn sogar beim Fechten schlagen.

Er mußte auf seinen Rücken aufpassen, schon klar. Ganz zu schweigen von seinem Herzen.

Ohne daß Emma es wußte, war der Blick, den sie vor Trubshaw's auf sich gespürt hatte, wieder auf sie gerichtet. Als sie die Haupttreppe zu der massiven Schloßtür hinaufstieg, beobachtete Bailey sie aus zusammengekniffenen Augen.

Er sah, wie sie klingelte, sah den Butler, der sie begrüßte. Sie war drinnen. Er holte ein tragbares Radiogerät aus seiner Tasche und schaltete es ein. Alles verlief nach Plan.

Emma folgte dem älteren Butler einen Hauptgang entlang. Ohne eine Erklärung drehte er sich zu ihr um und reichte ihr einen Schirm.

»Danke«, sagte sie höflich und folgte ihm weiter den Gang hinab. Hallucinogen Hall war eines der großen stattlichen Häuser Englands, und auch wenn das Äußere weit entfernt war von jeglichen Vorstellungen von attraktivem Design, war das Innere doch recht angenehm. Es war eine eklektische Mischung aus georgianischem, romantischem und dem Stil der Zeit Jakobs I., aber merkwürdigerweise paßte alles irgendwie zusammen. Die Räume, durch die sie und der Butler kamen, waren entsprechend mit Antiquitäten, edlen Bildern und holzvertäfelten Wänden ausgestattet.

Interessiert stellte Emma fest, daß der Flur mit fremdartigen Pflanzen und Blumen geschmückt war. Besonders fasziniert war sie von ein paar sinnlichen, überdimensionalen Orchideen.

»Merkwürdig«, lautete ihr Kommentar.

Der Butler blickte über die Schulter und warf ihr ein zerstreutes »Ja, Miß«, zu, bevor er weiterging.

»Missus.«

Er reagierte nicht auf ihre Berichtigung, aber daran war sie gewohnt. Am Ende des Ganges sah Emma eine Doppeltür. Von dort erklang laut Pavarottis Stimme, die Puccini sang und durch den ganzen Gang widerhallte. Neugierig folgte Emma dem alten Mann immer näher zur Tür, bis er sie schließlich öffnete und ihr nichts weniger als einen Treibhausdschungel enthüllte.

Der Butler verließ sie ungebührlich hastig, wie sie fand, nachdem er einen letzten langen Blick in ihr Gesicht geworfen hatte. Sie fragte sich, was das wohl alles zu bedeuten hatte. Schulterzuckend betrat sie den Raum und starrte verwundert auf die verschlungenen Bäume und Lianen. Nun verstand sie, warum sie den

Schirm erhalten hatte: Regen verdampfte in einem tropischen Monsun. Als bildete er den paukenhaften Hintergrund zu Puccini, grollte Donner heran.

»Hallo?« rief sie versuchsweise und hielt ihren Schirm hoch.

Keine Antwort. Als sie auf der Suche nach de Wynter tiefer in den Raum pirschte, sah sie durch den Dschungelnebel vor sich einen großen Schatten an der Wand. Der Schatten wirbelte wie ein Derwisch wild umher und sang zu Pavarottis perfekter Wiedergabe einer äußerst verführerischen Puccini-Arie.

»Talor dal mio forziere Ruban tutti I gioielli Due ladri: gli occhi belli …«

Irritiert bemerkte Emma, daß die Stimme nicht völlig den Ton traf. Für sie mit ihrem absoluten Gehör war das ein Sakrileg. Seufzend wurde ihr klar, daß der Fall damit erledigt war. Sie hätte keine Skrupel, ihn notfalls umzubringen. Immerhin, Puccini zu entweihen … ganz zu schweigen von ihrem guten Freund Luciano …

Vorbei an tropfenden Zweigen kämpfte sie sich durch den Regenwald in das dunkle Zentrum vor. Immer weiter, durch das Gestrüpp aus feuchten Schlingpflanzen und Lianen, bis … plötzlich hinter ihr die Zweige unnatürlich raschelten. Blitzschnell fuhr sie herum und prallte gegen etwas Hartes, als eine Hand sich von unten wie eine Schlange um ihren Hals legte.

Verblüfft blickte Emma in Regen und Nebel zu einem schönen Mann mit starker Ausstrahlung hoch. *Sir August,* dachte sie. Nun, wenigstens hatte er für den Moment zu singen aufgehört.

»Peel.« Er zog den Namen in die Länge, während er ihr in die Augen blickte. »Emma Peel.«

Wie auf ein Stichwort grollte Donner; ein Blitz erhellte seine leuchtenden Augen und das böse Lächeln. Er war ein reifer Mann, vielleicht 55, aber in seinem Fall hatte das Alter sein gutes Aussehen und die Ausstrahlung noch verstärkt. Er war mindestens einen Meter neunzig groß und kräftig gebaut. Unter seiner Kleidung wölbten sich kräftige Muskeln, und sein Gesicht war glatt. Er strahlte Sexualität aus. Sie hatte den Eindruck, daß er über alle Eigenschaften eines jüngeren Mannes verfügte, und noch ein paar mehr – von der Art, die nur durch reiche Erfahrung gewonnen werden konnte.

Aber nichtsdestotrotz war er immer noch ein Wahnsinniger, dachte sie. Keine Frage.

»Sie sind ganz naß«, sagte sie.

Sein Lächeln schwand bedrohlich.

»Kennen wir uns?« fragte sie und gab sich verwirrt. »Oder ist uns einfach der Regen vertraut?«

Er kam vertraulich zu ihr unter den Schirm. Ihre Blicke verzahnten sich. Plötzlich gab es einen blendenden Blitz, und Emma fuhr zusammen, als sie beide ein Blitzschlag traf. Sie sah Sir August an, als der Blitz durch ihren Schirmstock jagte. Entsetzt nahm sie wahr, daß er vergnügt wirkte, während Strom ihn durchfuhr. Sein Mund war zu einem breiten Grinsen geöffnet. Kurzzeitig benommen hatte sie nach dem Stoß die Orientierung verloren, so daß sie den Schirmgriff losließ. Er fing den Stock auf, bevor er fallen konnte, und hielt ihn über ihren Kopf, wobei er sie interessiert beobachtete und behutsam einen Arm um sie legte.

Die Risiken beim Spiel mit dem Wetter, dachte sie. *Und mit Verrückten*.

Sie brauchte einen Moment, um sich von ihrer Verblüffung zu erholen. Sie hatte ihre Fassung noch nicht völlig wiedergewonnen, als er dicht an ihrem Ohr sagte: »Ich glaube, wir haben die gleiche Leidenschaft.« Er küßte ihre Hand. O nein, dachte sie. Nur nicht das. »Ich bewundere Frauen, die sich zur Meteorologie hingezogen fühlen.«

»Geht mir umgekehrt genauso.« Sie spielte mit. »Der Kitzel des Monsuns.«

»Mmm. Schon als Junge, als mein Kindermädchen mir die Wolkennamen beibrachte.«

»Kumulus«, sagte Emma sanft.

»Ja ...« hauchte er.

»Stratokumulus«, stöhnte sie.

»O ja ...« Seine Brust hob und senkte sich mit jedem keuchenden Atemzug.

»Nimbus ...« flüsterte sie und zog das S verführerisch zischend in die Länge.

Ohne Vorwarnung warf er Emmas Schirm in den Dschungel hinter ihnen. Er hob seine buschigen Augenbrauen und sagte bedeutungsvoll: »Ich habe entdeckt, daß nichts über gutes Peitschen geht.«

Na, so was! dachte sie und zog ebenfalls eine Braue hoch. *Das könnte ja interessant werden.*

»Nehmen Sie einmal Indien«, fuhr er fort. »Oder Singapur. Sie können dort über Nacht gut auf über einen Meter kommen.«

»Ah«, sagte sie. »Ja. Nun. Allzu wahr. Nichts geht über guten Peitschregen.«

Er führte sie in den Regen hinaus. »Hier entlang«, sagte Sir August. Er sah zu ihr zurück, während er weiterging. »Man sollte sich niemals davor fürchten, naß zu werden, Emma.«

Welche Vertraulichkeit, dachte sie. Und meinte er es so, wie sie glaubte, daß er es tat? Lieber Himmel. Vielleicht war er vom Sex genauso besessen wie vom Wetter.

Immer noch im Regenwald, aber in einem Mikroklima, wo es für den Augenblick zu regnen aufgehört hatte, schnappte sich Sir August von einem Korbtisch ein dickes weißes Handtuch. Es war hübsch in waldgrüner Florettseide mit ›de W‹ sowie mit einem Familienwappen bestickt, das aus einer von einem goldenen Blitzstrahl durchbohrten Wolke bestand. *Nicht unähnlich dem Prospero-Logo,* dachte Emma.

Er kam näher. »Lassen Sie mich helfen.«

Hinter ihr stehend, rieb Sir August eifrig Emmas Haare trocken. Sie spürte seine Kraft, wußte, daß er mit seiner wahnsinnigen Intensität ein gefährlicher Gegner sein konnte. Auch spürte sie seine Sexualität und seine Verdrehtheit, als seine starken Arme sie von hinten umarmten. Er nahm das Handtuch von ihren Haaren und fing an, behutsam ihren Rücken abwärts zu bearbeiten, indem er ihren Lederanzug trocken tupfte.

Es geht nichts über ein wenig kaltes Wasser in einem überhitzten Treibhaus, dachte Emma. Mit absichtlicher Plötzlichkeit stieß sie hervor: »Diese schnellen Wetterwechsel. Das Ministerium braucht ein paar Antworten.«

Angewidert hörte Sir August auf, sie trocken zu tupfen, und zischte: »Das *Ministerium* …«

»Macht es Ihnen etwas aus?« fragte Emma süßlich und lächelte ihn an, als er sich zu ihr drehte.

Zu sich selbst murmelte er: »Mit Ihnen würde mir *nichts* etwas ausmachen.« Aber zu Emma sagte er lammfromm: »Also gut.«

Emma sah, wie Sir August sie wehmütig betrachtete, schnuppernd, liebevoll, wie er sich an ihr berauschte. Er trocknete sie weiter ab, aber sie beide wußten, daß diese Übung für ihn nur ein Vorwand war, um jeden Zentimeter ihres Körpers mit dem Handtuch zu massieren. Emma fragte sich, ob sie nach Steeds Ansicht wohl ausreichend ihren Charme spielen ließ.

»Ich brauche die Meinung eines Spezialisten«, fing Emma an. »Theoretisch gesprochen, wenn ich Wolkenmuster verändern wollte, wie würde ich das betreiben? Mit Mikrotransmission?«

Sir August bewegte sich abwärts zu ihren Knien, einer zugegebenermaßen empfindlichen Zone, sogar durch das Leder – besonders an der Rückseite ihrer Beine. Vor Konzentration runzelte sie die Stirn, als er sich hinter sie kniete, die Höhlung an der Rückseite ihrer Knie küßte und dann sanft und auf erregende Weise die Feuchtigkeit dort wegtupfte. Woher um Himmels willen konnte er das wissen? fragte sie sich.

»Ich habe einmal nachgedacht«, fing sie wieder an und schloß kurz die Augen. »Man hat nie die militärischen Anwendungen ins Auge gefaßt. Nach dem kalten Krieg ...«

Er keuchte. »Dem heißen und kalten Krieg.«

»Eine überholte Theorie. Faszinierend, aber möglich.«

Zögernd sah er kurz zu ihr auf. »Nichts ist unmöglich. Nur mathematisch unmöglich, meine liebe Dr. Peel.«

Brüsk entwand Emma sich mit einer Drehung seinen Liebkosungen. »Trocken genug jetzt, finden Sie nicht?«

Sir August, der nur vorübergehend abgelenkt war, änderte angenehmerweise den Kurs. Er führte sie zu seinen Prachtorchideen, die sich unter riesigen Vergrößerungsgläsern befanden.

»Sehen Sie hier.« Er zeigte mit dem Finger. »Das gedrehte Labellum. Beachten Sie die aufgerichtete Spitze auf dem hinteren Kelchblatt. Eine genetische Unmöglichkeit. Diese Blume dürfte nicht existieren. Und doch ist sie hier. Ich habe sie gemacht. Schön, nicht wahr?« Er streichelte sie liebevoll.

Entschieden verdreht, dachte Emma. *Ein richtig abgeknickter Zweig.*

»Berühren Sie sie, Dr. Peel«, drängte er und sah ihr in die Augen.

Sie verschränkte die Arme fest unter der Brust. »Ich verschwende meine Zeit.«

»Bitte«, flehte Sir August sie fast zärtlich an. »Berühren Sie sie.«

»Nein. Es tut mir leid, Sie belästigt zu haben«, sagte sie und schien weggehen zu wollen. »Offensichtlich wissen Sie nichts.«

Die Bemerkung traf ihn. Alter Ärger und Zorn schossen wieder hoch, bis seine Wut überkochte. Er trat nah an Emma heran und beugte sich mit starr an die Seiten gepreßten Armen über sie.

»Ich ... ich weiß nichts?!« Er schnaubte vor Wut. »Ich habe mehr vergessen, als diese Dummköpfe im Ministerium je wußten. Das Verhältnis von Protonen zu Ionen? *Ich*. Die gesamte Mikrotransmissionstheorie? *Ich*. Ich habe das alles entdeckt. Auf *meine* Art. Man behauptete, ich wäre verrückt ...«

Ein plötzliches Geräusch an der Doppeltür ließ sie beide auffahren. Sie sahen, wie der Butler einen Teewagen zu ihnen schob.

»Ah, Farthing. Tee?« Sir August schien bei dem Gedanken an das vertraute Ritual sein Gleichgewicht wiederzufinden. Er ging dem weißhaarigen Faktotum entgegen, das den Teewagen zu einer Seite des Raums in der Nähe des Aussichtsfensters schob.

Der Butler flüsterte Sir August etwas zu, während Emma sich ihm näherte. Nachdem der alte Mann seine Nachricht überbracht hatte, zog er sich hastig zurück.

Sir August schenkte den Tee ein und starrte in den Regen hinaus.

»Vielleicht möchte Ihr Freund sich zu uns gesellen?« fuhr Sir August sie plötzlich an und bedachte sie mit einem wilden Blick, auf den sie nicht gefaßt gewesen war.

»Mein Freund?«

»Hmm. Es zieht ziemlich schlechtes Wetter auf.« Er sah tollwütig aus, fand Emma, auch wenn seine Worte einigermaßen höflich waren.

»Ah ... Vielleicht hat er sich verirrt.«

»Das glaube ich nicht. Wir haben hier nicht viele Eindringlinge.« Sein Gesicht war angespannt.

»So? Warum?«

»Wir schießen sie ab.« Er hielt einen Teelöffel mit weißen Körnchen hoch. »Zucker?«

Sir August starrte aus dem Fenster, und Emma folgte seinem Blick. In ihr regten sich die ersten schwachen Anflüge von Sorge um Steeds Wohlergehen.

Kapitel 9

Denn immer noch quält's mich im Kopf: dein Grund,
Den See-Sturm aufzuwühlen.
Der Sturm, *William Shakespeare*

Draußen unter dem Schild ZUTRITT VERBOTEN sah Steed nach oben, da es zu hageln begann. Er öffnete seinen Schirm von Trubshaw's und lief auf die nicht weit entfernte rote Telefonzelle zu. Der Hagel drohte den gewachsten Leinenstoff seines Schirms in Stücke zu zerreißen. Er konnte sich nicht erinnern, jemals derart üblem Wetter ausgesetzt gewesen zu sein.

»Also wirklich, das ist ein bißchen dick«, murmelte er.

Als er die relativ sichere Telefonzelle erreicht hatte, peitschte ein Sturm auf und hämmerte gegen das Glas. Das Telefon fing an zu läuten. Steed sah es neugierig an, nahm den Hörer ab und hörte, wie ihn jemand durch die Leitung anschrie.

»Hallo? Hallo?« Die Männerstimme am anderen Ende klang ungläubig. »Wer, zum Teufel ...? Wer ist da? Sie müssen aus dem Testgebiet verschwinden. Ich wiederhole, *verlassen Sie das Gebiet!*«

Die Verbindung wurde unterbrochen. Steed drückte sich tiefer in die Ecke der Telefonzelle und bedeckte den Kopf mit den Armen. Die Windgeschwindigkeit nahm zu, bis beinahe ein Tornado umherwirbelte, Steine wie Strohhalme ergriff und gegen die Telefonzelle schleuderte. Die Glasscheiben zerbarsten und prasselten auf Steed herab. Steinbrocken, Äste und herumfliegende Splitter hagelten in die Zelle. Schließlich hob die Zelle selbst vom Boden ab und drehte sich wie ein Bauernhaus in einem Wirbelwind.

»Wie außergewöhnlich!« rief er aus, während er sich an das Telefon klammerte und alle Mühe gab, diesen minimalen Schutz nicht zu verlieren. Doch als die Zelle wieder auf der Erde landete, schlug sein Kopf fest gegen den Metallrahmen. Er sah Sterne, dann sank er bewegungslos auf den Zellenboden.

Steed stöhnte. Was für ein gräßlicher Kopfschmerz … Hatte er mit den anderen bei Boodle's wieder einen über den Durst getrunken? Der Ball nach dem Bootsrennen? Ach nein. Mit brutaler Deutlichkeit sah er es wieder vor sich – Sturmwetter. Er öffnete die Augen und legte eine Hand an den Kopf, der irritierenderweise melonenfrei war. In seinen Haaren etwas Klebriges. Aber schließlich … er kam völlig zu sich und merkte, daß er mitten in einem gigantischen Schneesturm steckte. Nur der dürftige Schutz, den ihm die Überreste der Telefonzelle boten, hatte ihn davor bewahrt, vollkommen von Schnee begraben zu werden.

Er traute seinen Augen nicht, stand auf, staubte die Melone ab, die neben ihm auf dem Boden lag, und trat in den meterhohen Schnee hinaus. Sofort drang Kälte durch seine Schuhe und Hose, und seine Füße begannen zu frieren. Er blinzelte; die Sonne blendete und spiegelte sich in Tausenden Kristallen. Steed glaubte zu träumen; vielleicht hatte es etwas mit dem Stoß gegen seinen Kopf zu tun.

Aber noch während er über dieses Wunder nachdachte, wobei er die Augen mit einer Hand bedeckte, sah er eine einsame Gestalt am Horizont. *Emma kommt, um mich zu befreien,* dachte er. Aber alles war so weiß in Weiß, daß er nicht sicher sein konnte. Sanft schüttelte er den Kopf, betrachtete den Schnee vor sich, nahm ihn in die Hand und siebte ihn durch seine Finger.

Offenbar bewegte sich die Gestalt auf ihn zu; eine Schneewolke jagte am Horizont in die Höhe. »Vielleicht ein Trugbild«, murmelte Steed, als er einen Schlitten mit Huskies und einen in weißen Pelz gehüllten Eskimo erkannte, der sich einen Weg zu ihm bahnte. Er versuchte zu erkennen, wer auf dem Schlitten saß, konnte aber nicht mehr als den körperlangen weißen Pelz und die Schneebrille ausmachen.

Der Schlitten hielt vor ihm an, und der Fahrer stieg, völlig in weißen Pelz gewickelt, aus. Steeds Blick fiel auf einen verrückten weißen Stiefel, der kreuz und quer mit Schnallenriemen bedeckt war. Als er weiter nach oben sah, nahm er eine hochgewachsene Frau wahr, die in einer Mischung aus Inuit und Pariser Haute Couture gekleidet war. Da sie in diesem sich eng an den Körper schmiegenden Kokon steckte, konnte sie sehr wohl Emma sein, aber er wußte es nicht, weil die Schneebrille ihr Gesicht maskierte. Ihr Haar war unter einer weißen Pelzkappe verborgen, die an dem Kokon befestigt war.

»Mrs. Peel?« sagte er versuchsweise.

Die katzenhafte Eskimo-Füchsin näherte sich ihm, wobei ihre Identität rätselhaft blieb. Von dem Schlitten nahm sie schnell eine Armbrust auf, zielte und feuerte, bevor Steed richtig erkannte, was los war. »Das wäre im Training eine Fünf«, murmelte er und duckte sich, während er eine Harpune pfeifen und dann in die Telefonzelle einschlagen hörte. Er sah, wie deren gezackte Zähne sich nur Zentimeter von ihm in das rote Metall fraßen. Eine Nanosekunde überlegte er, dann rannte er los.

Durch meterhohen Schnee zu waten war schwierig. Die Frau holte ihn ein, und ehe er sich's versah, war er plötzlich hoffnungslos zwischen einer Steinmauer und einer Scheune gefangen. Einer Steinmauer und einer Scheune? Die waren vorher *nicht* dagewesen, da war er ganz sicher …

Wie auch immer sie das bewirkt hatten, er war wirklich und tatsächlich in der Falle. Sehr untypisch, dachte er. Aber das Spiel war aus. Vor Kälte zitternd, drehte er sich zu der Frau um. Sie riß sich die Schneebrille herunter und schien niemand anderes als Emma Peel zu sein.

Verwirrt faßte Steed sie genau in den Blick. »Sind Sie das, Mrs. Peel?«

Die Frau kam näher, mit unheimlich glitzernden Augen. Sie zog das obere Drittel des langen Reißverschlusses an ihrer Vorderseite auf und eine 38er Pistole hervor. Sie richtete sie direkt auf Steed, zielte schnell und geschickt, wie er feststellte, und nahm ihn nicht einmal ins Visier. Sie schien den Pistolenlauf auf sein Herz zu richten. Nun, das war auch angemessen. Also gut, er konnte ihrem offenbar unendlichen Repertoire an Fähigkeiten auch noch die Schießkunst hinzufügen. Sie brauchte es ihm nicht zu beweisen.

Ungläubig sah er, wie sie ihren Zeigefinger auf den Abzug legte. Er sagte: »Manieren, Mrs. Peel. Manieren.«

Sie drückte ab. Der Lärm des einen Schusses wurde vom Schnee gedämpft.

Der Aufprall schleuderte Steed nach hinten. Verblüfft lag er auf dem Rücken und starrte in den nun klaren Himmel. Er hatte sich so gefreut, Emma Peel besser kennenzulernen. ... Wenn sie ihn nicht mochte, brauchte sie ihn doch nicht zu *erschießen* ...

Steeds Augen schlossen sich.

»Steed ... Steed?« Es war ihre Stimme ... Emmas.

Er zuckte zusammen und wartete auf den nächsten Schuß. Als der ausblieb, öffnete er blinzelnd die Augen. Sie hatte sich über ihn gebeugt und sah schrecklich besorgt aus. Das war merkwürdig, dachte er. Als er sie das letztemal gesehen hatte, hatte sie ihn mit Blei vollgepumpt.

Er drehte den Kopf zur Seite, weg von ihr, und sah

dieselbe Landschaft bei der Telefonzelle, aber ohne Schnee. Mißtrauisch sah er sie wieder an – aber sie wirkte jetzt anders, wieder wie die Emma Peel, die er kannte. Etwas an ihren Augen; überhaupt nicht wie vorher. Sie steckte nicht mehr in dem weißen Pelz, sondern wieder in dieser erstaunlichen zweiten Haut aus weißem Leder. Und so wie sie sich gerade über ihn beugte … nun, das war ein besonderer Anblick.

Mit Mühe richtete er seinen Blick wieder auf ihr Gesicht und versuchte blinzelnd, sie klar zu sehen. Sie sah so besorgt aus … kaum zu glauben, daß sie auf ihn geschossen hatte. Aber sie würde ihn jetzt sicher endgültig zur Strecke bringen, und er … fühlte sich … so … merkwürdig …

»Was ist passiert?« fragte sie über ihn gebeugt und sah beinahe … zärtlich aus. Er versuchte zu sprechen, aber nichts geschah. Er wollte glauben, daß sie sich um ihn sorgte … zu seiner Rettung käme. Was für ein hübscher Traum.

Eine Schande, daß sie so ausweglos, pathologisch psychotisch war. Vater hatte offenbar recht gehabt.

Dann verschwamm ihm wieder alles vor Augen.

Alles im Rahmen der Dienstausübung, sagte sich Emma, als sie die Arme um ihren verletzten Kollegen legte, ihn sich auf die Schulter packte und zurück zum Bentley stapfte. Sie hatte die lächerliche Melone auf ihren eigenen Kopf gesetzt, um sie zum Wagen zurückzubringen. Steeds Kopf hing baumelnd herab, als sie ihn wie einen Mehlsack schleppte. Er war wegen seiner Größe etwas unhandlich, aber sie schaffte es dennoch. Wie gut, daß sie ihre Kur zur Gewichtszunahme fortgesetzt hatte.

Wenn ihm das Fechtduell peinlich gewesen war, dachte Emma, dann würde er nach diesem Vorfall sicher den Schwanz einziehen. Als er noch flach auf dem

Rücken lag, hatte sie seinen Puls geprüft, der in Ordnung schien. Bei der Suche nach Wunden hatte sie eine schlimme klaffende Verletzung am Kopf und eine Beule von der Größe einer englischen Rose gefunden. Nachdem sie sein Haar berührt hatte, schien er tatsächlich einen Moment lang das Bewußtsein wiederzuerlangen. Etwas traurig war, daß er Angst vor ihr zu haben schien. Offenbar glaubte er, daß sie die Prospero-Zentrale zerstört hatte … was ja vielleicht zutraf.

Sie verlagerte sein Gewicht und lief ziemlich schnell zum Auto. Ihrem Eindruck nach würde es die Grenzen ihrer Arbeitsbeziehung überschreiten, wenn sie ihn so, wie er war, unterwegs auf ihrer Schulter ließ. Er hatte eigentlich ganz süß ausgesehen, als ob er da auf der Wiese geschlafen hätte. Es hatte sie beunruhigt, daß seine Extremitäten so kalt gewesen waren, als sie seine Hand genommen hatte. In der Hoffnung, seinen Kreislauf anzuregen, hatte sie seine Hände und Füße massiert. Dabei hatte sie seine Hände ansprechend gefunden, die langen, schlanken Finger, mit denen er vielleicht Klavier spielte. Hände waren bei einem Mann das wichtigste, fand sie. Ein Hinweis darauf, wie er wirklich war.

Was um Himmels willen fehlte dem Mann also? Sie würde die Kopfwunde zu Hause verarzten und die Schwellung kühlen. Vielleicht war es nur die Beule am Kopf. Während sie sich dem Bentley näherte, blickte sie zum Schloß zurück. Aus dieser Ecke kein Ärger – jedenfalls nicht jetzt. Sir Augusts wahnsinnige Leidenschaft hatte sich ziemlich abgekühlt, nachdem er draußen Steed entdeckt hatte. Mit einer wegwischenden Bewegung seiner kräftigen Hand hatte er sie entlassen, sie hatte die Gelegenheit ergriffen zu verduften und draußen Steed in östlicher Richtung ausgerechnet direkt neben einer Scheune gefunden. Merkwürdig, sie hatte die Scheune nicht bemerkt, als sie gekommen waren …

»Uff!« Sie schnippte Steed auf den Rücksitz, wobei sie darauf achtete, ihn nicht noch weiter zu beschädigen. Sie arrangierte seinen Körper so, daß er einigermaßen bequem saß, tastete in seinen Hosentaschen nach dem Schlüssel – das war *viel* zu intim –, dann sprang sie auf den Fahrersitz. Sie würde in dieser frisierten Blitzkiste eine kleine Spritztour unternehmen, auch wenn er das nie erfahren sollte. Mit Autos kannte sie sich einigermaßen aus ...

Kaum hatte sie den Schlüssel ins Zündschloß gesteckt, als Steed auf dem Rücksitz stöhnte. Schnell wandte sie sich zu ihm um. Seine Augen waren geschlossen, sein Gesicht schmerzverzogen, und sein Kopf bewegte sich vor und zurück, als wäre er beunruhigt. In ihr stieg plötzlich eine Welle des Mitgefühls auf – oder vielleicht der *Zärtlichkeit* –, so daß sie sich abrupt von ihm abwandte. Keine Zeit, weich zu werden.

»Schalten Sie den Motor an, Mrs. Peel«, befahl sie sich. Entschlossen drehte sie seinen Schlüssel im Zündschloß. Der Wagen sprang an, und sie drückte das Gaspedal durch. Schon waren sie auf dem Weg nach London.

Der Klang klackender Absätze auf Metall weckte ihn schließlich. Er hörte ihr ununterbrochenes Klick-klack und dachte, *um Himmels willen, warum zieht sie diese Schuhe nicht aus?* Andererseits, dachte er, sah Emma – wenn sie ihn nicht gerade in voller Eskimo-Aufmachung niederschoß – in hochhackigen Schuhen ziemlich ansehnlich aus.

Langsam öffnete er die Augen und blinzelte. Hell. Weiß. Wie der Schnee. Er schielte, dann schloß er sie wieder. Augenblicke später schien sein Kopf sich zu klären, und er öffnete sie erneut. Kein Schnee; weiße Farbe. Er war in einem fremden, sehr weißen Bett, in einem fremden Schlafzimmer. Es lag an dem ultramodernen Stil des Zimmers, daß er sich fühlte, als wäre er immer noch in einem bizarren Traumland. Die Dekke war zehn Meter hoch – komisch für ein Schlafzimmer, und *alles* war weiß. Das hieß, alles außer seinem Schirm, der an dem Nachttisch lehnte, und seiner Melone, die auf dem Tisch lag. Die Wände, das Bett, die Decke, die Rosen, die in einem Bogen über den Türrahmen herabrankten, der Stuhl und der runde, mit weißem Damast bedeckte Tisch – alles weiß. Wo war er …?

Steed setzte sich mühsam auf, während er die Absätze auf ihn zu*klacken* hörte. Er mußte zweimal hinsehen, als Emma, seine Möchtegern-Attentäterin – und allem Anschein nach auch Retterin –, in der Tür erschien. Diesmal hob sie sich von dem weißen Zimmer in einem völlig schwarzen, hautengen Einteiler ab, der einen übertriebenen Reißverschluß direkt an ihrer Vorderseite vom Hals bis zu, na ja, den unteren Bereichen hatte. Er blickte sie mißtrauisch an, als sie heranklapperte und ein völlig weißes Teegeschirr an sein Bett stellte, direkt neben die weiße Obstschale mit den fast weißen Trauben.

»Tee«, sagte sie fröhlich, wobei sie offensichtlich über die Tatsache hinwegging, daß sie versucht hatte, ihn zu töten. Wenigstens war ihr das mißlungen. Aha! Hier hatte er sie erwischt. »Mit Zitrone.« Sie pflückte eine Traube und hielt sie ihm hin. »Weintraube?«

Steed schüttelte langsam den Kopf, und seine Augen verengten sich.

»Ich habe sie extra gekauft« sagte sie und versuchte ein Lächeln. »Passen Sie auf die Kerne auf.«

Steed reagierte nicht, sie zuckte mit den Schultern und ließ ihn mit seinem Tee allein. In hochhackigen schwarzen Stiefeln klackte sie über den Metallweg, der aus dem Zimmer führte. Höchst unkonventionell. Dann lief sie laut die Treppe hinunter, wobei sie die ganze Zeit redete.

»Ich hoffe, es stört Sie nicht, daß ich mir gewisse Freiheiten erlaubt habe. Ich mußte Sie ins Bett stecken. Sie schienen nicht in Bestform zu sein, als ich Sie fand.«

Steed stand aus dem Bett auf und verschaffte sich Klarheit über seine Umgebung. Mit einer Hand befühlte er seinen Kopfverband, während er zur Metallbrükke lief und zu ihr hinunterspähte.

Emma begann auf einem völlig weißen Flügel zu spielen. Bach. Sein Lieblingskomponist. Perfektes Tempo, perfektes Spiel, stellte er fest. Nur ein an Präzision gewöhnter Mensch konnte Bach gerecht werden, dachte er anerkennend. Und er hatte von Anfang an ihre Hände bemerkt. Hände, fand er, zeigten immer, mit welcher Art von Mensch man es zu tun hatte. Als ob sich das Wesen eines Menschen in seinen Fingern konzentrierte. Ihre waren gleichzeitig stark und schlank, mit nützlichen Fingernägeln. Er hatte darauf getippt, daß sie vielleicht Klavierspielerin sei, weil ihre Nägel nicht schrecklich lang und lackiert waren.

»Ich war steif gefroren«, sagte er, von der Musik erwärmt. Er beobachtete ihre Hände. »Nun fühle ich mich wieder sehr belebt.«

»Nicht mir sollten Sie dafür danken.«

»Das wollte ich eigentlich auch nicht. Ich erinnere mich an etwas sehr Merkwürdiges.« Er zögerte; Bach erklang weiterhin cool. »Sie haben mich zu erschießen versucht, nicht wahr?«

»Wie absurd«, sagte sie, immer noch spielend. »Ich würde niemals auf Sie schießen – jedenfalls nicht grundlos.«

Obwohl sie vorgab, sich auf das komplizierte Fingerspiel zu konzentrieren, das die Komposition erforderte, erschauerte Emma innerlich. Hatte sie auf Steed geschossen? Vielleicht war sie irgendwann nach dem abgebrochenen Tee mit de Wynter einem weiteren psychotischen Schub erlegen. Sie spürte, wie ihr kalt wurde, spürte, wie er sie von oben ansah. Sie konnte lediglich ihre Finger in den komplexen Mustern weiterbewegen, die ihr Lieblingskomponist vorschrieb.

»Ich erinnere mich ganz genau«, sagte Steed mit stahlharter Stimme. »Ein Schuß ins Herz. Sie sahen mich direkt an. Zum Glück …« Sie sah zu ihm auf, als er in seine Weste griff und die Kugel in Herznähe aus seiner Kleidung zog. »Meine Trubshaw-Weste war kugelsicher.«

Emma kicherte und gab sich leichtfertig, während ihre Finger über die Tasten flogen. »Wie dumm von mir. Und ich glaubte, Sie wären einfach overdressed. ›Allzeit bereit‹, ist das Ihr Motto?«

»Ich hielt es für das beste, Vorsichtsmaßnahmen zu ergreifen, ja. Man weiß nie.« Steed kam die Treppe herunter.

»Ich nehme an, Mutter hat Sie vor Frauen wie mir gewarnt.« Emma war froh, daß ihre Stimme ihre Selbstzweifel nicht verriet.

»Bis jetzt wußte ich nicht, daß es Frauen wie Sie *gibt*.«

Innerlich zuckte Emma vor der möglichen Wahrheit dieser Äußerung zurück. Ihrer Meinung nach gab es höchstwahrscheinlich sehr wenige psychotische, soziopathische Doktoren der Meteorologie, die einmal Geheimagenten gewesen waren und daher wußten, wie man mit vernichtender Präzision tötete. Glücklicherweise war sie schlagfertig. »Offensichtlich. Ich gehöre zu denen, die kein Nein als Antwort gelten lassen.«

»Oh, aber ich würde annehmen, daß es auf die Frage ankommt, Mrs. Peel.« Er schwieg einen Augenblick. »Sagen Sie, Sie sind doch bestimmt Mrs. Peel, oder?« Sie glaubte etwas wie Hoffnung oder vielleicht eine winzige Spur Verzweiflung in seiner Stimme zu hören.

Nur mit Eiseskälte konnte sie die Gefühle, die sie

empfand, bekämpfen. Schließlich wußte sie ja nicht, ob sie wirklich immer Mrs. Peel war. Vielleicht verwandelte sie sich jeden Abend, wenn der Mond erschien, in Mrs. Hyde.

»Sie delirieren«, sagte sie eisig. »Ich hätte Sie zurücklassen sollen. Einen Invaliden zu pflegen, entspricht schließlich nicht meinen Vorstellungen von Spaß. Ich hätte jede Menge Angebote annehmen können ...«

»Und?« Er kam die Treppe herunter und ging zu dem Flügel, wobei ihm der verzweifelte Zustand seiner Hose bewußt wurde. Sie mußte sofort gebügelt werden. Dann kam ihm ein Gedanke: Um ihn, mit zerknautschter Hose und all dem, in ihre Wohnung zu bringen, hatte sie ihn zuerst irgendwie zu dem Wagen und dann hinauf ins Bett schaffen müssen. Und sie hatte ihn Gott weiß wie lange angesehen, während zweifellos sein Mund offen war. Seine Augen weiteten sich vor Verlegenheit. Er schloß sie einen Moment.

»Bei Sir August fand ich einen Hinweis«, sagte sie gerade. »Wissen Sie, Steed« – Emma hielt einen Augenblick inne, und Steed hing an jedem ihrer Worte –, »mit weiblichem Gespür.«

Beeindruckt beobachtete Steed, wie Mrs. Peels Hände expertenhaft über die Tasten glitten – bis sie sich plötzlich auf der Bank zurücklehnte und die Hände im Schoß faltete. Die Tasten bewegten sich, wie Steed sah, weiter bei der computergesteuerten Wiedergabe der Bachkomposition. Emma lächelte ihn hoheitsvoll an.

Verdammt, dachte Steed. Wieder reingelegt. Diese Frau war wirklich gefährlich. Sogar ihre *Hände* hatten ihn getäuscht. Merkwürdig, dieser Test war noch nie gescheitert. Während Steed sie betrachtete, wie man ein exotisches und gefährliches Tier ansah, ging Mrs. Peel zu einem weiß lackierten Tisch und nahm ein Spielzeugglas, mit dem man Schnee aufschütteln konnte, in die Hand. Sie sah ihn an und winkte ihn zu sich.

Wachsam trat er zu ihr und sah auf der Unterseite einen Aufkleber.

»Wunderland Wetter Handelsgesellschaft«, las er vor. Na bravo. Mit diesem Kinderspielzeug war er so vollständig gedemütigt worden. *Er sollte schleunigst zu irgendeinem Ergebnis kommen,* dachte er.

Kapitel 10

Was für Unmöglichkeiten schüttelt er jetzt aus dem Ärmel?
Der Sturm, *William Shakespeare*

Emma drückte auf den Summer außen an der Tür, und das Schloß sprang mit einem Klicken auf. Steed stieß die Tür auf, und sie gelangten in den Empfangsbereich von Wunderland Wetter. Innen sah es für Emma aus wie in einer Bank, die auf betuchte Kundschaft eingestellt war. Der Boden war mit plüschblauem Teppich ausgelegt, und riesige Ölgemälde mit Wolken-, Regen- und Sonnenmotiven schmückten die Wände. Emma und Steed sahen einander an und näherten sich dem Empfangstresen und der hochnäsig aussehenden Schickimicki-Tante mit Hakennase. Laut dem Schild auf ihrem Tresen hieß sie TAMARA.

»Hallo. Wunderland Wetter?« Steed spielte seinen ganzen Charme aus, was Emma maßlos ärgerte. Warum verhielten sich Männer gegenüber Frauen immer so? Viel netter zu Frauen – und besonders zu *fremden* Frauen – als zu Männern. Und es funktionierte immer.

»Ja. Kann ich Ihnen helfen?« Tamara begann sich für ihn zu erwärmen. Emma erkannte alle Anzeichen.

»Das hoffe ich. Sie wurden uns von einem Freund empfohlen, der meinte, daß Sie uns bei unserem Problem helfen könnten. Verstehen Sie, wir sind schrecklich beunruhigt wegen unserer Rosen ...«

Da war er, dachte Emma. Sie hatte doch gewußt, daß irgendwann der Hündchenblick auftauchen würde, und sie hatte sich nicht geirrt.

Tamara runzelte die Stirn, hilfsbereit, aber verwirrt.

Sie schüttelte den Kopf, und ihre Diamantohrringe wackelten. »Ich verstehe nicht …«

Steed lächelte beruhigend und fuhr fort: »Meine Kollegin und ich vertreten FLORA, eine sehr einflußreiche Gruppe von Blumenzüchtern, die unter enorm schwierigen Bedingungen arbeiten. Seit Jahren schon züchten wir eine besondere Rose, die Crimson Monk, doch seit einigen Wochen leiden wir unter einer Marienkäferplage.«

»Ich dachte, Marienkäfer mögen Rosen«, sagte Tamara mit unverbindlichem Lächeln.

»Etwas zu sehr«, sagte Steed. »Nun, da unsere Blumenshow bevorsteht, brauchen wir sehr schnell noch ein paar weitere warme Sonnentage …«

»Ich weiß wirklich nicht, wie ich Ihnen helfen kann«, sagte Tamara entschuldigend.

»Nein?« rief Steed mit großen Augen. Emma stöhnte stumm. »Haben Sie noch nie einen siebengepunkteten Marienkäfer in der Paarungszeit gesehen? Getupfte graue Larven. Ein Monat Verpuppungszeit, dann – keine Rosen mehr. Gefräßig …«

Steed näherte sich ihr. *Reif zum Abschuß,* dachte Emma. Sie konnte es kaum noch ertragen, weiter zuzusehen, und schnappte sich mit sehr viel mehr Elan als nötig eine Illustrierte von einem Tisch.

»Ich hoffe, ich bin nicht falsch hier.« Steed runzelte die Stirn. Emma wußte, daß Tamara ihn von seinen Sorgen befreien und dieses Stirnrunzeln glätten wollte. »Ich habe die Empfehlung von einem Mitglied von SCHIRM.«

Tamara gab vor, völlig verwirrt zu sein. *»Schirm?«*

»Sagen Sie nicht, Sie hätten davon noch nie gehört«, sagte Steed und wedelte in flirtendem Tadel mit seinem Finger vor ihr hin und her. »Ich sprach mit meinem Kollegen, Sir August – Sie kennen doch Sir August de Wynter?«

»Natürlich.« Tamara setzte sich aufrecht und sah allmählich aus, als wüßte sie, worauf er hinauswollte.

Emma blickte von der sterbenslangweiligen Ausgabe der *Wöchentlichen Wolkensaat* auf, als sich Tamara erhob. »Hier entlang, bitte«, sagte sie und führte Steed und Emma durch eine Tür hinter ihrem Tresen. Emma warf Steed einen angewiderten Blick zu, als sie vor ihm durch die Tür trat. Er heuchelte Unverständnis. Zweifellos fühlte er sich immer noch gedemütigt, weil sie ihn ins Bett gebracht hatte. Im Rückblick wäre sie noch etwas weitergegangen, wenn sie gewußt hätte, daß er sich deswegen so anstellen würde – hätte ihm einen Teddy ins Bett gesteckt. Bei dem Gedanken lächelte sie. Also gut – beim nächstenmal.

Tamara führte sie in einen schwach beleuchteten Ausstellungsraum mit burgunderroten Samtvorhängen. In Augenhöhe standen leuchtende Glaskugeln in der Größe besonders großer Kugelaquarien auf Sokkeln, die mit burgunderrotem Samt bedeckt waren. An den Wänden hingen Wandgemälde mit blaßblauen Bildern des wolkenverhangenen englischen Himmels.

Tamara winkte sie zu einer der Kugeln herüber, als ob sie ihnen ein Geheimnis mitteilen wollte. Jede Glaskugel schien ein winziges Mikrowettersystem darzustellen. Ihnen am nächsten war ein Sonnenklima, zwei weiter entfernte Kugeln enthielten jeweils schreckliches Schnee- beziehungsweise Regenwetter.

»Unsere neueste Entwicklung«, schwärmte Tamara. »Sommer oder Winter, Toskana oder Gstaad. Natürliches Wetter auf telefonische Bestellung. Sie brauchen nur einen Radiosender.«

Tamara schien schrecklich zufrieden mit sich und Wunderland Wetter zu sein.

Steed strahlte sie an. Emma glaubte, ihr würde schlecht.

»Wie echt fühlt es sich an?« fragte er.

»Sehr.« Sie stand näher bei ihm als strenggenommen nötig. »Eine ganz neue Produktreihe an individuell gestalteter Meteorologie. Stellen Sie sich nur vor: ein Herbstnebel, leicht verhangene Sonne in einer Obstbaumlichtung, Temperatur …«

»Um die 20 Grad?« fragte Steed behaglich.

»Was immer Sie wünschen, Sir.« Sie meinte es ganz ernst, dachte Emma. Tamara strahlte ihn an.

»Klingt wunderbar. Eine Lösung für meteorologische wie gartentechnische Fragen. Und für meine Rosen.« Steed umgarnte Tamara weiterhin und zog sie in ein intensives Gespräch über seine Rosen, während Emma sich absetzte, um ein bißchen herumzuschnüffeln.

Entsetzt sah sie die nichtssagenden Slogans auf den Wandschränken des Ausstellungsraums: »Natürlich sein. Natürlich handeln. Natürlich denken. Die natürliche Schönheit von Wunderland Wetter.« Emma blieb stehen und starrte auf ein Model in einer der Anzeigen, das genauso aussah wie sie. Zufall? Sie glaubte nicht daran.

Das Telefon klingelte und unterbrach Tamaras aufblühende Beziehung zu Steed.

Enttäuscht und durcheinander sagte sie: »Oh! Einen Moment. Entschuldigen Sie mich.« Sie eilte auf die Tür zur Rezeption zu.

Steed murmelte mit seiner anzüglichsten Stimme: »Kommen Sie schnell zurück.« Emma starrte ihn ungläubig an.

Tamara, Wachs in seinen Händen, floß durch die Tür und sah mit einem Schlafzimmerlächeln zu ihm zurück. Sie winkte ihm zu, bevor sie völlig verschwand.

Steed brauchte ungefähr drei Sekunden, um einen Türstopper zu ergreifen und die Tür hinter Tamara zu verkeilen.

»Also«, sagte Emma, die ihm zusah, die Hände in

die Hüften gestemmt. »Ich dachte, ich müßte zur Tür hinausschleichen und Sie beide allein lassen. Ihr lief praktisch der Sabber aus dem Mund.«

»Alles im Rahmen der Dienstausübung, Mrs. Peel. Etwas männlicher Charme, verstehen Sie ...« Er wandte sich um und sah sie genau an. »Sagen Sie bloß nicht, Sie sind eifersüchtig«, zog er sie auf.

Sie gab einen entnervten Laut von sich und ging zur Tür am anderen Ende des Raumes, auf der ›Nur für Angestellte‹ stand. Sie öffnete sie einen Spalt, spähte hindurch. Die Tür führte auf einen Gang. Emma gab Steed ein Zeichen, ihr zu folgen.

Gut, dachte sie und versuchte den subtilen Duft von männlichem Aftershave zu ignorieren, den sie wahrnahm, als er direkt hinter ihr stand. Das liebte sie. Den Kitzel des Aufstöberns, die Freuden der Jagd.

Auf der anderen Seite der Wand, wo Emma und Steed sich befanden, hielt Sir August der Geisteskranke in seiner Teddyverkleidung mit Schottenkaro in dem eindrucksvollen Sitzungssaal von Wunderland Wetter Hof. An einem sieben Meter langen polierten Kirschholztisch saßen acht weitere Teddybären, jeder von der Gestalt eines 1,90 m großen Mannes und allesamt furchteinflößend. Das lag teils an den düsteren Gesichtern ihrer Bärenkostüme, teils an den bizarren Pastellfarben. Ihre Pfoten und Ohren waren riesig. Neben Sir August saßen die beiden einzigen nichtpastellfarbenen Teddys außer ihm selbst: ein roter Bär und ein schwarzer, eindeutig seine Assistenten.

Der Schottenkaroteddy ergriff das Wort und genoß unverkennbar den Moment. »Zusammen können wir unsere Welt wunderbarer gestalten. Für euch. Für mich. Für die Menschheit. Weil Wunderland Wetter unsere neuen Kollegen von SCHIRM jetzt herzlich willkommen heißt.«

Sir August nahm seinen Bärenkopf ab und lief wie ein Raubtier – das er ja auch war – um den Tisch. »Ihr alle wißt, wer ich bin«, begann er in deutlich onkelhaftem Ton. »Und ich kenne euch alle. Aber ihr dürft einander nicht kennen. Sicherheit ist immer noch das oberste Gebot.«

Er zog weiter um den Tisch, goß Getränke ein und begrüßte jeden Teddy persönlich, wenngleich er keine Namen nannte. Er schien sie genau zu beobachten, um Zeichen des Unwohlseins oder mangelnder Loyalität festzustellen. Nachdem er die Runde gemacht hatte, stand er wieder am Kopf des Tisches und hatte die Pfoten vor sich zusammengelegt. »Nun steht unserer Organisation die größte Prüfung bevor.«

Bestürzt ließen einige Teddys die Schultern fallen. Die Luft war spannungsgeladen, während sie auf die schlimme Nachricht warteten. Sie wagten nicht, einander anzusehen.

»Ich muß absolute Loyalität, absoluten Gehorsam fordern.« Sir August schenkte sich selbst einen Drink ein und nahm einen Schluck, während er auf die versammelten Bären sah. Er schmatzte; sie alle wußten, daß er eine Vorliebe für schottischen Malzwhisky hatte. »Aber jeder, der sich zurückziehen möchte, muß es jetzt tun. Und in Anerkennung seiner Arbeit erwartet ihn ein großzügiges Angebot von einer Million Pfund.« Er wartete und blickte freundlich in die Runde. Der Inbegriff reinster Großherzigkeit.

»Nun.« Wieder blickte er über den Tisch, die Hände einladend ausgestreckt. »Möchte jemand aussteigen?«

Zögernd warfen die Teddys einander durch die Augenschlitze ihrer Masken ängstliche Blicke zu. Niemand hob die Hand.

»Bitte«, sagte Sir August schmeichlerisch, sogar liebevoll. »Seid nicht schüchtern.«

Tischauf, tischab saßen die Teddys still, warfen sich

immer noch verstohlene Blicke zu. Schüchtern hob erst einer, dann ein anderer die Hand.

Sir August richtete seinen Blick auf sie, als wären sie die sprichwörtlichen verlorenen Söhne. Gütig nahm er ihre Entscheidung an und ging auf sie zu, wie um sie seines Einverständnisses zu versichern. »Ah ja. Wir schulden soviel. Euch beiden.« Er stand direkt hinter ihnen und sah auf ihre Teddybärköpfe hinab, während sie unruhig hin und her rutschten. »Ohne eure Arbeit würde mein bescheidenes Projekt zugrunde gehen. Wie kann ich euch meine Anerkennung zeigen?«

Mit wohlwollendem Lächeln griff Sir August nach der Brosche, welche die karierte Schottendecke über seiner Schulter zusammenhielt, öffnete sie und nahm zwei winzige Pfeile heraus. So entspannt, als ob er im Pub Darts spielte, nahm er in jede Hand einen und warf sie leicht in die Nacken der Teddys vor ihm. Sie brachen tot auf dem Tisch zusammen.

Sir August rieb sich die Hände und sah auf dem Tisch herum. »Nun. Noch weitere Geschäfte? Nein? Dann erheben wir uns alle.« Auffordernd erhob er sein Glas zu den anderen Teddys. Sie standen auf und hoben ihre Gläser, aber niemand wagte es, den Teddybärkopf hochzuschieben, um zu trinken. Ohne von ihren Schwierigkeiten Kenntnis zu nehmen, sagte Sir August sentimental:

»Auf unsere … abwesenden Freunde.«

Nach links und rechts spähend, liefen Steed und Emma immer weiter den Gang entlang. Niemand war da. Sie wirkten täuschend unauffällig, waren aber tatsächlich auf alles gefaßt. Flink liefen sie auf eine Flügeltür am Ende des Flurs zu. Während sie jeder einen Türgriff packten, nickten sie einander zu und zogen gleichzeitig die Türflügel auf.

Ein fast verlassener Sitzungssaal, abgesehen von

zwei Teddys, die über dem Tisch zusammengebrochen waren. Emma und Steed gingen schnell zu ihnen, wobei Emma die Bärenköpfe untersuchte und Steed die Pfeile inspizierte.

»Mmmm … ins Schwarze getroffen«, sagte er.

Emma beugte sich vor, nahm einen Teddykopf hoch und zog die Verkleidung von dem Gesicht ab. »Ach, der arme Babbington«, seufzte sie. »Ich kannte ihn gut. Chef der Prospero-Forschung«, sagte sie mit einem Blick zu Steed. Sie entfernte die andere Teddymaske. »Und Morton, sein Assistent.«

Steed schüttelte den Kopf. »Einen Wissenschaftler zu verlieren ist ein schlimmes Unglück. Aber zwei zu verlieren …«

Geräusche draußen auf dem Gang unterbrachen seine Laudatio auf Babbington und Morton. Steed und Emma verließen die toten Teddys und jagten zur gegenüberliegenden Tür aus dem Sitzungssaal hinaus. Geschwind schlossen sie hinter sich die Tür und prüften die Umgebung von Wunderland Wetter, die sich ihnen darbot. Ein Gang mit zwei gläsernen Aufzügen lag vor ihnen, dahinter ein Gewirr aus futuristischen, sich kreuzenden Treppenschächten.

Als sie um eine Säule spähten, sahen sie einen schwarzen Teddy, der zu einem Treppenschacht hinüberrannte und drei Stufen auf einmal nehmend nach oben raste. Ein roter Teddy stürzte über den Gang und in einen Lift.

Steed sprang in einem wilden Satz in den ersten abwärts fahrenden Aufzug und rief: »Folgen Sie dem Bären da!«

Emma sah, wie sich die Tür hinter ihm schloß, und rannte dann den Gang entlang und hinter dem schwarzen Teddy die Treppe hinauf.

Während Steed hinunterfuhr, erblickte er in dem gläsernen Aufzug gegenüber einen aufwärtsfahrenden mannshohen Teddy mit Schottenkaro, der ihn böse ansah. Der immer gelassene, immer ruhige Steed sah langsam ein zweites Mal hin, und der Teddy war verschwunden – entwischt in die Höhen des Wunderland-Wetter-Gebäudes.

Unter sich sah er durch das Glas, wie ein Laster auf einem automatischen Lift hinabbefördert wurde. Daneben stand ein merkwürdiger, zylindrischer silberner Sender, dessen Rundung oben mit Antennen gespickt war. Steed sah, wie sich der rote Teddy seiner Bärenuniform entledigte. Es war Bailey – Sir Augusts gedungener Schläger. Steed hatte ihn in einem schwarzen Trenchcoat draußen vor Trubshaw's gesehen und gewußt, daß er ein Ganove war. Nur Ganoven trugen *schwarze* Trenchcoats. Nicht im geringsten überrascht, beobachtete Steed, wie Baileys Spießgesellen die Kugelform vorsichtig auf den Laster luden.

Schirmschwingend trat Steed aus dem Aufzug und näherte sich von hinten den Muskelprotzen, die den Sender aufluden. Die Kerle drehten sich um, als sie das leise Tappen seiner lederbesohlten Spezialschuhe von Trubshaw auf dem Zementboden hörten.

»Na, so was«, sagte Steed, als hätte er gerade jemanden erwischt, der sich den Rest Sahne stibitzte.

Die fünf Männer umzingelten ihn, wild darauf, Steed eins auszuwischen.

Bailey, ihr Anführer, verzog die Oberlippe. »Eine Kleiderpuppe. Seht euch diesen Hut an.«

Die Männer kamen näher. Steed hielt es nur für fair, sie zu warnen.

»An eurer Stelle würde ich das lassen, Jungs«, sagte er freundlich.

»Das glaubste nich'«, kicherte Bailey. »Sie spricht.«

Der kleinste und der mit den meisten Muskeln bepackte Mann hob die Fäuste.

Steed duckte sich, und Bailey bekam den Schlag ab.

Wumm! Ungerührt rammte Steed seinen Ellbogen in den Magen von Bailey, der gegen die Wand sackte, immer noch benommen durch den Schlag seines eigenen Mannes.

Mit einer schnellen Drehung trat Steed dem ihm am nächsten stehenden Mann seinen übernatürlich polierten Schuh in den Bauch. Der Mann gab ein befriedigendes »Uff!« von sich, und Steed wirbelte herum, um erst einem, dann einem anderen Hals der drei übrigen Kerle einen Karateschlag zu versetzen. Mit eindrucksvollem Röcheln sackten sie leise zu Boden, wo sie wie schlafende Kinder aussahen, fand Steed. Wie *böse* schlafende Kinder.

»Perfektes Timing«, kommentierte Steed, als seine Melone herabfiel, die irgendwann bei der Rauferei davongeschleudert worden war. Mit einer einzigen Bewegung fing er sie auf, wirbelte herum und schlug ihren Stahlrand dem letzten der vier Tölpel ins Gesicht. Und Mrs. Peel stellte seine Wahl an Herrenbekleidung in Frage …

Steed betrachtete das Gemetzel um ihn herum: vier Gauner auf dem Boden, in unterschiedlichen Zuständen von sich windend bis bewußtlos. Bailey, der sich von Steeds Schlag erholt hatte, rutschte halb über den Boden, bis er sich sicher genug fühlte, um aufzustehen und zu dem Laster zu rennen. Der allzeit pingelige Steed staubte sich ab und setzte sich die Melone wieder auf den Kopf. Er kam zu dem Schluß, daß ihm ein frei herumlaufender Bailey von größerem Nutzen sein könnte als Bailey auf dem Fußboden.

Und er hatte recht. Indem Bailey einen Schwall Flüche ausstieß, schlug er wild auf einen Schalter, um das Garagentor zu öffnen, und ließ den Motor des Lasters an. Er trat aufs Gas und sah dabei aus, als versuchte er der Hölle selbst zu entkommen. Dabei flog ein Papier aus dem Fenster. Ein Papier, das schreckliche Ähnlichkeit mit einer Karte hatte, dachte Steed und schnappte danach, während es zu Boden fiel.

»Ts, ts. Unachtsamer Junge«, sagte er kopfschüttelnd, während Baileys quietschende Reifen noch ein paar Straßen weiter zu hören waren. Er betrachtete die Karte in seiner Hand und lächelte. Auf ihrer Mitte war ein großes X, und daneben stand mit roter Tinte: ›WUNDERLAND WETTER SENDER‹.

Kapitel 11

Weg, Hexenbalg!
Der Sturm, *William Shakespeare*

Emma kam sich vor wie in einem Katz-und-Maus-Spiel. Sie erhaschte einen Blick auf den schwarzen Teddy, der eine Treppe hinauflief. Aber als sie bei den Treppen ankam, befand sie sich vor dem reinsten Treppenlabyrinth – einige spiralförmig, einige gerade, einige führten hinauf, andere hinab.

Ein Schatten flog pfeilschnell über eine Treppe irgendwo über ihr, und sie rannte hinterher. Oben angekommen, spürte sie wieder einen Blick auf sich … aber niemand war zu sehen. Dann sah sie einen Schatten, der unter ihr huschte, und stieg schnell eine spiralförmige Metalltreppe neben der hinab, die sie gerade hochgekommen war. Ihre Stiefelabsätze klapperten abwärts, bis sie hörte – oder vielmehr *spürte* –, daß jemand über ihr war. Sie blickte nach oben, sah aber niemanden. Ihrem Instinkt folgend stieg sie die spiralförmige Treppe wieder hinauf, von der sie annahm, daß sie zum Dach führen könnte.

»Das wird ja immer merkwürdiger«, keuchte Emma, während sie die Treppe hinaufhetzte. Als eine Tür irgendwo vor und über ihr heftig zuknallte, wußte sie, daß sie Glück hatte. Sie rannte zu der Tür, packte den Griff, zog sie auf … und befand sich oben auf dem Dach.

»Hübsche Aussicht«, murmelte sie mit einem Blick über die Dächer von Knightsbridge. Ihr Kopf fuhr herum, als sie im Augenwinkel schwarzes Kunstfell aufblitzen sah. Wie eine sich anpirschende Katze schlich sie verstohlen zwischen Schornsteinen und einem Luftschacht voran und verschwand dann hinter einer Buschreihe, auf der Jagd nach dem bösen Bären.

Das Dach war, wie sie bemerkte, mit kleineren Hindernissen bedeckt: Giebeln, einem kleinen eingezäunten, bepflanzten Garten für Mittagspausen, mit dorisch wirkenden Säulen aus einem nicht ganz überzeugenden Verschönerungsversuch und natürlich mit verschiedenen Reihen der unvermeidlichen geschwärzten Schornsteine.

Plötzlich sprang der Bär hinter der letzten Schornsteinreihe hervor. Emma verfolgte ihn, holte auf und sah, wie er auf die Dachkante zulief. Ein kurzer Blick hinter ihn enthüllte das Gewirr aus Dächern über London, den gleichen Blick, den man bei einer Tasse Tee in der Terrace Bar bei Harrods hatte, dachte sie.

Emma lief weiter hinter dem schwer zu fangenden Bär her und um eine Ecke der letzten Schornsteinreihe herum. Sie bremste abrupt ab, als sie aus der schwindelerregenden Höhe von mehreren Stockwerken direkt auf die Straße hinuntersah. Sie schnappte nach Luft und spürte in sich einen leichten Schwindel, lehnte sich zurück und streckte dann die Arme aus, um das Gleichgewicht zu halten. Einen Augenblick lang hatte sie das Gefühl, viel zu weit über die Kante zu ragen und nicht zurückzugelangen.

Schließlich fand sie ihr Gleichgewicht und ihren gleichmäßigen Atem wieder. Erleichtert, daß ihre Stiefelsohlen fest auf dem Dach standen, hockte sie sich hin und versuchte ihr Opfer zu sehen oder zu hören. Sie hörte das mechanisch klingende Flattern eines Taubenflügels ... den Wind, der zwischen den Hindernissen auf dem Dach pfiff ... dann, vor ihr, ein eindeutig menschliches Geräusch.

Emma erstarrte, all ihre Muskeln spannten sich an. Noch ein Geräusch. Dort war ihr Feind. Plötzlich sah sie eine riesige Pfote, die hinter einer weißen Säule auftauchte und nach ihr schlug, dann den ganzen schrecklichen schwarzen Teddy.

Der verdammte Kerl in seinem absurden Kostüm – sie fragte sich, welcher Bösewicht mit Selbstachtung eine so entwürdigende Verkleidung tragen würde – stand Emma gegenüber. Ohne zu zögern, begann er sie mit brutalen Schlägen seiner schweren Kostümpfoten zu bombardieren, wobei er dafür sorgte, daß sein Opfer praktisch angewurzelt blieb. Emma war viel zu nah an der Dachkante – ihrer Schätzung nach nicht mal einen halben Meter entfernt –, um effektiv zu kämpfen.

In dem Bewußtsein, daß sie leicht über den Rand treten und daher nicht ihre vollen Kampffähigkeiten einsetzen konnte, konzentrierte sich Emma zunächst auf Verteidigungsstrategien. Sie deckte ihren Kopf mit den ohnehin schon schlimm verprügelten Armen und versuchte hin und wieder mit einem Arm einen Karateschlag gegen den Bärenkörper.

Aber die schweren Schläge ließen ihr zu keiner Zeit Raum für einen Gegenangriff. Sie prasselten praktisch wie ein Hagelsturm auf sie ein, und jeder der erstaunlichen Schläge traf durch das Fleisch ihre Muskeln und Knochen. Trotz ihrer Geschicklichkeit wurde Emma zu einem schwarzen Lederhaufen zusammengeschlagen. Das war eine ziemliche Überraschung; sie mußte ehrlich eingestehen, daß sie hier zum ersten Mal auf jemanden traf, der ihr im Kampf ebenbürtig war. Traurigerweise nutzte ihr der schwarze Gürtel in Karate nicht viel, da sie kaum einen Schritt vom Abgrund entfernt stand. Und wie es sich für einen Kampf gehörte, wich der Bär nicht zurück.

Mit der geistigen Klarheit, die einen inmitten einer lebensbedrohlichen Katastrophe trifft, spürte Emma einen besonders brutalen Schlag gegen ihre Schulter und eine Schmerzexplosion. Sie wußte mit grimmiger Gewißheit, daß der Bär ihr den Arm ausgekugelt hatte. Das war einer ihrer wenigen körperlichen Schwachpunkte. Vor zehn Jahren war ihr das zum erstenmal passiert, und sie hatte seither die schmerzhafte Erfahrung gemacht, daß eine einmal aus dem Gelenk gekugelte Schulter stark dazu neigt, sich erneut ausrenken zu lassen.

Emma biß sich vor Schmerz innen auf die Wange und drehte die verletzte Schulter von ihrem Angreifer weg. Noch in der Bewegung wußte sie, daß sie dadurch eine Schwäche preisgab, die er sich zunutze machen würde. Vor Schmerzen wurde ihr am ganzen Körper kalt, und der Schweiß brach ihr aus. Jede Bewegung verstärkte den grausamen Schmerz. Wenigstens wurde sie in solchen Situationen nicht ohnmächtig, dachte Emma. Sie hatte schon Schlimmeres überstanden.

Während sie sich größte Mühe gab, die ununterbrochenen potentiellen K.-o.-Schläge abzuwehren, wurde ihr durch einen wachsenden Schmerzschleier klar, daß der Bär ihre erste Vermeidungsbewegung als Rückzug auslegen würde. Emma wußte, daß der tödliche Schlag nahe war.

Und dann passierte es. Ihr größter Schrecken wurde Wirklichkeit. Ihr war bewußt, daß jeder, der etwas vom Kämpfen verstand, in dieser Situation vordringen und Boden gewinnen würde, anstatt einfach seine Position zu halten. Der Bär machte einen Schritt nach vorn, und Emma trat einen halben Schritt zurück, um nicht umgestoßen zu werden. Nicht einen Augenblick hörten die Schläge auf, und es kam Emma so vor, als würde eine Maschine auf sie eindreschen. Es war, als ob das Tier übermenschlich, unzerstörbar, unermüdlich wäre. Seine ständigen Schläge warfen sie aus dem Gleichgewicht, sie taumelte zurück und verlor schließlich völlig die Balance.

Sie war sich sicher, daß sie ins Freie fallen und still durch die Luft auf den Beauchamp Place fallen würde. Statt dessen sah Emma – *buummps!* – Sterne, als der Teddy seinen Körper gegen sie rammte und sie beide fielen. Als sie auf das harte Dach aufschlug, explodierte ihre Schulter in einem Schmerzblitz, der unerträglich war – sogar für sie. Zu allem Unglück bekam sie unter den Schlägen kaum noch Luft. Sie hing von der Brust abwärts über die Dachkante, während sie mit dem mörderischen Bär kämpfte. Emma wußte, daß er erst aufhören würde, wenn er sie getötet hätte.

Sie zwang sich, mit *beiden* Händen gegen das drükkende Gewicht des Bären anzukämpfen, wobei sie wegen der krachenden Geräusche und des unerhörten feurigen Loderns in ihrer Schulter mit den Zähnen knirschte. Dann rückte der Bär ihr in einer letzten Kampfphase zu Leibe, indem er ihren Hals mit seinen riesigen Pfoten fest zudrückte und ihr die Luft benahm. Emma spürte, wie sie erstickte, und sah wieder Sterne.

Extreme Maßnahmen wurden erforderlich. *Ich habe schon Schlimmeres überstanden.* Emma wollte ihr Leben nicht vor einer so lächerlichen Kreatur lassen. Sie mobilisierte all ihre Kraftreserven und Entschlossenheit, riß ihre Arme los, biß die Zähne zusammen, als ihre Schulter wiederum grausam verdreht wurde, und griff an. Mit ihrem unverletzten Arm versetzte sie dem Teddy einen vernichtenden Karateschlag gegen den Hals. Sie traf genau, und zu ihrer Überraschung löste sich der Bärenkopf, flog fort und enthüllte – –

Sie selbst. Emma rang keuchend um Atem, da der Bär vorübergehend ihren Hals losgelassen hatte. Sie sog tief die Luft ein und starrte ihre exakte körperliche Doppelgängerin an.

»Na, so was«, sagte Emma, als sie wieder etwas zu Atem gekommen war. Ihre Stimme hörte sich durch den Schmerz hart an. »Und wer mögen Sie wohl sein?«

Verblüfft blickten sie einander an, umschlungen in einer tödlichen Umarmung. Der Bär war nun darauf eingestellt, Emma gegen das Dach zu drücken. Brutal preßte er die Hände auf ihre Schulter – zweifellos aus berechneter Grausamkeit –, und seine Knie wogen schwer auf ihren Hüften. Plötzlich dämmerte es Emma, daß *dies* die Frau auf dem Foto sein konnte, das Mutter ihr gezeigt hatte! Die Augen vielleicht etwas anders, aber sonst …

Sie gleicht mir aufs Haar, dachte Emma. *Genau das sehe ich, wenn ich in den Spiegel schaue. Kein Wunder, daß Mutter und Steed glaubten, ich hätte mich verwandelt.* Abgesehen von diesen Augen … Kalt. Die Augen der bösen Emma blitzten wie polierter Stahl, unheimlich unmenschlich. Und tödlich.

Hätte Emma nicht um ihr Leben gekämpft und dabei unbeschreibliche Schmerzen erlitten, hätte sie vielleicht gejubelt. Sie war also doch nicht insgeheim eine Psychopathin! Hätte sie sich bewegen können, hätte sie sich vielleicht eine kleine Feier gegönnt.

Steeds Ruf schreckte sie beide auf. »Mrs. Peel!«

Er stürzte von der Treppe aufs Dach hinauf und blieb abrupt stehen, als er die beiden Emmas zusammen sah. Fassungslos näherte er sich ihnen mit langsamen, ungläubigen Schritten. Irgendwo klickte es in Emmas Kopf, daß sie nun in Sicherheit war: Steed hatte sie zusammen gesehen. *Er* wußte nun, daß nicht unbedingt sie diejenige auf dem Foto der Prospero-Sicherheitskamera war.

Die böse Emma wollte sich offensichtlich nicht untätig fangen lassen. Emma keuchte vor Schmerz, als die Frau sie mit einem allzu absichtlichen Stoß gegen ihre Schulter freiließ. Ihr Double sprang auf die Füße und katapultierte sich mit einem übermenschlich hohen Luftsprung vom Dach hinunter. Sie hörten, wie sie irgendwo unter ihnen auf einem nahen Dach landete, und dann das Geräusch von schnell sich entfernenden Schritten. Emma sah, daß Steed mit flakkerndem Blick nach ihr suchte, dann aber den Kopf schüttelte.

So sachlich, als nähme er seine saubere Wäsche von der Leine, zog er Emma von der Dachkante zu sich hoch. Emma hatte ihm vorsichtig die Hand ihres unverletzten Armes hingehalten.

»Froh, daß Sie zufällig vorbeigekommen sind«, sagte sie forsch-fröhlich und staubte sich ab. »Gerade rechtzeitig, um mich vor mir selbst zu retten.« Sie warf ihm ein knappes kleines Lächeln zu.

»Ich dachte schon, ich sähe doppelt«, sagte Steed.

»Dachten wir beide«, antwortete Emma. Sie erinnerte sich schaudernd an die Augen ihrer Doppelgängerin. Sie wußte, daß sie manchmal eisig sein konnte, hoffte aber, daß sie nie so kalt wie diese Frau war.

»Übrigens frage ich mich, ob Sie mir einen kleinen Gefallen tun könnten.«

Steed verbeugte sich leicht, erstaunt über ihre Bitte. »Ihnen zu Diensten, Mrs. Peel.«

Sie zeigte auf ihre Schulter, die in einem schiefen Winkel herabhing und vorn aus ihrem einteiligen Anzug hervorstand. Sie sah den Schrecken in seinem Gesicht, sah, wie er die Lippen zu einer grimmigen Linie zusammenpreßte. Er kannte sich also mit ausgekugelten Armen aus. »Wären Sie so freundlich …?«

Er nickte kurz und setzte zu ihrer unendlichen Erleichterung seine Hände genau an die richtigen Stellen, um das elende Ding wieder in sein Kugelgelenk einzurenken. Eindeutig hatte er schon ein- oder zweimal vorher diese niederträchtige Handlung vollbracht. Er sagte: »Oh, sehen Sie nur, der Hubschrauber der Königin …«, und als sie in dem Bewußtsein hinaufsah, daß er sie abzulenken versuchte, geschah es. Die Knochen knirschten aufeinander, als er die Schulter ruckartig in die richtige Stellung zurückbrachte.

Sie schloß die Augen und biß sich innen auf die Lippen, bis sie Blut schmeckte. Kalter Schweiß brach ihr am ganzen Körper aus, während sie starr auf dem Dach stand und sich schweigend sammelte. Irgendwie wußte sie, daß er sich respektvoll abgewandt hatte. Als sie die Augen öffnete, suchte er mit dem Blick die Dächer nach der entlaufenen Doppelgängerin ab.

»Wieder bereit zum Kampf?« fragte er, als er sich schließlich zu ihr umblickte.

»Allerdings, Steed«, antwortete sie und ging vor ihm zur Treppe, die vom Dach nach unten führte.

Wütend landete die böse Emma auf dem Dach des berühmtesten Kaufhauses der Welt. Sie streifte sich den schweren Teddybäranzug ab, erleichtert darüber, wieder in schwarzem Leder gekleidet zu sein. Wie sie diesen Anzug haßte! Wenngleich sie für *ihn* alles tun würde, und er hatte darauf bestanden. Genauso wie er darauf bestanden hatte, daß sie ihm Emma Peel lebend brächte. Nun, sie war schlau genug zu wissen, wann es nötig war, nicht zu gehorchen. Und wenn sie jemals Sir August ihr eigen nennen wollte, mußte sie Emma Peel töten.

Vor Wut kochend schritt sie auf eine Stelle auf dem Dach zu, von der höchstwahrscheinlich eine Treppe hinunter in das Kaufhaus führte. Sie hatte die perfekte Gelegenheit gehabt, diese Peel-Frau zu töten, und sie war so nahe daran gewesen! Das Gesicht der Frau hatte schon einen befriedigenden Purpurton angenommen, als ihr irgendwie dieser verhängnisvolle Karateschlag gelungen war. Und dabei war sie schon so sehr im Nachteil gewesen, direkt an der Dachkante. Zu allem

Unglück hatte die Frau auch noch ihr Gesicht gesehen. Verdammt!

Sie würde Sir August bitten, ein paar bessere Flüche in ihren Wortschatz aufzunehmen, dachte sie, als sie die Tür zu einem stark parfümierten Raum öffnete, der voller Damenabendgarderobe war. Er hatte ihr nicht viele gegeben. Seine Erklärung hatte ungefähr gelautet, daß sie mehr nicht benötigte. Aber sie *brauchte* mehr. Sehr viel mehr.

Vielleicht war es doch schwerer, Emma Peel loszuwerden, als sie gedacht hatte. Sie übersah die bewundernden Blicke der Käufer, zumeist fröhliche übergewichtige Amerikaner und dunkle Typen aus dem Mittleren Osten, und ignorierte die Verkäuferin, die ihr Hilfe anbot. Sie wußte, daß sie mit ihren festen Muskeln und dem langen schlanken Körper gut aussah, aber welche Bedeutung hatte das, wenn es noch jemanden mit dem gleichen Körper gab? Und mit überlegenem Verstand?

Die böse Emma biß die Zähne zusammen und fuhr Stockwerk um Stockwerk mit der Rolltreppe hinunter. Sie würde zweifellos eine weitere Chance bekommen, Mrs. Emma Peel zu erwischen. Schließlich gab es noch andere Leute, die ihren Tod wünschten. Als sie im Erdgeschoß ankam, fühlte sie sich etwas besser. Ihr Blick wurde von einer Theke angezogen, auf der Flaschen mit leuchtend rotem Nagellack ausgestellt waren. Genau, dachte sie. Ich werde daran arbeiten, zu einem passenden Ersatz für Mrs. Peel zu werden.

Mit grimmiger Entschlossenheit steuerte sie auf die Theke zu, wobei in ihrem Mundwinkel ein böses Lächeln erschien.

Bailey war eifrig mit seinem elektrischen Schraubenzieher beschäftigt, als Sir August im Teddy-Outfit überraschend neben ihm im Labor auftauchte. So bizarr die Teddybärverkleidungen ihm anfangs erschienen waren, mußte er doch zugeben, daß das schwarze Fell mit den schottischen Akzenten gut zu seinem verwirrten Herrn paßte. Mit einem Blick an seinem eigenen roten Fell hinab dachte Bailey, daß er noch weit Schlimmeres zu ertragen vermöchte, da sich ihm in Sir Augusts Dienst die Gelegenheit bot, zu so vielen Leuten grausam zu sein. Und der Teddybärkopf verbarg hübsch seine Identität …

»Wir brauchen Zeit zur Vorbereitung«, sagte Sir August. »Sie nähern sich uns zu schnell.« Er beugte sich über den Labortisch, wo Bailey die Teile von Sir Augusts neuestem Angriffsmechanismus versammelt hatte. »Wollen wir euch mal anschauen, meine kleinen Lieblinge.« Er sah, wie Sir August die merkwürdigen Maschinenteilchen zärtlich streichelte, die metallischen Beine, Rotorenflügel und die mit Kameralinsen gefüllten Augen der riesigen mechanischen Angriffsbienen. Bailey wandte sich wieder seiner Arbeit zu und montierte mit summendem elektrischen Schraubenzieher die übriggebliebene Pistole in einen der beinahe fertiggestellten Bienenmünder.

»Ich hoffe, der Teddy behandelt euch nett«, sagte Sir August nachsichtig zu seinen leblosen kleinen Haustieren und ließ seine Hand über den Hinterkörper der Biene gleiten, wo normalerweise der Stachel wäre.

»Laß die Bienen frei!« rief er, und Bailey tat wie geheißen, indem er auf einen Knopf der Fernbedienung neben ihm drückte. Sir August konnte gerade noch die Hand zurückreißen, als eine dreißig Zentimeter lange silberne Stilettspitze aus dem Bienenrücken schnellte und wie ein Pfeil bebte.

»Wollen doch mal sehen, wie ihnen ein kleiner Stich ins Hinterteil gefällt.« Er lachte das Lachen des Wahnsinnigen, als den Bailey ihn kannte, des Wahnsinnigen, für den er liebend gern tötete und zerstückelte. Sir Augusts Lachen widerhallte im Labor und schwoll zu einem Klang an, der endlos von den Wänden aus rostfreiem Stahl echote. Bald war der Raum mit dem Lärm von einer Million Wahnsinniger angefüllt, die alle von wilder Heiterkeit überwältigt waren, und das Gelächter zerriß in unheimliche Klangfetzen, die aus allen Winkeln auf sie zurückschossen.

Bailey lächelte. Dieser Job hatte wirklich seine Vorzüge.

Kapitel 12

Scheiß der Himmel auf die Jaulerei! Die sind lauter als der Sturm und die Kommandos.
Der Sturm, *William Shakespeare*

Es war das provisorische Zentrum der Macht. Wer würde schon vermuten, daß in der Dunkelheit hohe Tiere aus dem Ministerium und Agenten in einem roten Doppeldeckerbus durch London tuckerten? Es war ein außergewöhnlich praktisches Beförderungsmittel, und in der Kakophonie des Londoner Verkehrs konnte niemand hören, wie Mutter und Vater sich zankten.

Steed saß mit den anderen oben und verfolgte Mutters Versuch, die Kontrolle über die Einsatzbesprechung zurückzugewinnen. Vater war in letzter Zeit immer lebhafter geworden, fand Steed. Er fragte sich wohl zum hundertsten Mal, ob sie wirklich blind war oder ihre vorgebliche Behinderung nur ausnutzte, um einen Vorteil herauszuholen, wenn sie ihn am dringendsten benötigte.

»Sie behaupten jetzt also, daß es *zwei* Mrs. Peels gibt?« Mutter klang deutlich skeptisch.

Vater schnaubte. »Wie absurd.«

»Lassen Sie *mich* die Sache in die Hand nehmen, Vater. Ich bin verantwortlich…«

»Was Sie gar nicht oft genug erwähnen können«, sagte Vater trocken.

Steed hatte seine Zeitung aufgeschlagen, als Mutter und Vater wie ein Ehepaar zu zanken begonnen hatten. Normalerweise fand er es komisch, aber seit kurzem reichte es ihm.

»Sie nehmen meinen Standpunkt *nie* ernst«, rief Vater. »Es ist so, als würde ich einfach nicht existieren.

Und wer hat Sie zum Leiter dieses Ministeriums gemacht?«

Eingeschnappt erhob Mutter seine Stimme zur Antwort. »Du lieber Himmel, Frau, Sie vergessen aber auch *immer,* daß ich das nicht zu meinem Vergnügen mache. Glauben Sie etwa, mir *gefällt* …«

Immer weiter ging es so, während der Bus durch das nächtliche London raste.

Mutter zischte: »Sie haben Ihre Meinung über Mrs. Peel kurz und bündig kundgetan …«

»Wir wußten beide, wer verantwortlich ist. Diese ganze Geschichte ist eine falsche Spur. Ganz unmöglich …« entgegnete Vater.

Mutter hielt einen Finger hoch, der Vater außerordentlich geärgert hätte, wenn sie ihn hätte sehen können. »Ah-ah-ah: Nichts ist unmöglich, Vater. Ich denke oft noch vor dem Frühstück an mindestens sechs unmögliche Dinge.«

Ein peinliches Schweigen kam auf und verlieh den unmöglichen Dingen, von denen Mutter in den frühen Morgenstunden träumte, einen besonderen Stellenwert. Da er gehört hatte, wie Mrs. Peels Name gefallen war, wurde Steed aufmerksam. Er hatte sich immer schon gefragt, wie weit sich Mutters Behinderung erstreckte …

»Danke für Ihren Beitrag, Vater«, sagte Mutter, der sich erholte. »Wenn Sie mir freundlicherweise erlauben fortzufahren – Steed? Wie Sie sagten …«

Steed sah von seiner Zeitung auf. »Oh. Sind Sie fertig?« Er lächelte. »Jemand ist dabei, Ihre Prospero-Wissenschaftler in einer Deckorganisation zusammenzuziehen. Aber *nicht* Mrs. Peel.«

Mutter versuchte Vaters unvermeidlicher Frage zuvorzukommen, indem er sie selbst stellte: »Wenn Sie von ihrer Unschuld so überzeugt sind, haben Sie dann einen anderen Verdächtigen?«

Steed kaute auf seiner Lippe. »Vielleicht. Warum sind Sie so sicher, daß ein Angriff bevorsteht?«

Mutter seufzte. »Der Weltministerrat tritt am St.-Swithins-Tag zusammen. Schutzheiliger des ...«

»Wetters«, ergänzte Vater grimmig. »Verstehen Sie?«

»Das wollte ich doch die ganze Zeit sagen.« Wäre er nicht durch die Schule der grausamen Quälereien gegangen, die er und jeder andere Junge von den Schülern höherer Klassen im Gymnasium erduldet hatten, hätte Steed die Selbstbeherrschung verloren und sie alle beide an ihren gesteiften Kragen gepackt und ordentlich durchgeschüttelt. »Ich habe beide Mrs. Peels gesehen. Mit eigenen Augen.«

Vater mußte einfach das letzte Wort haben. Es lag in ihrer Natur. »Ich persönlich bin immer schon der Meinung gewesen, daß Augen sehr überschätzt werden.«

»Wir können keine Zeit mehr verlieren«, sagte Mutter verärgert. Er drückte auf den Klingelknopf; der Bus fuhr an den Straßenrand und blieb stehen. »Er hat seine Befehle.« Mutter wandte sich an Steed. »Die Zeit läuft, Steed. Ich zähle auf Sie.«

Steed sondierte die Lage. Einer von beiden, Mutter oder Vater, würde diesen Kampf gewinnen, und zwar möglicherweise endgültig. Er nickte Mutter zu. »Also dann, Wiedersehen.«

Er stieg die Stufen hinunter, froh, der ätzenden Atmosphäre auf dem oberen Deck zu entkommen. Als er durch die Windschutzscheibe sah, erkannte er, daß der Bus vor Mrs. Peels Haus angehalten hatte. Steed ging zum Ausgang und kam an Brenda vorbei, Mutters Bodyguard, die diesmal als Schaffner verkleidet war.

»Ich steige hier aus«, sagte er und hob seinen Hut zum Gruß. »Behalten Sie das Wechselgeld.«

Brenda lächelte John ermutigend zu, bevor er aus dem Bus sprang. Dann errötete sie und spürte in der prikkelnden Erinnerung an seine Aufmerksamkeit die Hitze bis hinunter in ihre Brust. Der Gedanke an seinen Edelmut trieb ihr die Tränen in die Augen. Er riskierte sein Leben, indem er den gefährlichen Psychopathen Sir August de Wynter einkreiste, und doch konnte er mit ihr scherzen – praktisch während er schon in sein Verderben zog.

Sie konnte Mutter und Vater oben streiten hören und wußte, daß die Zeit knapp wurde. Mutter hatte sie beiseite genommen und zur Wachsamkeit aufgefordert; Vater hatte irgend etwas Finsteres im Sinn. Früher oder später würde es zu einem Showdown kommen, hatte er gesagt, und sie – Mutter und Brenda – müßten dann bereit sein.

Brenda tätschelte das Schnappmesser, das in einer weißen Lederscheide sicher in ihrem BH verstaut war. Angesichts von Mutters Zustand wurde ihre Pflicht als Bodyguard um so bedeutsamer. Sollte Vater ihn physisch bedrohen, was sie sich nur schwer vorstellen konnte, würde sie bereit sein. *Gnade ihnen Gott, wenn John in das Kreuzfeuer geraten sollte,* dachte sie. Das würde sie nicht zulassen. Sie würde bis zum Tod kämpfen …

Gedankenverloren setzte sie sich hinter den Fahrer. Sie fragte sich, ob John wohl wußte, daß sie vom Ministerium im Personenschutz ausgebildet worden und tatsächlich so etwas wie eine Athletin war. Ministeriumsangestellte durften einander nicht privat kennen, und in gewisser Weise war das mehr als akzeptabel für sie.

Sie sah auf ihre Hände hinab, an denen sie keine Ringe trug. Sie sparte sich für ihn auf, war ihm ergeben ohne Wenn und Aber. Selbst wenn er ihr diese Mrs. Peel vorzog – obgleich sie ganz sicher war, daß es sich um eine vorübergehende Vorliebe handelte –, würde Brenda für ihn da sein, wenn der Staub sich gelegt hätte. Ihn in den nächsten vierzig Jahren zu beobachten und im Büro ihre helfenden Hände über ihn zu halten, würde ihr genügen. Allein schon mit solch einem Mann verbunden zu sein, war lehrreich.

John Steed hatte in der Tat ihre Karriere bereichert. Hin und wieder hatte sie in Ausübung ihrer Pflichten durchaus sein Leben gerettet. Sie hatte ihn erfolgreich mit Waffen und anderer Ausstattung versorgt. Aus den Fallberichten, die sie tippte – wobei sie immer seine sorgfältigen Notizen studierte –, hatte sie herausgelesen, daß diese Gegenstände ihm gelegentlich zum Sieg verholfen hatten.

Würde John zum Ritter des Britischen Königreichs geschlagen, dann also Sir John sein, wäre sie im Hintergrund bei ihm und würde ihm still zujubeln. Mehr verlangte sie vom Leben nicht.

In Emmas Wohnung tickte die Uhr, und das Pfeifen des Kessels unterbrach die kultivierte Ruhe eines Schachspiels. Steed und Emma saßen am Schachbrett einander gegenüber, umgeben von zerknitterten, überall auf dem Boden verstreuten Wetterkarten. Die SCHIRM-Karte, die den Standort des Senders enthüllte, lag zwischen ihnen. Emma studierte nicht das Schachbrett, sondern die Tabellen und knabberte dabei an einem Schokoladenkeks.

Steed gab vor, sich auf das Schachbrett zu konzentrieren, doch es fiel ihm schwer, seinen Blick von dem schimmernden, trägerlosen orangefarbenen Satinkleid, das sie trug, zu lösen. Nicht so sehr von dem Kleid eigentlich als vielmehr von ihren Schultern und, na ja, von ihrem Oberkörper. Als er direkt aus dem Bus hierher gekommen war, hatte sie behauptet, gerade aus dem Theater zurückgekehrt zu sein.

»Mutter und Vater sind überzeugt, daß ein Angriff stattfinden wird«, sagte Steed. »Könnte jemand wie Sir

August wirklich eine Art Wetterbombe zünden?« Er dachte einen Moment über das Schachspiel vor ihm nach. »Springer schlägt Turm A4.«

»Sicher«, entgegnete Emma. »Falls sie wissen, was sie tun. Stellen Sie sich vor ...« Sie hielt einen Schokoladenkeks in einer Hand. Er versuchte angestrengt, sich auf die Hand zu konzentrieren und nicht auf das, wonach sein Blick sich sehnte. »... dies wäre ein Radiosignal und dies« – sie zeigte auf ihren Mund – »der Sender. Es handelt sich einzig darum« – der Keks schwebte auf ihren geöffneten Mund zu –, »das richtige Ziel zu treffen. Dann – bumm!!« Sie biß wild hinein.

Mit einem kurzen Blick auf das Schachbrett sagte sie: »Dame schlägt Springer B3. Schach.« Sie seufzte so, daß Steeds Herz einen ungesunden Sprung tat, und zeigte wieder auf die Karte. »Sehen Sie. Ich habe diese Wetterausbrüche ausgewertet. Passen Sie auf?« Emma nahm einen nahegelegenen Zeigestock und ließ ihn wie eine Lehrerin mit Autoritätskomplex über die Karten fahren.

»Absolut«, sagte Steed. Es war fast zu schwer zu ertragen. Nur mühsam wahrte er seine ausdruckslose Miene, während er ihren Stock ansah, dann zwang er mit schierer Willenskraft seine Augen, wieder auf ihr Gesicht zu blicken. »Und ich glaube an harte Disziplin.«

»Befolgen Sie Anweisungen immer?« Emma sah ihn streng an und tippte ungeduldig mit dem Stock auf die Papiere.

»Immer. Außer ... wenn nicht. Springer schlägt Läufer D4.« Er bewegte seine Figur und nahm ihre vom Feld; sie hatte schwarz, er weiß. Ganz passend unter den gegebenen Umständen, dachte er angesichts der Versuchung, die sie darstellte – ganz zu schweigen davon, was Vater von ihr hielt.

»Zum Beispiel«, fuhr Steed langsam fort und starrte

diszipliniert auf das Schachbrett. »Wenn ich – grauenhafter Gedanke – die Anweisung hätte, Sie zu töten …«

»Schade, daß Sie mir das nie mitgeteilt haben«, sagte Emma und schlug mit der Stockspitze auf ihre geöffnete Handfläche. Er versuchte seine Augen weiterhin auf das Schachbrett gerichtet zu halten, hatte aber einen Blick auf die Schultern über diesem Kleid erhascht. Er konnte ihren Anblick auf dem Dach mit der unter dem schwarzen Leder schrecklich verrenkten Schulter nicht aus dem Kopf bekommen. Sie war weit tapferer gewesen, als er es unter solchen Umständen je gewesen wäre. Sooft ihm so etwas passiert war, hatte er tatsächlich aufgeschrien … aber sie sah ihn gerade an. Besser, er sagte etwas.

»Sie haben nie gefragt, oder?« sagte er lässig. »Ich kann schließlich nicht alles erwähnen. Und wir haben uns so gut verstanden.«

»Sie wollten uns die Laune nicht verderben.«

»Es hätte uns einen Dämpfer versetzt, meinen Sie nicht auch?«

»Ich bin beeindruckt. Dame schlägt Läufer C6.« Sie machte ihren Zug, wobei ihn die sanfte Rundung der Muskeln auf ihrem Arm ablenkte. »Woran haben Sie gedacht? Hoffentlich an nichts zu Unschönes.«

Steed riß sich von dem Anblick ihres milchigen Armes los und warf ihr einen tadelnden Blick zu. »Also wirklich, Mrs. Peel. Es gibt keinen Grund, sich bei den unerfreulichen Aspekten aufzuhalten. Schließlich sind Sie laut Ihrer Akte eine psychopathische Persönlichkeit mit schizophrenen Fantasien und leiden unter wiederholt auftauchender Amnesie, die auf traumatischer Repression basiert und zu Ausbrüchen antisozialen und gewalttätigen Verhaltens führt.« Er hielt inne. »Springer schlägt Läufer E4. Schach.«

Steed machte seinen Zug und ließ ihr Zeit, seine Worte zu verdauen. Einen Augenblick lang bedauerte er sie;

Emma sah wirklich ziemlich verletzt aus. Schön, aber verletzt. Doch er hatte beschlossen, ihr zu sagen, was Vater dachte und zuvor auch er selbst gedacht hatte. Wie sie bald erkennen würde, bewies allein die Tatsache, daß er es offen aussprach, daß er auf *ihrer* Seite war.

»Was denken Sie wirklich von mir?« Ihre Stimme war klar und hart.

»Oh, na ja«, entgegnete Steed. »Genau mein Typ, Mrs. Peel.« Er fragte sich, ob sie wohl erriet, wie wahr seine Worte waren.

»Gut. Ich glaube nämlich, daß ich etwas gefunden habe.«

»Sie hören nicht auf, mich zu überraschen«, sagte er. Es stimmte.

Emma zeigte auf die SCHIRM-Karte. »Auf dieser Karte. Eine Ansammlung von Mikroklimastrukturen um einen einzigen Bereich herum. Sehr merkwürdig.«

Steed beugte sich vor, um zu sehen, was sie meinte. Die hellgrünen Kreise, auf die sie zeigte, konzentrierten sich alle um das X, das den Standort des Wunderland-Wetter-Senders bezeichnete.

»Hmm. X kennzeichnet die Stelle, ja? Ihr Zug, Mrs. Peel.«

Emma streckte den Arm aus, um zu ziehen. Steed schlug die Augen nieder und konzentrierte sich lieber auf das Schachbrett statt auf sie. »Dame schlägt Springer. Schachmatt.«

Und sie hätte wirklich gewonnen, dachte Steed, wenn sie die Existenz der Wetterverschwörung wie auch der bösen Emma beweisen könnte. Er war jetzt sehr erleichtert, da er wußte, daß Mrs. Peel nicht auf ihn geschossen hatte. Und obwohl er wieder einmal eine Niederlage einstecken mußte, diesmal am Schachbrett, mußte er sie anerkennen. Sie war auch im Schach eine Meisterin.

Die böse Emma. Ja, ihm gefiel der Name für ihre

Doppelgängerin. Aber er vermutete stark, daß die gute Emma in gewisser Hinsicht selbst etwas ungezogen sein konnte. Er hoffte nur, daß er Gelegenheit bekäme, das herauszufinden.

Herrgott! Die alte Schachtel betrog sogar beim Krocket, dachte Sir August, als ihr Schläger dumpf gegen den Ball schlug. Es war widerlich. Er und Vater spielten auf dem Gelände von Hallucinogen Hall, in der Nähe des Sees. Smaragdgrünes Gras umgab sie, perfekt gewässert von Wunderland Wetters Angebotspaket ›Sanfter Rasen‹. Er war sehr stolz auf seinen Krocketplatz. Und doch spielten sie hier, auf *seinem* Heimrasen, und *ihr* Ball rollte rätselhafterweise auf das Tor zu. Als ob er magnetisch angezogen würde ...

Und sie war auch noch *blind!*

»Ich kann das Ministerium nicht mehr viel länger zurückhalten. Diese Mrs. Peel, ich warne Sie – lassen Sie sie nicht zu nahe herankommen.« Trotz ihrer Blindheit schien Vater zu wissen, daß ihr Ball wunderbarerweise glatt durch das Tor gerollt war. Sir August erkannte an ihrem Gesichtsausdruck, daß sie sich für die Siegerin hielt. Ihm wurde ganz schlecht.

»Guter Schlag«, murmelte er zwischen zusammengebissenen Zähnen. *Sie macht auf jung,* sagte er sich. »Habe ich mich nicht immer um Sie gekümmert? Wir sind schließlich Partner. Auch wenn wir uns nie Auge in Auge gesehen haben.« Etwas grausam vermutlich, aber unwiderstehlich, dieser Zusatz. Sie war ohnehin eine zähe alte Ziege.

»Warum überlassen Sie Mrs. Peel nicht mir?«

»Machen Sie sich keine Sorgen«, sagte Sir August. »Ich werde mich um sie kümmern.« Wenn er nur könnte, dachte er. Er stand auf Vaters Ball und trat ihn fest in den Boden. »Sie spielen ziemlich gut. Sollen wir den Einsatz verdoppeln?«

Vater schlug den Ball hoch in die Luft und verpaßte diesmal das Tor.

»Oje. So ein Pech. Knapp vorbei. Ich gewinne wieder.« Er fragte sich, ob die Falschheit überhaupt zu ihr durchdrang, so betrügerisch, wie sie selbst war.

»Ich bin mir nicht sicher, ob Sie die Gefahr richtig einschätzen. Es heißt ja, Liebe mache blind.«

»Dann wären wir ja schon zwei«, murmelte Sir August zu sich, während er ihren Ball auf einen steilen Abhang zuschlug. »Ich glaube, Sie haben von da drüben aus eine bessere Chance«, sagte er laut und versuchte freundlich zu klingen. Er schob sie in Richtung Klippe, während er selbst zu seinem Ball lief.

Aus der Richtung des Abhangs erklang ein lauter, befriedigender Schlag. Mit leuchtenden Augen wandte sich Sir August um.

»Passen Sie auf, wo Sie laufen.«

Kapitel 13

Wie das Gras satt und saftig ist! Wie grün!
Der Sturm, *William Shakespeare*

Mitten auf dem Lande kreischten die Bremsen von Emmas Jaguar, so daß die Vögel erschrocken von ihren grünen Zweigen aufflatterten. Der Jaguar blieb auf dem Asphalt, als sie mit Höchstgeschwindigkeit in eine scharfe Kurve der engen Straße fuhr, dann über eine gewölbte Brücke raste und es irgendwie schaffte, in den aufeinander folgenden Kurven auf vier Rädern zu bleiben. Sie fuhr in eine unübersichtliche Kurve, ohne das Bremspedal auch nur anzutippen, und schoß mit durchgetretenem Gaspedal in die gerade Straße vor ihr.

Steed störte es nicht, daß Emma absichtlich den Jaguar beschleunigte, als sie das Schild ›LANGSAM: KURVEN‹ las. Ihn störte nicht einmal, daß sie ohne die geringste Rücksicht auf sein Leben in unübersichtliche Kurven raste. So wie sie fuhr, hegte sie offensichtlich einen Todeswunsch. Sie hatte sich für dieses Unternehmen – und möglicherweise den Tod – sogar wieder umgezogen und trug ihren schwarzen, einteiligen Lederanzug. Hatte wahrscheinlich mit dem Ehemann zu tun … ja, damit würde er sich irgendwann noch beschäftigen müssen.

Er hielt sich so krampfhaft fest, daß seine Knöchel weiß hervortraten. Als sie ihm lächelnd einen Blick zuwarf, entspannte er die Hände auf dem Sitz zu beiden Seiten; daß sie ihn erwischt hatte, war ihm peinlich.

»Ich dachte, Sie lebten gefährlich, Mrs. Peel. Schneller können Sie nicht?«

»Bin ich in eine männliche Bastion eingedrungen, Mr. Steed?« Sie sah in den Rückspiegel. »Wir werden verfolgt.«

Steed vernahm ein merkwürdiges Summen, drehte sich um und sah hinten zum Fenster hinaus, während Emma den Rückspiegel im Auge behielt. »Was ist das für ein Geräusch?« In dem Versuch, das herauszufinden, neigte er verblüfft den Kopf. Der Jaguar raste die Landstraße entlang, während Steed verwirrt etwas entdeckte, das ein Schwarm Riesenbienen zu sein schien – aber doch wohl keiner *war* –, die sich von hinten näherten. Es waren vielleicht zehn oder mehr, die jetzt herankamen, bis sie direkt über dem Wagen flogen. Sie senkten sich im Sturzflug auf sie herab, schossen aus Gewehren und ließen kleine, aber tödliche Bomben fallen, die den Jaguar zum Glück – vorerst – verfehlten.

Ungläubig steckte Steed den Kopf aus dem Fenster und stellte fest, daß die Bienen nicht der üblichen Gartensorte entsprachen. Es waren riesige mechanische Bienen, düsenjägerartig. Rotoren befähigten sie, sich in die Luft zu erheben, und anstelle von Mündern hatten sie Gewehre. Das Summen war ohrenbetäubend. Steed rief in Emmas Ohr: »Insekten. Jedes Jahr größer ...« Bedauernd schüttelte er den Kopf. Nun, er wußte, wie man mit Bienen umging.

Kugeln schlugen in das Jaguardach ein. Sie wurden angegriffen.

»Halten Sie sich fest!« rief Emma und drückte das Gaspedal durch. Der Wagen erreichte Geschwindigkeiten, die Steed ihm nicht zugetraut hätte. Sein Kopf wurde gegen den Sitz gedrückt. *Es würde mich nicht wundern, wenn wir die Gravitationskraft überwinden,* dachte er. Er konnte Emmas Haar wild im Wind flattern sehen.

Grundgütiger Himmel, aber sie war großartig.

»Auf geht's«, schrie sie fröhlich und drückte aufs Gas.

Steed riß die Augen auf. Nur mit Mühe konnte er eine Hand zu seiner Melone führen und diese fest auf den Kopf drücken. Der Jaguar fuhr geschickt auf den einspurigen Sträßchen hin und her, während die Schüsse von seinem Dach abprallten. Kanonen schienen den Wagen zu beschießen – diese Bienen waren außerordentlich unfreundlich, fand Steed. Er warf Emma einen Blick zu. Ruhig, mit einem grimmigen, kleinen Lächeln, lenkte sie den Wagen. Gab es *irgend etwas,* das sie nicht konnte? Er würde anfangen, sich ernsthaft unzulänglich vorzukommen, wenn das so weiterging, und zwar schon bald.

Er riß seinen Blick von Emma los und sah wieder auf die Straße. Kugeln durchlöcherten den Asphalt vor ihnen und zwangen Emma zu wilden Ausweichmanövern. Die Flügelblätter und Motoren der Rieseninsekten brüllten, während die Bienen das Auto vom Himmel aus verfolgten, sie mit ihren riesigen, mächtigen Gewehren unter Beschuß nahmen und kleine Bomben abwarfen. Haarscharf verfehlten sie den Wagen, während Emma qualvoll hin und her kurvte. Eine Bombe explodierte backbord und stieß den Wagen zur Seite. Doch der Jaguar hielt sich weiter auf der Straße. Bemerkenswert, diese britischen Motoren, dachte Steed.

Im nächsten Moment erkannte er, daß Emma einen kleinen Vorsprung vor den Bienen gewonnen hatte; ihr ohrenbetäubendes Brummen war ein wenig leiser geworden. Die Landschaft flog an ihnen vorbei. Emma raste über eine Kreuzung, schlängelte sich durch eine Haarnadelkurve und kam zu einer langen, sanften Biegung. Sie drückte das Pedal bis unten durch, und wieder wurde Steed in den Sitz zurückgeworfen. Welche Veränderungen hatte sie nur an diesem Ding vorgenommen? Der Pilot, dachte er … der Pilotenehemann hatte die Maschine zweifellos schwer aufgerüstet und den Motorblock mit Doppelladern, Wassereinspritzung und Gott weiß was noch ausgestattet. Wahrscheinlich dachte sie an ihn, wenn sie damit fuhr …

Ein prüfender Blick durch die Rückscheibe zeigte Steed, daß die Biester tatsächlich zurückblieben. Er wandte sich wieder nach vorn und stellte fest, daß sich die fröhliche Jagd mit entsetzlicher Geschwindigkeit einer sehr schmalen, sehr niedrigen Eisenbahnbrücke näherte. Drohend ragte die Brüstung vor ihnen auf, anscheinend ungefähr so hoch wie die Öffnung eines Gardehäuschens am Buckingham-Palast – und auch ähnlich breit. *Bei der Geschwindigkeit nie zu schaffen,* dachte Steed zusammenzuckend. Dennoch ließ Emma den Motor aufheulen und lenkte den Wagen geradewegs hindurch.

Im nächsten Moment hörte Steed ein widerhallendes *Krach!,* gefolgt von einem *Kawumm!* Er drehte sich zum Rückfenster um und sah, daß einige Bienen gegen die Brücke geknallt und explodiert waren. Aus ihren Metallhüllen schossen Flammen auf, und riesige verbrannte Metallbienenbeine und zerstückelte Rotorflügel prasselten auf den Asphalt.

Emma gab Gas und tauchte auf der anderen Seite der Brücke auf, nun mit weniger Verfolgerbienen hinter sich. Aber die waren ihr immer noch dicht auf den Fersen und schienen wieder näherzukommen. *Nervtötende Dinger,* dachte Steed. Durch die Rückscheibe sah er, daß die Bienen sie entschlossen einkreisten. Ein ekelhaft aussehendes, unnatürliches Insekt schien sich ihnen mit stärkerer Beschleunigung als die anderen zu nähern.

Plötzlich spürte Steed, wie Emma bremste, um den Wagen mit unglaublicher Geschwindigkeit durch eine scharfe, rechtwinklige Kurve zu lenken. Der Jaguar wurde langsamer, nicht aber die Biene, erkannte Steed blitzartig. Mit einem Schrei warnte er Emma, bevor er zurückzuckend die Augen schloß und sein Gesicht mit einem Arm bedeckte. Glas zerbarst und splitterte von der Rückscheibe her ins Wageninnere, und die Gewehre der Riesenbiene feuerten weiter direkt durch die Windschutzscheibe. Das Insekt steckte auf dem Rücksitz fest, und Steed erkannte, daß es so lange weiterballern würde, bis er es endgültig totgeschlagen hätte. Vielleicht konnte er sich diese Gewehre zunutze machen …

Steed griff nach seinem Schirm auf dem Boden. Bei dem allzu deutlichen Anblick der häßlichen Visage des Biestes verzog er das Gesicht, stieß die scharfe Spitze nacheinander in jedes Auge und stellte fest, daß in den Augenhöhlen zwei Videokameralinsen steckten. Sie wurden also überwacht … Wortlos drückte Emma wieder aufs Gas; sie erweckte den Anschein, als ob sie durchaus ihren Spaß hätte. Steed machte sich an den beiden Gewehren zu schaffen, die dort steckten, wo bei einer normalen Biene der Mund gewesen wäre. Wenn er sie nur ausbauen könnte …

Er klappte das Schraubenzieherfach an seinem Schirmgriff auf, schaltete den elektrischen Schraubenzieher an und entfernte die Schrauben, mit denen die Gewehre befestigt waren. Dabei spuckten sie die ganze Zeit Kugeln, die durch den Wagen pfiffen. Als Steed so weit war, daß das erste Gewehr aus der Biene herausfiel, spürte er, wie der Wagen durch die Explosion einer Bombe nach hinten gestoßen wurde. Ein kurzer Blick aus der Windschutzscheibe zeigte ihm, daß sie ein ziemlich beeindruckendes Loch in den Boden direkt vor ihnen gerissen hatte. Emma war gezwungen, den Jaguar auf einen Waldweg zu lenken. Sie wurden heftig durchgeschüttelt, wobei Steed sich die größte Mühe gab, das zweite Gewehr loszuschrauben. Schließlich fiel es heraus, und er warf Emma erst das eine in den Schoß, bevor er durch sein Fenster die über ihnen angreifenden Bienen beschoß. Diese feuerten gleichzeitig weiterhin auf ihn, so daß ihre Kugeln knapp an seinem Hut vorbeizischten.

Während er sich auf die Zerstörung der Insekten über ihnen konzentrierte, bewunderte er zugleich, wie mutig Emma ihre Angreifer abschüttelte und dabei den Bäumen im Wald auswich. Bei ihrer Verfolgungsjagd zingelten die Bienen sie sogar in dem dichten Wald allmählich ein, bis … *klatsch!* Zwei Bienen krachten gleichzeitig gegen Buchen und explodierten.

Nun waren es nur noch fünf. *Viel leichter zu handhaben,* dachte Steed. Durch das hintere Fenster feuerte er auf die näherkommenden Tiefflieger und erkannte überrascht einen schwarzen Mini, der am Wegesrand parkte. Verdammt, dachte er. Mit mechanischen Bienen war doch sehr viel leichter als mit Menschen fertigzuwerden.

Steed wandte seine Aufmerksamkeit jetzt ebenso dem Mini wie den Bienen zu und stellte beunruhigt fest, daß der Mini irgendwie immer näher kam. Wie konnte ein so mickriges Insekt von Auto nur einen starken Jaguar einholen?

Peng! Eine Kugel durchschlug die Karosserie direkt neben Steed. Er schoß zurück. *Pfff!* Er duckte sich; noch eine und dann noch eine Kugel verfehlten ihn nur knapp. Als er für einen schnellen Schußwechsel kurz auftauchte, konnte er diesen unangenehmen Bailey-Kerl hinter dem Steuer sowie dessen Kumpel Donovan erkennen. Der schoß direkt auf sie. Plötzlich kam ein Kugelhagel von oben, und Steed mußte sich nach vorn unter das Armaturenbrett ducken, um ihm auszuweichen. Vom Boden des Jaguars aus erwiderte er das Feuer auf die Biene und sah befriedigt, daß er das Ding voll getroffen hatte. Die Biene fiel in taumelnder Drehung. Als sie sich mit wirbelnden Flügelblättern im Sturzflug dem Waldboden näherte, sah sie aus wie ein erfolgloses Flugzeug auf einer Flugschau. Steed wandte sich wieder seinen menschlichen Angreifern zu und sah, wie Bailey seine Pistole hob, um zu schießen. Aber er sah an Baileys Gesicht auch, daß der den Aufschlag der Biene registrierte, die auf den Weg vor dem Mini stürzte und sie mit ihrem Taumeln und blinden Schießen behinderte.

Donovan unternahm ein Ausweichmanöver, lenkte zur Seite, um nicht mit der Biene zusammenzustoßen, die weiterhin in den Mini feuerte. Kugeln knallten auf das kleine Auto, machten *Peng* und prallten dann ab. Aus dem Rückfenster sah Steed, wie Donovan versuchte, die Kontrolle über das Fahrzeug zu behalten, und dabei durch Gebüsch und Unterholz in den Wald krachte.

Emma steuerte den Jaguar weiter durch den Wald, während Steed beobachtete, wie die Bienen in alle Richtungen auseinanderflogen und in wilden Drehungen außer Kontrolle gerieten. Noch eine krachte gegen einen Baumstamm und fand den Tod. *Der Imker ist erledigt,* dachte er lächelnd. Es war vorbei. Er lachte befreit und lächelte Emma an, die nun auf einem geraden Waldweg fuhr.

Aber dann hörte Steed etwas hinter ihnen und wirbelte auf seinem Sitz herum. Donovan und Bailey kamen in dem nun beträchtlich zerknautschten Mini krachend aus dem Wald heraus und hinter ihnen auf dem Weg. Steed sah, wie die Bienen über und hinter ihnen in Formation hinter dem Jaguar herjagten. »Verdammt! Sie sind uns wieder auf den Fersen!«

Ein plötzlicher Krach auf dem Dach ließ Steed hochblicken. In dem instinktiven Bewußtsein, daß ein Angriff unmittelbar bevorstand, feuerte er nach oben. Eine lange, rasiermesserscharfe Stilettklinge durchschlug das Wagendach und durchschnitt die Luft direkt an seinem rechten Ohr. Steed erkannte mißbilligend, daß die Bienen natürlich mit einem Stachel ausgerüstet waren. Warum hatte er nicht vorher daran gedacht?

Plötzlich tauchte eine zweite Biene auf, die sich mit offenbar magnetischen Füßen am Dach festhielt und dabei versuchte, über die Windschutzscheibe nach innen zu klettern. Steed schoß auf sie, zielte dann wieder auf die Biene auf dem Dach und schoß noch einmal. Er nahm eine Bewegung auf der Windschutzscheibe wahr, und als er sich dorthin umdrehte, sah er, daß sich ein Schwarm Bienen über die Vorderseite des Wagens ausbreitete und sie in unschicklicher Bienenraserei übereinander krabbelten. Emma gab Gas, drehte den Lenker und schleuderte den Jaguar von einer Seite des Weges zur anderen, so daß die Bienen gegen Bäume und Zaunpfähle geschmettert wurden. Steed sah, wie sie tatsächlich grinste, als zwei der überdimensionierten Insekten abfielen und zerbrachen und dann zwei weitere verstümmelt von dem Wagen herunterfielen.

Jetzt blieb nur noch eine auf dem hinteren Teil des Wagens beim Tankdeckel übrig. Steed zielte auf sie, sah aber, daß sie bereits aus ihrem Stachel feuerte und den Tank durchlöcherte. In einem ständigen Strom lief Benzin auf den Waldweg. Steed schoß trotzdem und stieß die Biene von ihrem Platz über dem Tank herunter. Sie verlor ihren Halt und stürzte auf die Benzinspur, wo sie sich entzündete und ein ansehnliches Feuerchen hervorrief. Die Flamme breitete sich über den Weg aus, als liefe sie an einem Docht entlang.

Befriedigt drehte sich Steed wieder nach vorn, gerade rechtzeitig, um eine einzelne Biene direkt auf sie zufliegen zu sehen. Ihre Schüsse rissen den Waldweg unmittelbar vor ihnen auf. Emma legte einen anderen Gang ein und fuhr mit Vollgas geradewegs auf sie zu. Steed sah zu ihr hinüber, voller Ehrfurcht angesichts der grimmigen Entschlossenheit, die sich in ihrem Gesicht zeigte. *Das war's also,* dachte er. *Nett, Sie kennengelernt zu haben, Mrs. Peel.*

Aber die Biene traf genau auf die Kühlerhaube des Jaguars und wirbelte über das Dach durch die Luft. Mit offenem Mund beobachtete Steed, daß sie auf Donovan und Bailey in dem Mini zuraste. Sie landete mitten auf ihrer Windschutzscheibe und durchbrach sie. Steed merkte, daß der Jaguar heftig zu einer Seite schleuderte und sich beinahe überschlug. Ein erschrockener Blick hinaus zeigte ihm, daß Emma vor einem steilen Abhang nur knapp ihren Sturz in den sicheren Tod verhindert hatte.

Wieder drehte sich Steed nach hinten zu dem Mini um, der gerade um eine Kurve kam. Er sah die entsetzten Gesichter der Männer, während sie in den Abgrund flogen. Der Mini prallte einmal auf, dann überschlug er sich. Während Emma den Jaguar weiter mit Tempo durch den Wald steuerte, sah Steed gerade noch, wie Bailey und Donovan aus dem zerknautschten Mini hervorkamen. Die beiden Männer kämpften sich durch Gebüsch den steilen Abhang hoch und auf den Waldweg zu.

Emma gab Gas. Steed hörte das beruhigende Aufheulen des Motors, doch er empfand ein quälendes Unbehagen, als er sah, wie das Benzin hinter ihnen auf den Weg lief. Gar nicht gut. Schlingernd fuhr sie um eine Kurve und vergrößerte den Abstand zwischen ihnen und den Angreifern. Steed drehte sich wieder nach vorn und sah gerade noch rechtzeitig etwas Entsetzliches: Eine kleine alte Dame stand mitten auf dem Weg, direkt vor ihnen. Emma verzog das Gesicht und trat auf die Bremse, so daß der Jaguar einen Zentimeter vor der Frau kreischend zum Stehen kam.

Besorgt stiegen Steed und Emma aus, gerade als Bailey und Donovan aus der tiefen Schlucht auftauchten und ihre Gewehre auf sie richteten. Verblüfft starrte Steed die Siebzigjährige an, die liebenswürdig sagte: »Wären Sie so nett zu verduften – wenn es Ihnen nicht zuviel Mühe bereitet?«

Steed erkannte in der Frau Alice, Dr. Darlings kinderwagenschiebende Messerwerferin und Mutters Liebling – eine treue Ministeriumsmitarbeiterin, zu der er immer schon Vertrauen gehabt hatte. Er ließ sich nicht von dem hübsch geblümten Milka-Baumwollkleid täuschen, über dem sie eine handgestrickte graue Jacke trug, passend zu ihrem grauen Haarknoten. Unter faltigen Lidern blitzten ihre Augen. Steed sah, daß Emmas Mund aufklappte, als die Frau eine Maschinenpistole hervorzog und unverzüglich Kugeln in Donovan jagte, der zusammensackte, während seine Waffe über die Straße geschleudert wurde. Bailey rannte um sein Leben; Steed und Emma sahen wieder ihre unerwartete Befreierin an.

»Ich hoffe doch, daß er ein schlimmer Junge war ...« sagte sie mit einem kurzen, nachdenklichen Blick auf Donovans Leiche, bevor sie sich zu Emma wandte. »Ich heiße Alice. Mutter sagte, Sie wären hierher unterwegs. Sie müssen Mrs. Peel sein.«

Da hatte er es doch tatsächlich versäumt, sie einander vorzustellen, dachte Steed. Wo blieben nur seine Manieren?

»Mrs. Peel? Alice ...«

Emma lächelte und neigte den Kopf. »Wie geht es Ihnen?«

Ein Rascheln war zu hören, als Donovan, tödlich getroffen, aber immer noch am Leben, mit ausgestreckten Fingern nach seiner Pistole griff. Alice wirbelte herum und jagte ihm noch zwei Kugeln direkt zwischen die Augen. Er war völlig und unwiderlegbar tot, stellte Steed fest. Alice erledigte ihre Arbeit immer äußerst gründlich.

»Der arme Junge«, sagte sie zu sich. Dann wandte sie sich Steed zu und fragte: »Halten Sie es mit Mutter oder Vater?«

»Eigentlich mit beiden.«

»Bin froh, daß sie endlich wieder zusammen sind. Sie kommen nicht miteinander aus. Beförderung … Spitzenposition … äußerst unfair. Ziemlicher Wirbel im Ministerium.«

Steed hörte nicht richtig zu. Bürotratsch hatte ihn nie interessiert. Was ihn betraf, so hatte er keine Zeit für Kleinkriege und private Rachezüge im Ministerium. »Was Sie nicht sagen«, äußerte er abwesend. Sie gingen auf den Wagen zu, und Steed glaubte ein knackendes Geräusch zu hören, konnte es aber nicht lokalisieren. Zerstreut blickte er in den Wald, sah aber nichts.

»Irgend jemand wollte nicht, daß Sie zu der Party kommen«, sagte Alice.

»Ich nehme an, wir werden einfach hineinplatzen müssen«, sagte Emma.

Alice kicherte. »Vielleicht kann ich helfen. Hier entlang …«

Wuummm! Steed saß plötzlich auf der Straße und fühlte sich durch die Luft geworfen und angesengt. Der Benzintank. Natürlich – sie hatten eine Spur hinterlassen, auf der die Flammen folgen konnten. Er blickte zu dem brennenden Wrack, das einst Emmas Jaguar gewesen war. Wirklich eine Schande. Emma zuckte mit den Schultern, rappelte sich wieder auf und wischte sich den Staub ab. Alice führte sie die Straße entlang. Vor ihnen sahen sie die burgwallartigen Zinnen von Hallucinogen Hall und das Schild ›ZUTRITT VERBOTEN‹, das Steed so gut kannte. Er zog die SCHIRM-Karte hervor und studierte sie.

»Entschuldigen Sie«, sagte Alice und blieb stehen. »Sie *sind* doch Sternbild Zwilling, Mrs. Peel?«

Emma lächelte. »Wie haben Sie das erraten?«

Von seiner Karte aufblickend, sah Steed noch, daß Alice dreinschaute, als habe Emma gerade etwas sehr Bedeutsames gesagt. *Wußte gar nicht, daß sie sich mit dem ganzen Astrologiemist beschäftigt,* dachte er und verzog das Gesicht.

Er blickte zum Schloß hinüber und dann wieder auf seine Karte. »Da ist Wunderland Wetter. Licht an.« Es blieb ihnen nicht verborgen, daß um sie herum überall ein bedeckter, wolkiger, nur zu englischer Tag war. Doch über dem Schloß schien die Sonne hell und in unheimlichem Glanz.

Auf dem perfekten grünen Schloßrasen spreizte ein mechanischer Pfau seinen Schwanz, und seine Kamera zeichnete mit diskretem Summen Bilder von Alice, Steed und Emma auf, die innerhalb der Mauern zu sehen waren.

Emma bemerkte es nicht. Sie war zu sehr damit beschäftigt, Alice zu folgen, die verstohlen über die offene Rasenfläche zu einem eindrucksvollen, Deckung bietenden Labyrinth in der Nähe ging. Emma mußte lachen. Sah man einmal von ihrer Herumschleicherei ab, wirkten sie wie eine Familie auf dem Sonntagsspaziergang: die gütige Großmutter, immer noch in Topform, der gut gekleidete Herr mit besten Manieren, und die ergebene Gattin – wenngleich sich noch erweisen mußte, wem genau sie ergeben war.

Alice ging in ihren angemessen festen Schuhen voraus und betrat vor den beiden anderen das Labyrinth. »Hier entlang«, sagte sie leise. Die drei liefen innerhalb der Hecken über einen Schieferweg, umgeben von perfekt gepflegtem, knapp zwei Meter hohem Buchsbaum. Sein frischer Duft täuschte Emma vorübergehend und gab ihr das Gefühl, im Labyrinth ihres Elternhauses zu spielen. Ah, *das* war ein prächtiges Labyrinth gewesen …

Nachdem sie um einige Ecken gebogen waren, kamen sie zu einer Kurve. »Äußerst innovatives Design«, sagte Steed fasziniert. »Kurven in einem Labyrinth …«

»Und Abhänge«, sagte Emma. »Ziemlich ungewöhnlich.«

Alice schlüpfte hinter sie, während sie weiter durch das Labyrinth liefen. »Seht nur! Da ist eine kaum gefleckte Ammer!« sagte sie, zog ein winziges Fernglas aus ihrer Handtasche und blieb zurück, um das Exemplar ins Auge zu fassen.

Steed blieb einen Augenblick an einem Rosenhang stehen, der sich geschützt in einer Ecke befand, perfekt getrimmt und vollkommen ohne Marienkäfer. Er pflückte eine Blüte ab. »Im Auftrag der Floristenvereinigung FLORA möchte ich Ihnen diese Rose schenken, Mrs. Peel – ›Die perfekte Engländerin‹.«

Emma wandte sich ihm langsam zu und war sich nicht sicher, was er meinte. Es paßte nicht zu ihm … dann sah sie die Rose. Er hatte eine große, kühle weiße Rose mit Tau auf den Blütenblättern gepflückt und hielt sie ihr hin.

»Achten Sie auf die Dornen«, sagte er. Dann lief er weiter, während sie stehenblieb und sie entgegennahm.

Kopfschüttelnd überholte sie ihn und warf ihm die Rose zu Füßen. »Es gibt keine perfekte Engländerin«, warf sie ihm über die Schulter zu. »Wußten Sie das nicht?«

»Ah! Ich habe eine Schwäche entdeckt. Sie beschäftigen sich nicht viel mit Gartenbau, oder? Sie sollten einmal in Ihrem *Handbuch der britischen Rosen* nachschlagen, Mrs. Peel«, tadelte Steed. Sie hörte, daß er schneller lief, um mit ihr Schritt zu halten. »Die Farbe von Elfenbein, vollkommen geformte Blütenblätter, deutlicher Duft, von einem Engländer gezüchtet.«

Sie hätte unter den Schiefer des Weges zu den Asseln versinken mögen. Glücklicherweise retteten sie ihre Kenntnisse von Labyrinthen. »Aha ... Ja ... Jetzt ist es klar. Ein Liebeslabyrinth in Trapezform, ursprüngliches Muster aus dem späten siebzehnten Jahrhundert, dann kopiert.«

Emma schlüpfte um die nächste Ecke, erleichtert, sich von Steed befreit zu haben. Wenn er nur nicht so verdammt attraktiv, clever und unerschütterlich wäre ... Sie hörte Steed hinter sich herkommen und sah zu ihm zurück, so daß er einen Blick von ihr erhaschte. Bald hörte sie ihn auf der anderen Seite der Hecke.

»Hier bin ich«, sagte sie. »An Ihrer Seite.«

Sie war so verdreht, schalt sie sich. In dem einen Augenblick warf sie ihm Rosen vor die Füße, im nächsten machte sie ihm praktisch Liebeserklärungen. *Ach ja,* seufzte sie. *Das Vorrecht einer Frau.*

»Ich war schon besorgt«, sagte er ironisch hinter der Hecke.

Emma sah ein günstig plaziertes Loch in der Wand aus grünem Buchsbaum, wo irgendein Vogel einmal sein Nest gebaut hatte. Sie steckte ihr Gesicht hindurch und konnte Steed fast überraschen. »Wie rührend. Angst, mich zu verlieren?«

»Nein. Daß Sie entkommen könnten«, sagte er mit eisiger Ruhe.

Sie fragte sich, ob es eine Rose namens ›Errötender Tropf‹ gab; sie hätte gerade wunderbar zu ihr gepaßt. Welche Gefühle hegte er nur ihr gegenüber, der Mistkerl? Vielleicht war er genauso verwirrt wie sie.

»Immer noch mißtrauisch, ich verstehe.« Sie hoffte, ihre Stimme verriet nicht zuviel.

»Ich habe mich nur gerade gefragt, ob Sie mich unter falschen Vorwänden hierhergebracht haben.«

Humor war das beste Gegenmittel. »Offen gestanden, bin ich erstaunt, daß Sie an so etwas denken.« Sie blieb in Bewegung. Dieser verbale Schlagabtausch wurde allmählich ermüdend. »Vielleicht sollte ich fortlaufen.«

»Ich werde Sie verfolgen müssen«, sagte er sachlich.

Sie knirschte mit den Zähnen. Genau danach sehnte sich ein Teil von ihr. »Ich werde mich verstecken. Wie romantisch. Versuchen Sie es doch ...«

Sie duckte sich und lief leise tiefer in das Labyrinth. Sie kannte dessen Anordnung; sie würde ihm entkommen. Als sie einen Moment stehenblieb, hörte sie ihn sagen: »Ah! Da sind Sie, Mrs. Peel«, aber in falscher Richtung. Stirnrunzelnd fragte sie sich, ob er völlig den Verstand verloren hatte. Dann hörte sie ihn fortlaufen, in die Richtung, aus der sie gekommen waren, weg von ihr. Einen Moment mal; waren da nicht ... ja, *zwei* verschiedene Schrittarten.

Sie hörte etwas hinter sich und wirbelte herum, bereit zum Angriff. Sie mußte zweimal hinsehen. Es war ihr düsterer Zwilling, die böse Emma, in genau dem gleichen schwarzen Ledereinteiler, den auch sie selbst trug. *Woher, im Namen all dessen, was britisch war, wußte sie, was ich anziehen würde?* fragte sich Emma. Sie blickten einander von oben bis unten an, dann verschwand die böse Emma um die Ecke.

Emma verfolgte sie und blieb dicht hinter ihr. Sie lief um Ecken, der Frau dicht auf den Fersen, schien aber immer eine Spur zu weit hinter ihr zu sein. Emma legte an Tempo zu in dem Versuch, sie einzuholen, aber an einem Punkt lief sie links, wo sie hätte rechts laufen sollen, und rannte den falschen Weg entlang. Hätte sie nicht die Labyrinthanlage gekannt, wäre es zweifelhaft gewesen, ob sie diesen Fehler hätte korrigieren können.

Schließlich hatte sie die böse Emma wieder im Blick und näherte sich ihr schnell. Als sie über ein mit Blättern bedecktes Wegstück rannte, spürte sie, wie der Boden unter ihr nachgab. Aufzuschreien war keineswegs ihre Art, aber sie war nahe daran zu jaulen, als sie hinunter fiel – immer weiter durch einen senkrechten Tunnel von scheinbar endloser Tiefe. Während sie durch die Dunkelheit stürzte, griff sie um sich, um ihren Sturz zu kontrollieren, aber sie drehte sich zu schnell und knallte von einer Seite der Tunnelwand zur anderen.

Hals über Kopf fiel sie in Korkenzieherwindungen nach unten, wobei sie von den Tunnelwänden abprallte. Sie hatte gerade noch Zeit, *Alice im blöden Wunderland* zu denken ... dann wurde es schwarz um sie.

Kapitel 14

Was denn! launisch?
Was kannst denn du verlangen?
Der Sturm, *William Shakespeare*

In dem verrückten Labyrinth passierte Steed eine weitere Kurve und sah Emma in weiter Ferne, unten auf einem merkwürdig geraden Stück. Wieder verschwand sie, und er lief hinterher. Tatsächlich wurde er schon etwas ärgerlich über ihr Spielchen, als er am Ende eines langen Wegstücks ankam und um eine Ecke bog …

Rumms! Ein silberner Stab schlug vor ihm ein und versperrte ihm den Weg. Als er sein Gleichgewicht wiedererlangte, befand er sich plötzlich im Angesicht von …

»Sir August de Wynter«, sagte der Wahnsinnige.

Steed tat es ihm nach und stellte sich ebenfalls vor. So wenige Leute hatten heutzutage noch gute Manieren …

»John Steed.«

Wie um Sir Augusts Kraft zu demonstrieren, flog der Silberstab vor Steed mit blendender Geschwindigkeit vor und zurück, auf und ab, sich drehend und wirbelnd, wobei Sir August seine Waffe fast magisch schwang.

»Ein alter Trick, den ich von einem Derwisch in Istanbul gelernt habe.« Sir August hatte kaum fertig gesprochen, als er Steed plötzlich mit einem Sprung nach vorn angriff und ihn zwang, mit vorsichtigen, behutsamen Bewegungen seines Schirms die Attacke zu parieren.

»Türkische Regeln?« fragte Steed.

Sie kämpften und hielten einander mit höflichen

kleinen Schlägen ihrer Waffen auf Abstand, wie Fechtpartner, vor und zurück.

»Wenn Sie darauf bestehen«, sagte Sir August. »Und vergessen Sie nie, daß Alter und Verrat stets Jugend und Talent besiegen werden.«

»Dann versuchen Sie doch einmal das hier.« Steed ließ eine Reihe gekonnter Schläge auf dem Wahnsinnigen niedergehen und lieferte ihm einen ordentlichen Kampf. Sir August mußte sich anstrengen, um mitzuhalten, erkannte Steed erfreut. Sir Augusts Stärke war sein geschickter Ausfall, aber Steed hatte mit seinem Schirm schon viele solcher Angriffe abgewehrt. Für ihn waren sie, überlegte er, ein alter Hut.

Spöttisch sagte Sir August: »Ein Mann mit einem Schirm bittet um Regen.«

Als Steeds Schirm und sein Stab sich in einem tödlichen Zweikampf verfingen, lachte Sir August irre. Steed sah dem Mann direkt in die Augen. Aus einer Entfernung von zwei Metern war das ein besonderer Anblick. Überragende Intelligenz, Wahnsinn, Gier und Leidenschaft brannten mit solcher Intensität, daß Steed blinzelte.

»Und ein Mann ohne Schirm ist ein Dummkopf. Trauen Sie nie dem Wetter, Sir August.«

Sir August neigte den Kopf, als wolle er Steed korrigieren. »Regen oder Sonnenschein ...«

Mit einem meisterlichen Schlag seines Silberstabs schlug Sir August Steeds Schirm weg, so daß der über dem Labyrinth durch die Luft flog.

» ... Alles gehört mir.«

Steed verdrehte die Augen. »Ist das alles, was Sie können? Welch Chauvinismus.« Tatsächlich war er etwas beunruhigt und versuchte abzuschätzen, wo und wann der Schirm aufschlagen würde. Ohne ihn wäre er kaum mehr als ein gastfreundliches Nadelkissen für Sir Augusts Stab.

Während er hinter seinem fliegenden Schirm hochsah, nahm er eine Bewegung wahr, und als er wieder nach unten blickte, war Sir August im Labyrinth verschwunden. Steed fing seinen Schirm auf, rannte hinter Sir August her und verlor ihn sofort.

»Labyrinthe sind nicht meine Stärke«, murmelte er. »Ich muß Dr. Darling bitten, einen Übungskurs zu entwerfen.« Er lief um die nächste Ecke, sah Emma auf sich zurennen und verlangsamte erleichtert seinen Schritt. »Da sind Sie ja, Mrs. Peel. Sie führen ja eine fröhliche …« Aber Moment mal, dachte er, etwas an den Augen …

Die *böse* Emma, erkannte er zu spät. Schon war sie mitten in der Luft, vollführte einen dreifachen Salto vorwärts, und ihre Hände schwirrten und verwischten sich wie ein auf- und zuschnellender Fächer … entschieden übermenschlich, dachte Steed, in dieser Hinsicht eigentlich wie ihr Zwilling. Dann traf der Fächer ihn ins Gesicht, und er fiel bewußtlos zu Boden.

Emma fühlte sich so benommen wie am Morgen nach dem Jagdball. Und sie hatte noch nicht einmal die Augen auf.

Sie öffnete sie langsam, tastend, und senkte sofort wieder die Lider. Denn das Muster von welligen schwarzweißen Linien, die sich so schnell drehten, daß sie eine verschwommene optische Täuschung von vibrierenden Zickzacklinien hervorriefen, reichte aus, um jeden krank zu machen. Immer noch halb in einem Traum – oder Alptraum –, öffnete Emma blinzelnd wieder die Augen und merkte, daß sie auf einer weißen Brokatcouch lag – in einem Glaswürfel. Mit innerlichem Stöhnen fragte sie sich, ob sie einem häßlichen Sturm ausgesetzt werden sollte. Glaskugeln, Glaswürfel … Sir Augusts Kreativität im Hinblick auf Wetter kannte keine Grenzen.

Dann erstreckte sie ihre Analyse auf den restlichen Raum und fand heraus, daß sie, das psychedelische Muster über ihr, die hübsche weiße Couch und der Glaswürfel sich mitten in einem verspiegelten Ballraum im Stil Ludwig XIV. befanden. Spiegel bedeckten jeden Zentimeter der Wände und reflektierten den Raum und sich selbst endlos in verwirrender Folge. Sie konnte nicht richtig erkennen, wo der Raum endete und wo er anfing. Wieder blinzelte sie – sie spürte, daß sie nicht ganz sie selbst war –, da hörte sie eine bekannte Stimme.

»So froh, daß Sie kommen konnten«, sagte Sir August zärtlich irgendwo hinter ihrem Kopf. Sie versuchte sich aufzusetzen, um ihn anzusehen, merkte aber, daß sie mit Metallklammern an Stirn und Hals sowie Riemen um Hand- und Fußgelenke an die Couch gefesselt war.

Sie zwang sich zu einem kühlen Lächeln. »Entzückt, sicher.«

Gut, daß sie an der Universität Theaterspiel studiert hatte. Auch wenn sie es sich nie anmerken ließ, war nämlich Eingesperrtsein in engen Räumen das einzige kleine Problem, mit dem sie gelegentlich konfrontiert war. Das, und große Höhen. Das hier war ... sie war ... sie sagte sich, daß sie ruhig bleiben mußte, daß sie schon viel, viel Schlimmeres durchgestanden hatte, und versuchte normal zu atmen.

Sir August tauchte hinter ihrem Kopf auf. Er trug ein fließendes weißes Seidenhemd, das ihn schmeichlerisch umspielte und seine beneidenswerten Muskeln enthüllte. Emma mußte zugeben, daß er, abgesehen von seinem Wahnsinn, ziemlich attraktiv sein mochte. Sie sah ihn an und glaubte die menschliche Verkörperung dessen gefunden zu haben, was sie immer für den Teufel selbst gehalten hatte: teuflisch attraktiv, sündhaft anziehend, hochintelligent, enorm mächtig und unmißverständlich und vollkommen böse.

Seine Stimme klang sanft. »Bequem?« erkundigte er sich.

»Wie behaglich«, entgegnete Emma in dem Versuch, den richtigen Ton zu treffen. »Nur wir zwei.«

»Wie Löffel in einer Schublade.« Er grinste lasziv.

»Vielleicht könnte ich Ihnen helfen«, bot Emma an. »Wenn ich wüßte, was Sie wollen ...«

Vernunft? Würde das etwas bringen?

»Alles zu seiner Zeit. Ich möchte nur eines ...« Sie hörte, wie er lang und erschauernd einatmete. »Sie, Emma.«

Alle ihre Alarmglocken läuteten gleichzeitig, aber sie sagte sich, daß ihr das nützlich sein könne. Ja, natürlich, das wäre einfach. Er war ein Mann, der mit dem falschen Teil seiner Anatomie dachte – genau wie alle anderen. Mit Testosteron anstelle der grauen Zellen waren sie verloren.

»Wie rührend«, sagte sie.

»Kommen Sie zu mir, Emma. Und wir besitzen die Welt.«

Sie spielte auf Zeit. »Sie müssen erst ›bitte‹ sagen.«

»Aber natürlich«, lächelte er. »Wenn Sie darauf bestehen.«

Spröde kam er näher. Verwirrt sah sie, wie er seine Brieftasche herausnahm. Was jetzt? fragte sie sich. Er wählte einen winzigen Pfeil, weniger als fünf Zentimeter lang, und hielt ihn an seinem Ende, an dem ein silberner Amor befestigt war.

Oje ... offensichtlich hatte sie etwas Falsches gesagt. Gift? fragte sie sich. Ein Aphrodisiakum? Der Amor wies deutlich auf ...

Kurz weiteten sich ihre Augen angesichts des Grauens, das ein Aphrodisiakum bringen könnte, aber dann zielte er und stieß ihr den Pfeil mitten ins *Herz*. Er sah ihr dabei tatsächlich in die Augen. Ihr Körper schnellte hoch, als der Pfeil traf, dann spürte sie sofort eine unwiderstehliche Schläfrigkeit. Sir August neigte den Kopf und beobachtete sie mit großem Interesse. Sogar mit Fürsorglichkeit. Sie versuchte verzweifelt die Augen offenzuhalten, aber sie fielen immer wieder ... zu ...

Lieber Himmel, nein, dachte Emma ... *kein Aphrodisiakum.* Sie würde kämpfen ... sie ...

»Bitte?« Seine Stimme drang wie in Zeitlupe an ihre Ohren. Sie zwang sich weiterhin, die Augen offenzuhalten ... sie konnte nicht aufgeben ... er beobachtete sie so genau ...

»Ooooohhh«, sagte sie gegen ihren Willen. Ihr Körper forderte sie auf, sich zu entspannen, sich auf Sir August zu konzentrieren. Er ... er ...

Sie konnte sich nicht länger widersetzen, spürte, wie sie sich aufzulösen begann. Als sie schließlich sprach, war ihre Stimme kaum mehr als ein Flüstern: »Ihre Manieren ... lassen ... sehr ... zu wünschen übrig.«

Als sie davontrieb, spürte sie, wie Sir August ihre Wange sanft berührte und er sich mit heißem Atem über sie beugte.

Nein ...

Kapitel 15

Mein Meister sieht durch seine Künste die
Gefahr für dich, den Freund, und schickt mich aus –
Weil sein Versuch sonst stirbt – um die zu retten.
Der Sturm, *William Shakespeare*

Steed öffnete die Augen und schloß sie wieder. Sein Kopf …

Jemand schüttelte ihn heftig …

Mühsam öffnete er wieder die Augen und sah Alice, die sich im Labyrinth über ihn beugte.

»Ich dachte, ich hätte wieder doppelt gesehen.«

»Das haben Sie«, sagte Alice. »Einen Zwilling, fürwahr …«

Großer Scott, dachte Steed. *Nicht schon wieder diesen Quatsch.*

»Keine Zeit zu verlieren«, fuhr sie fort. »Unser Plan lautet folgendermaßen …«

Sir August sah auf Emma hinab, hoffnungslos in sie verliebt. All die Jahre hatte er sie bei Prospero beobachtet – dem Programm, das *er* ins Leben gerufen hatte –, wie sie ihren brillanten Verstand zu seinem Nutzen einsetzte … und auch noch so schön.

Da, nun driftete sie davon. Im Bewußtsein einer Intimität mit ihr, von der er bisher nur geträumt hatte, flüsterte er ihr sanft ins Ohr: »Und wenn du aufwachst, wirst du dich an nichts erinnern … an nichts erinnern … ich hingegen werde mich nur an Ekstase erinnern …«

Es hatte ihn geschmerzt, daß sie zu widerstehen versucht und sich in ihren Fesseln gewunden hatte. Schnell entfernte er die Riemen und befreite ihren Kopf und Hals. Wenn sie nur wüßte, welche Lust er ihr bereiten würde ... Dann sah er erleichtert, daß ihr Körper sich völlig entspannte und ihre Augen glasig wurden. Sie gehörte ihm.

»Wolke ...« begann er sanft.

»... Schleier«, flüsterte sie.

Es funktionierte. Oh, *jahrelang* hatte er darauf gewartet, diese besondere aphrodisische Mischung an ihr auszuprobieren. Mit weit offenen Augen sagte er: »Regen ...«

Es störte ihn, daß sie die Stirn runzelte und ihre hübschen Mundwinkel nach unten zog. »... Schmerz.«

»Mond ...«

»... Juni.« Ihre Stimme war träumerisch, kaum zu hören.

»August ...?« versuchte er.

Ihr Mund öffnete sich. Sie gab sich Mühe, aber es kam kein Wort hervor. Sir August beugte sich drängend über sie, seine Begierde wuchs ...

Im Singsang trug Emma vor: »August ist ein hübscher Monat, hübscher geht es nich'. Erst liebte er den armen Peter, nun liebt er mich ...« Der Reim ging in Schweigen über, als Emma mit lockend geöffnetem Mund ins Leere starrte. Diese Lippen, dachte er ... so perfekt ...

»Perfekt. *Perfekt*«, sagte er, heftig atmend. Er kam näher und führte seine Lippen an ihre. So nah jetzt, so nah ... nach all den Jahren. Andächtig schloß er die Augen und genoß den Moment. Als seine Lippen über ihre strichen, atmete er tief ein. Ihr Parfümduft bedeutete ihm sehr viel, dann spitzte er die Lippen zu einem zärtlichen, innigen Kuß.

Sir August zog sich zurück, entzückt über die Spannung. Nur noch Augenblicke, bis sein Traum Wirklichkeit würde. Mit verschleiertem Blick hob er ihren Finger an seine Lippen und streifte ihn schmeckend über seinen Mund. Er seufzte tief, dann richtete er sich auf.

»Monsunzeit«, sagte er und legte die Nadel eines nahen Grammophons, dessen Teller sich schon drehte, auf die Platte. Die ersten zärtlichen Töne von Sibelius' ›Valse Triste‹ erhoben sich. Wie durch Zauber stand Emma von der Couch auf, trat aus dem Glaswürfel und ging auf Sir August zu.

Er drückte sie an sich. Ah, das war der Himmel! Seine Hand auf ihrer schlanken Taille, der Geruch des geschmeidigen Leders ihres Anzugs entrückten ihn. Er drehte sie in einem langsamen Walzer, ihr Haar flog, ihr Duft in seiner Nase. Das hier war das beste Vorspiel, das er je erlebt hatte …

Sir August blickte Emma tief in die Augen und wirbelte sie immer weiter durch den Raum. Dabei trieb er allmählich auf den riesigen, verzierten, hochlehnigen Diwan in der Ecke zu. Sanft führte er sie im Walzerschritt dorthin und legte sie auf den burgunderfarbenen Samt. Sie wehrte sich nicht, als er seinen Kopf gegen ihre Brust drückte und den Duft von Leder und Parfüm und – ja! dieser wesentlichen Spur Schweiß einatmete.

»Ahhhhrrrrmmmmm«, atmete er und drückte sein Gesicht fest gegen ihre Haut. Er leckte den sanften Hügel, wo die Rundung ihrer Brüste begann. Länger konnte er es nicht mehr aushalten. Er zog sein Gesicht von ihrer Brust weg und griff mit bebenden Fingern nach dem Ring oben an dem Reißverschluß ihres Einteilers. Bei allem, was barometrisch war: Noch nie hatte er eine solche Begierde empfunden …

Er genoß das Geräusch des sich öffnenden Reißverschlusses, während er den Metallring herunterzog – an ihren Brüsten vorbei, an ihren Rippen, die mit den glatten, von ihm so lange schon bewunderten Muskeln bedeckt waren – wie liebte er eine wirklich *starke* Frau –, dann vorbei an der kostbaren kleinen Kurve ihrer Taille – sie hatte unter ihrem Einteiler nichts an! – und schließlich an ihrem verlockendsten Teil, dem Teil, von dem er nicht sicher war, daß er es jemals ... Schließlich stand er über ihr und starrte auf die vor ihm liegende milchige, elfenbeinfarbene Haut, die mit dem bösen schwarzen Leder kontrastierte ...

Es klingelte an der Eingangstür.

Ungläubig konzentrierte Sir August seinen Willen darauf, daß es aufhörte. Nicht, daß er die Absicht hatte zu öffnen. Nichts war für ihn irgendwie von Bedeutung, verglichen mit Emma Peel. Aber das Klingeln lenkte ihn ab, und diese Liebesdinge waren empfindlich ... Der betäubende Klang hallte durch das Haus, lange noch, nachdem die Klingel wieder losgelassen worden war. Er wollte sich diesen Augenblick nicht kaputtmachen lassen.

Aber irgendein Wahnsinniger klingelte schon wieder, diesmal dauerhaft. Ausgerechnet jetzt!

Er ignorierte den Lärm, so gut er konnte, aber dann blieb die Nadel auf der Sibelius-Platte hängen und spielte dieselben fünf Töne immer wieder. Die Stimmung war dahin.

»Das wird mir jemand teuer bezahlen!« murmelte er zwischen zusammengepreßten Zähnen. Unter wütenden Flüchen lief er zur Tür des Spiegelsaals. In seinem Zorn knallte er die massive, geschnitzte Holztür hinter sich zu, bevor er in die Halle schritt. Wo waren nur seine unnützen Hausangestellten? Warum gingen sie nicht zur ... verdammt. In der Vorfreude auf sein Tête-à-tête hatte er sie alle fortgeschickt.

Brrriiiinnnggggg! Der Klingler war unermüdlich, eindringlich; ja er flehte geradezu, um die Ecke gebracht zu werden, dachte Sir August. Wie ein wütender Bär raste er durch die Halle; seine Flüche wurden immer lauter, und jeder Schritt donnerte wild auf dem Parkett. Wer immer das getan hatte ...

Wieder läutete es, als er den Türgriff erreichte. In

mörderischer Absicht schwang er die Tür auf – und traf auf eine freundliche grauhaarige, kleine alte Dame, die entschuldigend lächelte.

Außer sich vor Zorn hörte er sie sagen: »Lose, Kirchenfest. Bitte kommen Sie doch vorbei.«

Er nahm seine ganze Selbstdisziplin zusammen und schaffte es zu murmeln: »Heute nicht, danke.« Er konnte ja wohl kaum eine kleine alte Dame aus der Kirchengemeinde erwürgen.

Eben wollte er die Tür schließen, da schob sie ihren Kopf herein. »Tombola, Glückstopf, Blindekuh ...« zählte sie in lockendem Singsang auf.

»Und auch an keinem anderen Tag«, fügte er kochend vor Wut hinzu. Entschlossen schlug er die Tür zu, aber die Alte steckte ihren Holzschuh zwischen Tür und Rahmen.

Ungläubig und verzweifelt öffnete Sir August die Tür wieder etwas, während sie sagte: »Der arme Reverend Arbuthnot. Seine Orgel braucht Hilfe. Vielleicht eine kleine Spende ...?«

Sir August runzelte drohend die Stirn und wünschte sich, die alte Hexe erdrosseln zu können.

»Wenn Sie Schwierigkeiten machen«, sagte sie mit sich verengenden Augen, »muß ich nachdrücklich werden.« Er sah, wie sie in ihre praktische Lederhandtasche griff, die wie die Tasche der Königinmutter einen Doppelriemengriff hatte, und eine Magnum-Handfeuerwaffe hervorzog. Während er in das kleine schwarze Auge des Pistolenlaufs sah, hörte er sie fragen: »Wo ist Mrs. Peel?«

Kapitel 16

Liebchen, wach auf, wach auf! Hast gut geschlafen.
Wach auf!
Prospero in: Der Sturm, *William Shakespeare*

Die zuknallende Tür ließ Emma erschrocken auffahren. Wo …? Was sie zuerst sah, war ihr eigener nackter Körper, ihre gesamte milchige Haut, die auf dem samtbedeckten Sofa wie ausgestellt dalag. Mit Mühe griff sie nach dem Reißverschluß – der bis unten aufgezogen war, wie sie mit einem Gefühl von Übelkeit feststellte – und zog den Ring bis zum Hals hoch. Angeekelt dachte sie an Sir August und den aphrodisierenden Pfeil. Danach erinnerte sie sich an nichts mehr. Wo war er?

Sie setzte sich; der Raum drehte sich um sie. Mit den Händen hielt sie sich den Kopf, um das Schwindelgefühl zu verringern. Dann versuchte sie aufzustehen, stolperte aber, da sie aus dem Gleichgewicht war. Sie heftete ihren Blick auf die Tür an der Zimmerseite und schlingerte dorthin, wobei sie mehrmals nach vorn fiel. Schließlich streckte sie die Hände aus und lehnte sich gegen die Wand. Was immer auf der Pfeilspitze gewesen war, es war ein starkes Zeug, folgerte Emma.

Sie wußte nicht, wie weit sie es schaffen könnte, besoffen wie sie war, aber sie mußte es versuchen. Sie zog die Tür mit zuviel Schwung auf und fiel dabei auf den Rücken. Benommen kam sie wieder auf die Füße und taumelte gegen den Türpfosten und dann in den Spiegelsaal. Alles drehte sich um sie, während sie den Gang entlangtorkelte, fort von Sir Augusts dröhnender Stimme an der Vordertür. Immer wieder prallte sie gegen die Wände, die sich im Rhythmus ihres Atems voran- und zurückbewegten, und warf sich der nächsten Tür entgegen, die ins Freie führte, doch sie fand sich nur in einem anderen Zimmer wieder.

Verwirrt verließ sie es wieder, wobei sie sich die Hüfte am Türrahmen stieß, ehe sie die Tür schloß. Wo war die Tür nach draußen …? Entschieden komisches Zeug, dieses Zaubermittel. Sie öffnete eine weitere Tür auf dem Gang, in Richtung derjenigen, die ihrer Meinung nach ins Freie führte, aber es war das gleiche Zimmer, das sie gerade verlassen hatte. Die Außentür hatte irgendwie aufgehört zu existieren.

Emma runzelte die Stirn, verließ den Raum, schloß die Tür und probierte die nächste Tür auf dem Gang aus. Unheimlicherweise genau das gleiche Zimmer. »Ich verliere den Verstand«, hauchte sie und ging zurück auf den Gang. Diesmal ließ sie die Tür offen, lief beinahe in Panik fort und rang dabei um ihr Gleichgewicht. Sie war gefangen … in …

Unten am Gang probierte sie noch eine Tür aus. Gleiches Zimmer. Sie sah den alptraumhaften Raum an, der sich um sie drehte, und spürte, wie es ihr hinter den Augen brannte.

Die böse Emma kicherte, als sie im Sicherheitsraum Mrs. Peel auf dem Videobildschirm sah. Das machte Spaß. Die Frau torkelte wie ein Trunkenbold herum, unfähig, aus dem Zimmerlabyrinth herauszufinden, das die böse Emma aktiviert hatte. Sie hatte eine Weile gebraucht, um sich mit der Technik vertraut zu machen, aber nachdem sie einmal die Idee von Sir Augusts virtuellen Räumen erfaßt hatte, hatte sie sich bei der Bedienung als ganz kompetent erwiesen. Und sie hatte so viele Tage damit verbracht, ihm zu folgen und zuzusehen. Das war ihr wirkliches Training gewesen.

Es handelte sich darum, vom Computer erzeugte Zimmerbilder aus versteckten Vorführgeräten zu projizieren und komplette Hausabschnitte auf rotierenden

Plattformen zu drehen. Wenn sie wollte, konnte sie die Frau tagelang verzweifelt herumrennen lassen und dabei den Ausgang immer weiter aus ihrer Reichweite entfernen.

Die Augen der bösen Emma leuchteten, als sie die Verzweiflung in Emmas Gesicht sah. Sie ging mit der Kamera ganz nah an das Gesicht der Frau heran und ergötzte sich an dem Entsetzen, das sie dort sah. Vielleicht litt Mrs. Peel ein wenig an Klaustrophobie ... ah! Das gab ihr eine wunderbare Idee ein.

Sie hantierte an den Kontrollhebeln des Raumdimensionssystems und bewegte so die Wände enger aufeinander zu. Das tat sie ganz langsam, lustvoll, entzückt darüber, daß Mrs. Peel sich vermutlich fragte, ob sie sich angesichts ihres veränderten Zustands die kaum wahrnehmbare Verengung des Raumes nur einbildete. Die böse Emma ließ das Zimmer auch in der anderen Richtung enger werden. Vermutlich würde Mrs. Peel das nun bemerken. Wieder richtete die böse Emma die Kamera auf deren Augen und lachte kreischend auf. Die Frau sah vollkommen entsetzt und ungläubig auf die Wände – fast so, als ob ihr die Augen aus dem Kopf fielen.

So weit, so gut. Nun also zu etwas *wirklichem* Spaß. Die böse Emma brachte die Wände zusammen, dann wieder auseinander. Noch weiter zusammen, dann auseinander. Sie wiederholte diesen Vorgang zehnmal oder öfter, bis sie den Raum schließlich an allen Seiten auf nur noch einen Meter fünfzig verkleinert hatte – sogar die Deckenhöhe betrug eins fünfzig. Die böse Emma wußte aufgrund ihrer eigenen identischen Größe, daß Mrs. Peel einen Meter achtzig maß. Sie war gezwungen, sich wie ein Tier zu ducken, stellte die böse Emma befriedigt fest.

Als sie sich die nächste Folter überlegte, mußte die böse Emma der Frau angewidert Respekt zollen, so sehr sie sie auch verabscheute. Sie hatte nicht geschluchzt, nicht geschrien, nicht das geringste Theater gemacht, wie es die meisten Menschen in einer solchen Situation veranstaltet hätten. Zum erstenmal begann sie zu verstehen, warum Sir August von Mrs. Peel so besessen war.

Und das machte sie nur um so entschlossener, sie loszuwerden.

Große Höhen, dachte die böse Emma. Sie hatte den Schrecken im Gesicht der Frau gesehen, als sie von der Dachkante herabhing. Einen Augenblick dachte sie nach, wobei sie die Frau auf dem Bildschirm ansah. Ja. Sie würde noch ein bißchen mit ihr herumspielen und das Zimmer wieder vergrößern. Wenn sie den Raum mit dem großen Spiegel an der einen Wand benutzte, würde Emma vielleicht dorthin gehen und hineinsehen, und dann würde sie ihn als den Rand eines Abhangs erscheinen lassen. Wenn sie hineinsähe, würde sie in einen tiefen Abgrund sehen – vielleicht so, wie wenn man hoch oben vom Matterhorn aus in die Tiefe blickte.

Der einzige Nachteil, überlegte die böse Emma, bestand darin, daß der Glasspiegel, auf den sie die angsteinflößende Ansicht erst projizieren würde, wenn Mrs. Peel wirklich nah herankäme, sich auf einer Außenwand befand. Und hinter ihm befand sich ein richtiges Fenster. Aber es gab keine Chance, daß die Frau dahinterkommen würde. Zu dem Zeitpunkt würde sie in einem solchen Zustand sein, daß …

Die böse Emma vergrößerte die Wände des Raumes, so daß Mrs. Peel sich wieder aufrichten konnte. Sie wirkte sichtlich erleichtert. »Nicht lange, meine Liebe«, sagte die böse Emma lächelnd. Sie wirbelte den Spiegelraum an Ort und Stelle und entfernte die projizierten Wände. Nun war Mrs. Peel wirklich in einem Zimmer, dem mit dem Spiegel.

Die böse Emma lehnte sich in ihrem Stuhl zurück und beobachtete. Sie hielt ihren Finger über den Knopf, der die Ansicht eines engen Alpenpasses projizieren würde. Sie konnte es kaum noch abwarten.

Befriedigt stellte sie fest, daß Mrs. Peel sofort auf den Spiegel zuging.

Steed mußte ins Haus gelangen, mußte zu Mrs. Peel. Gott allein wußte, welches Unglück sie getroffen hatte. Der Gedanke an jedwede Gefahr, der sie sich tapfer und furchtlos gegenüber sehen mochte, reichte aus, um ihn zur Verzweiflung zu treiben. Aber er schien nun in einem Labyrinth aus Gebäuden statt aus Büschen gefangen zu sein. Er schoß um die Ecke des einen Flügels von Hallucinogen Hall und befand sich doch nur wieder an seinem Ausgangspunkt. Er blieb stehen und blickte zu einem Fenster. Hier lag etwas entschieden Merkwürdiges vor. Er klopfte mit dem Finger dagegen und stellte fest, daß es harter Stein war, nur *gemalt*, so daß es wie ein Fenster aussah. Ihm war bekannt, daß Malereieffekte zur Zeit der letzte Schrei waren, aber dies schien wirklich etwas zu weit zu gehen. Das Ding sah unglaublich echt aus.

Kopfschüttelnd machte sich Steed in die Richtung auf den Weg, die er für die Rückseite des Hauses hielt. Er ging um den Westflügel, am Garten vorbei und … befand sich wieder an seinem Ausgangspunkt. Noch einmal ging er zu der Wand mit dem irreführenden Glas und fing an zu klopfen …

Bailey betrat das Wohnzimmer, um sich zu erkundigen, was das für ein Lärm sei, als er Alice erblickte, die Sir August mit einer eindrucksvollen Pistole in Schach hielt. Sir August ließ sich nichts anmerken, als Bailey hinter sie schlich und den Totschläger hob, den er immer im Gürtel bei sich trug.

Er traf sie genau auf den Schädel, und die alte Frau stürzte mit einem *Knall* auf den Hartholzboden. Die Pistole fiel ihr aus der Hand und rutschte über die gebohnerte Fläche.

Und Oma sollte nie erfahren, wie sie niedergeschlagen worden war, dachte Bailey und lachte. In der Erwartung eines Lobes sah er Sir August an, doch das Lachen verging ihm. Sein Herr sah aus, als würde er ihn nur zu gern umbringen; aus seinen Augen schossen Dolche, als er aus dem Zimmer sprang.

»Bedanken hätte er sich schon können«, murmelte Bailey beleidigt, während er Omas hübsche schwarze Automatik aufhob.

Emma hörte einen Mißklang aus bizarren Geräuschen und legte sich die Hände über die Ohren. Wenn nur alles aufhören würde, sich zu drehen … jemand klopfte irgendwo; anderswo ertönte ein Lachen, ein unheimliches Lachen; rutschende Füße; eine klimpernde Musikbox; Sir Augusts Stimme, die immer wieder das gleiche sagte …

Sie wurde verrückt.

Emma ging auf die Treppe mitten in dem Zimmer zu, in dem sie fast bekloppt wurde. Sie kletterte hoch in der Hoffnung, aus diesem Zimmer, dieser gräßlichen Falle, herauszukommen. Die Treppe drehte sich unter ihren Füßen. Sie stolperte, griff nach dem Geländer und hing dort einen Augenblick lang atemlos. Immer noch in diesem Zimmer!

Wieder fing sie an, nach oben zu steigen – nur keinen Moment verlieren! –, aber es kamen immerzu neue Stufen, als ob sie sich vervielfachten. Das Drehen und Laufen wurden ihr zuviel; auf der Suche nach einem Ausweg sah sie verzweifelt nach oben.

Schwankend blieb sie stehen und klammerte sich an eine Säule, während sie zur Decke hinaufstarrte. Diese war im klassischen Stil gestrichen, eindeutig von *Der Sturm* inspiriert. Vier cherubische Zephire bliesen Winde aus ihren jeweiligen Richtungen zu einem viereckigen Kompaß in der Mitte.

Das Klopfen wurde lauter; Emma zögerte. Als sie um sich blickte, merkte sie, daß sie jetzt auf dem Boden des Zimmers stand ... überhaupt keine Treppe ... aber das Zimmer wurde kleiner.

Bildete sie sich das ein, wegen ihrer Angst vor engen Räumen?

Oder lag es an dem aphrodisierenden Cocktail, den Sir August ihr verabreicht hatte? Aber sie konnte schwören, daß ... ja, jetzt sah sie, daß die Wände tatsächlich im wahrsten Sinne des Wortes auf sie zukamen. Wie war das möglich?

Sie blinzelte, als das Zimmer weiter wurde, sich zusammenzog, dann noch einmal weiter wurde. Sie wäre reif für die Klapse, wenn das so weiterginge. Es war irgendeine Falle, sagte sie sich, irgendein Spielzeug von Sir August. Sie mußte einfach nur die Ruhe bewahren, dann würde sie auch einen Ausweg finden.

Aber dann hörte die scheinbar endlose Ausdehnung und Verengung des Raumes auf, zu Emmas Entsetzen ausgerechnet dann, als der Raum nur noch je eineinhalb Meter lang und breit war. Sie erwartete nun das Schlimmste, und ein Blick nach oben zeigte ihr, daß die Decke sich senkte. Diese berührte ihren Kopf und drückte ihn unerbittlich immer weiter nach unten. Als sie noch tiefer kam, ging Emma in die Hocke; sie weigerte sich niederzuknien. Das wäre eine Haltung der Schwäche, des Flehens. Sie rang um Ruhe und fand in ihrem Zorn etwas Stärke, an die sie sich klammerte. Es machte sie wütend, daß irgend jemand irgendwie ihre größte Schwäche erraten hatte und sie nun damit quälte. Sie würde ihnen die Befriedigung nicht gönnen. Zweifellos war es Sir August.

In diesem Augenblick hörte es auf. Vielleicht würde der Raum sie also doch nicht zermalmen. Sie wartete einige Minuten, in denen nichts weiter geschah, und fragte sich, welches Spiel hier gespielt wurde. Fasziniert sah sie zu, wie der Raum plötzlich wieder seine ursprüngliche Größe annahm, doch er schien sich zu verändern. Der Deckenstuck war anders, und zudem waren die Deckengemälde wieder da. Sie sah zweimal hin, als ein riesiger Spiegel auf der hinteren Wand erschien – die sie für die Außenwand gehalten hätte, wenn sie immer noch ihrem Orientierungssinn und den gemalten Putten über ihr trauen dürfte.

Sie ging darauf zu, wobei sie darum rang, ihre Ruhe zu bewahren. Falls die Decke sich wieder über ihr senken würde, wußte sie nicht … Sie ließ ihren Blick in alle vier Richtungen wandern und kam zu dem Schluß, daß sie keine andere Wahl hatte, als ein Risiko einzugehen. Blind und stolpernd lief sie in die Richtung, die der Kompaß als Süden anzeigte. Sie ging torkelnd, schaukelnd auf den hohen Wandspiegel zu und sah im Spiegel, wie sie auf sich selbst zulief. Sie nahm ihre ganze verbleibende Kraft zusammen und warf sich in einem Saltosprung gegen den Spiegel, ohne zu wissen, ob sie Erfolg haben würde, denn ihr war immer noch schwindlig.

In dem Augenblick, bevor sie im Flug auf das Glas auftraf, sah sie ein atemberaubendes Gebirgspanorama mit einem tiefen, tiefen Tal darunter. Überwältigende Panik stieg in ihr auf, und die Angst, in den leeren Raum zu stürzen, erfüllte sie mit Verzweiflung. Es war zu spät – sie flog …

Glas krachte, als sie seitlich auftraf, da sie bei dem Salto aus dem Gleichgewicht geraten war. Dann spürte sie kleine Glassplitter in Gesicht und Händen. Sie war auf einen endlosen Sturz in die Tiefe gefaßt, landete aber nach nur zwei Sekunden hart auf dem Rücken, draußen, wo es ihr den Atem verschlug. Der Spiegel war ein *Fenster* gewesen ...?

Plötzlich beugte sich Steed mit seiner Melone über sie.

»Steed!« Benommen kam sie auf Hände und Knie und kämpfte sich auf die Füße. Sie durfte ihn nicht sehen lassen, daß sie ... oh ...

Sie taumelte auf ihn zu und versuchte sich auf die diagonalen Streifen seiner alten Schulkrawatte zu konzentrieren, als ihr Körper sie im Stich ließ. Sie spürte, wie seine starken Arme sie auffingen, als sie zu Boden sackte, und nahm einen Hauch seines Rasierwassers wahr.

Steed ...

Sir August versuchte seine Leidenschaft, deren Erfüllung durchkreuzt worden war, im Spiegelsaal zu besänftigen, wo er Emma verlassen hatte. Als er vor mittlerweile einer halben Stunde dorthin zurückgekehrt war, war sie verschwunden. Warum mußte die Frau so verdammt intelligent sein? Er zog eine tickende Uhr auf, hielt sie an sein Ohr und rezitierte: »My charms crack not, my spirits obey, and time / Goes upright with his carnage ... How's the day?«

Auf dem Diwan hinter ihm war die böse Emma. Seine Schöpfung. Er betrachtete sie in einem der vielen Spiegel dieses Raumes und schüttelte den Kopf. Manchmal fürchtete er, sie etwas zu intelligent gemacht zu haben. Sie geriet in letzter Zeit etwas aus der Spur. Man mußte sie sich nur ansehen, dachte er, wie sie versuchte, wie Emma zu sein. Jämmerlich. Ekelhaft.

Sie lümmelte sich auf dem Diwan, mit schrecklich rotem Nagellack auf den Fingernägeln und in einem spitzenbesetzten Body. Ihre Figur war perfekt, technisch – das genaue Duplikat von Emmas Körper. Ihr einziger Makel bestand darin, daß sie nicht Emma Peel war.

In viktorianischer Pose stellte sie sich hin, wandte ihm das Gesicht zu und versuchte hölzern die Worte auszusprechen, die sie Emma hatte sagen hören: »Kumulus … Stratokumulus … Nimbus …« Mit ihrer Aussprache richtete sie die Worte übel zu, während sie ihn verlockend anlächelte.

Sir August wandte sich wütend um zu ihr. Er schritt auf sie zu, bis sein Gesicht beinahe ihres berührte, und sprach leise: »*Dich* will ich nicht. Ich könnte Hunderte von dir machen. Tausende.« Plötzlich explodierte seine Stimme in höchster Lautstärke. *»Bring sie zurück!«*

Schmollend stürmte er aus dem Zimmer. Er blieb nur kurz stehen, um seine Uhr gegen den Spiegel zu schleudern, der krachend zerbarst, in eine Million Teile zersprang und das Spiegelbild der bösen Emma zu Scherben zertrümmerte.

Jetzt reicht es, dachte die böse Emma. Sie würde Emma Peel endgültig loswerden. Dann wäre sie, die böse Emma, alles, was ihm bliebe, und er hätte keine andere Wahl mehr, als sie zu lieben.

Sie riß sich den schwarzen Spitzenbody vom Leib, den sie extra aus Paris hatte kommen lassen, und warf die Fetzen auf den Boden. Er hätte ihr eine bessere Lernsoftware geben sollen; ihre neuralen Netze waren einfach nicht in der Lage, meteorologische Begriffe in Null Komma nichts zu erlernen. Sie fragte sich, warum er diesen Bereich vernachlässigt hatte, wo er sich doch so bemüht hatte, ihr subjektive, menschliche Gefühle, wie Konkurrenzdenken und Loyalität, einzuprogrammieren. Ein Genie der künstlichen Intelligenz wie Sir August hätte wissen müssen, daß er am Verstand nicht sparen durfte.

Sie seufzte. Sie würde hart arbeiten müssen, um zu einer authentischen Emma Peel zu werden, nachdem sie die Frau getötet hätte. Vielleicht könnte sie, wenn sie sehr fleißig lernen würde, ihn davon überzeugen, daß sie Emma Peel *war*. In der Bibliothek gab es viele Bücher... ja, sie war sicher, daß sie es schaffen könnte, wenn sie sich ernsthaft daran machte.

Das Hauptproblem bestand darin, die Frau loszuwerden. Die böse Emma war sehr viel stärker als sie, dafür hatte er gesorgt. Bei diesem Gedanken empfand sie Stolz. Aber die verfluchte Frau gab nicht kampflos auf. Die böse Emma konnte nicht glauben, daß sie tatsächlich den Weg durch das Fenster ins Freie gefunden hatte. Wer hätte gedacht, daß sie geradewegs durch ihre schlimmsten Ängste hindurch springen würde? In die Arme des Mannes, der sie ständig rettete? Zumindest derzeit besaß die richtige Emma Peel eine weit größere Intelligenz als die böse Emma.

Verflucht sollte sie sein! Sie mußte noch weitere Flüche lernen. Ihr begrenztes Schimpfvokabular bereitete ihr solche Befriedigung. Verflucht, verflucht, verflucht. Mit wachsender Wut stolzierte Emma nackt nach oben in ihr Zimmer im hinteren Teil des Schlosses. In ihrer kleinen Kammer mit den alten Möbeln, die einst einer Küchenmagd gehört hatte und wo sich die Tapeten von den Wänden lösten, zog sie sich wieder ihren schwarzen Ledereinteiler an – wie auch die richtige Emma an diesem Tag einen trug. Dann übte sie vor dem Spiegel, indem sie ihren Mund wie Emma verzog. Wie sie wußte, war es das Lächeln der richtigen Emma, das ihn in den Bann zog. Das gleiche Lächeln, das er den Maler des Porträts im Orgelraum hatte einfangen lassen – ein kleines Kräuseln im Mundwinkel. Sie glaubte, das englische Wort für diesen Ausdruck wäre ›spöttisch‹, wenngleich ihr Wortschatz ihr auch ›bitter‹ und ›ironisch‹ anbot.

Da versuchte die böse Emma, ihre Lippen am Rand zu kräuseln; dabei sah sie doch jedesmal nur wie ein schmollendes Kind aus. Immer wieder probierte sie es, bis sogar sie erkannte, daß es wie ein ziemlich dämliches, nervöses Gesichtszucken wirkte. Mit einem Wutschrei gab sie das ›spöttische‹ Lächeln auf und widmete sich dem Ausdruck ihrer Augen.

Sie ging näher an den Spiegel heran und versuchte die Wärme und – na ja, das Leuchten – in Emmas Augen zu imitieren. ›Funkeln‹, schlug ihr Wortschatz vor. Sie wußte nicht, wie man Funkeln *macht*, und beobachtete ihre Augen, während sie sie weitete und verengte, öffnete und schloß, aber sie wollten nicht funkeln. Sie sahen metallisch aus, was angemessen war, denn sie bestanden größtenteils aus rostfreiem Stahl. Emma knallte mit der Hand gegen den Spiegel und merkte dann, daß das dumm gewesen war. Nun mußte sie vor den Scherben üben.

Ihr neurales Netz stellte eine neue Verbindung her. Vielleicht gab es Kontaktlinsen … die gleiche Art, die Sir August ihr in die Augen gepflanzt hatte, damit sie ebenso eisblau wären wie Emmas. Ja. Sie würde nach ›Funkel‹-Kontaktlinsen suchen.

Sie warf einen letzten langen Blick in den Spiegel. Mit ihrem neuen Gesichtszucken und den tot wirkenden Augen mußte sie zugeben, der richtigen Emma nicht gewachsen zu sein. Ihr blieb keine andere Wahl, als die Frau zu töten, wenngleich sie Anweisungen hatte, das nicht ohne Befehl zu tun. Bei diesem Gedanken breitete sich ein echteres Lächeln auf ihren Lippen aus. Also, *dieses* Lächeln fand sie nicht schlecht. Ganz und gar nicht schlecht. Als ihre neuralen Netze die Verbindungen herstellten, die ihr zu lernen ermöglichten, dämmerte in ihr der Gedanke: Ein Lächeln kam von *innen*, von dem, was eine Person dachte … es war eine schwer begreifliche Vorstellung. Wie all diese subjektiven, menschlichen Dinge. Sie würde das später noch erforschen.

O ja, dachte sie, als sie ihre Stiefel überstreifte. Sie

würde eine Möglichkeit finden, sich dieser Frau zu entledigen. Wenn nicht heute, dann bald. Während sie ihre Waffen in und an verschiedenen Stellen ihrer Anatomie befestigte, kam ihr der Gedanke, daß einer ihrer Herren ihr sogar den Befehl geben könnte, die Frau zu töten. In diesem Fall konnte Sir August nicht wütend sein, wenn er herausfand, daß die böse Emma sie umgebracht hatte. Und dann würde er ihr ganz allein gehören.

Mit einem echten Lächeln überprüfte sie den Giftgasbehälter in ihrem Dekolleté und hüpfte leichtfüßig den engen Dienstbotengang hinunter.

Kapitel 17

... bereiten Sie sich in der Kajüte vor auf Ihr letztes Stündlein, wenn's denn schlagen soll. Heisassa, Leute!
Der Sturm, *William Shakespeare*

Steed glaubte Emmas Augenlider flattern zu sehen und eilte zu dem Ruhebett hinüber. Ja, sie kam zu sich. Er hatte sich schon Sorgen gemacht; es hatte Stunden gedauert ... nicht, daß es ihm nicht gefallen hätte, sie bei sich zu haben.

Sie hob eine Hand an ihren Kopf und drehte sich plötzlich erschrocken um, da sie nicht wußte, wo sie war.

»Machen Sie sich keine Sorgen«, sagte er und setzte sich sanft neben sie. »Sie sind in meiner Wohnung. Ganz sicher ...«

Sie sah sich in der Wohnung um. Steed fragte sich, was sie wohl von ihr hielt. Er war überwiegend in Leder und Mahagoni eingerichtet, mit Regalen voller Bücher bis zur Decke, Ölporträts seiner Vorfahren und Regency-Möbeln. Er hatte nie richtig über seine Wohnung nachgedacht; sie entsprach der Tradition, der Art der Steeds. Er kannte nur diesen Stil. Für einen Augenblick beunruhigte ihn der Gedanke, daß er vielleicht etwas anderes hätte wählen können, und er betrachtete seine Einrichtung mit neuem Blick.

Verwirrt runzelte sie die Stirn. »Was mache ich hier?«

»Tee trinken.«

»Ist das alles.«

»Sozusagen.«

Emma sah ihn skeptisch an.

»Ihre Stiefel ... eine Lieferung von Trubshaw's. Sie können uns nützlich sein. Erlauben Sie.«

Er zeigte ihr ein Paar schwarzer, kniehoher Lederstiefel, die ohne ihr Wissen einen versteckten Mikrosender enthielten. Er hoffte, daß sie wegen dieser geringfügigen Täuschung nicht böse sein würde, aber er mußte sie finden können, wenn er sie brauchte.

Emma strich mit den Händen über das feine Ziegenleder und sah wieder etwas mehr wie sonst aus, fand Steed.

»Ich habe mir Sorgen gemacht. Was ist mit Ihnen passiert?« Steed kniete sich, um ihr in die Stiefel zu helfen, wobei er anerkennend über das Leder streifte.

Einen Augenblick dachte sie nach. »Ich erinnere mich an das Labyrinth, ein Haus, Musik, Sir August, dann … nichts.«

»Versuchen Sie sich zu erinnern«, drängte Steed. »Es ist sehr wichtig. Alice war einer Sache auf der Spur, und das Ministerium wird wissen wollen, welcher. Sie sind in höchster Gefahr. Besser, Sie bleiben hier bei mir.«

Emma hob eine Augenbraue. »Ist das klug?«

Er zog es vor, die Anspielung zu übergehen. Sie spielte die Spröde. »Hier sind Sie sicherer«, fuhr er fort. »Wir können den Fall besprechen. Eine offizielle Einsatzbesprechung. Ohne Unterbrechungen.«

Sie lächelte. »Sie leben allein?«

Er nickte.

»Keine Mrs. Steed?« fragte sie.

Er fuhr mit der Hand über Emmas Stiefel und streichelte ihr Bein, während er sich Zeit für seine Antwort nahm. Er näherte sich ihr und nahm ihren subtilen Duft wahr. Vielleicht eine Spur Ysatis von Givenchy, dachte er. Sein Gesicht war ganz nah an ihrem, als er sagte: »Mrs. Steed wohnt in Wiltshire.« Er spürte, wie sie erstarrte. »Meine Mutter.«

Sie entspannte sich, und er merkte, daß sie noch näher zu ihm rückte. »Ich hatte Sie als Gewohnheitsmenschen eingestuft. Junggesellenleben.«

»Bisher hat das ganz gut geklappt.« Er berührte sie mit einem Finger nahe am Mund und ließ ihn über ihre milchige Haut gleiten.

»Erzählen Sie mir nicht, Sie hätten noch nicht das richtige Mädchen getroffen.« Sie erschauerte; er spürte, wie eine Art Stromstoß sie durchfuhr.

»Es gibt immer die Ausnahme ...« Er spielte mit ihrem Haar, wobei er glänzende rotbraune Strähnen lokker um seinen Finger drehte. Sie war die schönste, intelligenteste, fähigste und durch und durch englischste Frau, der er je begegnet war.

»... Das beweist die Regel?« Ihre Gesichter waren jetzt so nah beieinander, daß er ihre Hitze spürte.

»Durchaus«, antwortete er. »Sie sind in vielerlei Hinsicht außergewöhnlich. Aber zuerst die Pflicht. Sollen wir anfangen?«

Entzückt erkannte er, daß sie begriffen hatte, was er meinte, und sich an ihn schmiegte. »Alles zu seiner Zeit und an seinem Ort«, murmelte sie, und ihre Lippen berührten seine.

»Jetzt ist entschieden die richtige Zeit.« Er schloß die Augen.

»Und der richtige Ort?« ergänzte Emma.

Langsam kam Steed, der immer noch kniete, näher und beugte sich zu ihr, während sie sich aufsetzte. Ihre Körper berührten sich; seine eine Hand streichelte noch durch den Stiefel ihren Fuß. Er konnte ihre Zehen durch das Leder spüren. Er merkte, daß die Hitze in seinem Gesicht ihn verriet.

»Zu eng«, sagte Emma.

»Ziehen Sie«, hauchte er kußbereit.

Es klopfte an der Tür.

Niedergeschlagen öffneten sie die Augen und bewegten sich auseinander, als die Tür aufflog. Bevor Steed sich rühren konnte, sagte eine bekannte Stimme: »Hallo, Steed.«

Vater. Steed wirbelte herum und sah sie zusammen mit Dr. Darling und zwei Agenten des Ministeriums, die sofort zu Emma gingen. Verdammt, das war doch die Höhe. Keine Höflichkeit. Kein Respekt vor der Privatsphäre anderer. Wo sollte das alles noch enden?

»Es ist doch wohl normal, daß Gäste anklopfen«, sagte er äußerst aufgebracht.

Die Agenten drängten Emma hinaus, während Steed bekümmert zusah.

»Wir können uns die Formalitäten schenken, Steed. Ich will Mrs. Peel.« Vaters schwarze Brille verstärkte ihr düsteres Verhalten, fand Steed. »Verhör.«

Hinter Vater schob Brenda Mutter in Sicht, der verzweifelt aussah. »Nichts, was ich tun könnte, Steed. Außerhalb meiner Befugnis.«

»Sicherheitsrisiko, Steed. Sie auch. Mrs. Peel steht unter Arrest.«

Gott allein wußte, was sie mit ihr anstellen würden, dachte Steed. Es hatte ihm nie etwas ausgemacht, wenn es sich um den Feind handelte, aber Mrs. Peel …

Er folgte ihnen zur Haustür hinaus und machte sich Vorwürfe. Warum hatte er nicht erkannt, daß Vater so etwas tun könnte? Er war verantwortlich. Er hätte sie nie in seine Wohnung bringen dürfen. Im gepflasterten Hof sah Steed verzweifelt zu, wie die Agenten Emma in einem Ministeriumswagen verfrachteten. Nicht gut, dachte Steed. Ganz und gar nicht gut. Mutter, Dr. Darling und Brenda sahen zu, wobei sie Steed entschuldigende Blicke zuwarfen.

Als der Wagen losfuhr, sah Emma zu ihm zurück, und er hielt ihren Blick lange fest. Er hoffte, sie würde in seinen Augen lesen, daß er sie herausholen würde. Sie wußten beide, daß Menschen, die des Verrats verdächtig wurden, selten lebend aus den Verhörzellen des Ministeriums herauskamen.

Steed, der beinahe außer sich war, wurde bewußt,

daß Brenda ihm nicht von der Seite wich. »Sorry, John«, sagte sie traurig. »Vater hat die Leitung. Wollte Mutter immer schon aus dem Fall heraushaben.«

»Es gibt nur einen Ort, wo ich hingehen kann«, sagte er mit grimmiger Entschlossenheit.

»Das werde ich regeln.« Brenda wollte ihm mit größtem Eifer einen Gefallen tun. »Ich kann sehr überzeugend sein. Sie müssen nur fragen, John. Wann immer, wo immer …«

»Das werde ich mir merken.« Vermutlich müßte er ihr eines Tages sagen, daß sie keine gemeinsame Zukunft hätten. Aber es war so angenehm, ein freundliches Gesicht im Büro zu haben, und sie schien seine Anspielungen nicht mitzubekommen. Jedenfalls würde er sich bestimmt nicht jetzt damit befassen, während Mrs. Peel in tödlicher Gefahr war.

Er starrte hinter dem Wagen her, der Emma von ihm fortbrachte.

Kapitel 18

In der Not macht der Mensch seltsame Bettbekanntschaften.
Der Sturm, *William Shakespeare*

Brenda hatte Wort gehalten. Sie hatte einen Termin gemacht, und Steed schritt nun einen weiteren unterirdischen Flur im Ministerium entlang. Eigentlich war es ein Tunnel mit einer Runddecke ähnlich wie in einer U-Bahnstation, nur etwas niedriger. Wasser fiel in großen, schweren Tropfen von der Decke. Er wich ihnen so gut wie möglich aus … schlecht für den Anzug.

Warum nur spielte sich ein Großteil ihrer Arbeit unterirdisch ab? Seufzend mußte er zugeben, daß das logisch war. Ihre Geheimnisse sollten nie ans Tageslicht dringen, ebenso wie die Agenten. Vielleicht sollte dies alles eine unterschwellige Botschaft sein.

Schließlich kam er zu einer Tür, die so dunkel und unauffällig war, daß er erstaunt war, daß überhaupt irgendwer von ihrer Existenz wußte. In kleinen schwarzen Buchstaben hatte jemand auf die Tür gemalt: Raum 282, Colonel U. Jones, Archiv. Steed klopfte. Niemand antwortete.

»Hallooo?« rief er.

Keine Antwort. Steed drückte die Türklinke und steckte seine Nase hinein.

Von keiner besonderen Stelle aus, die Steed sehen konnte, rief eine Stimme: »Hallo?«

Steed blickte sich nach dem Sprecher um, konnte aber niemanden sehen. »Hallo?« versuchte er es wieder.

»Sprechen Sie mit der Pfeife. Das hilft gewöhnlich.« Im Zimmer paffte eine Pfeife mitten in der Luft, befreit von jeglicher menschlichen Last. Plötzlich ging ein

Streichholz an und bewegte sich zu dem Pfeifenkopf hinunter.

Ungewöhnlich, dachte Steed.

Das Streichholz flog offenbar von allein in einen Aschenbecher. *Äußerst* ungewöhnlich. Allerdings waren viele Leute im Ministerium exzentrisch ... eigentlich alle. »Colonel Jones?« fragte Steed.

»Beunruhigen Sie sich nicht darüber, daß ich unsichtbar bin«, erklang von der anderen Raumseite eine Stimme, die auf ihn zukam. »Abgesehen davon bin ich völlig normal.«

»Ich sehe, was Sie meinen.«

»Oder auch nicht.« Er kicherte. »Hab' den Trick beim Tarnen gelernt. Bis durch den Unfall alles kaputtging. Jetzt stecke ich in diesem blöden Keller fest. Wir können von Glück sagen, wenn hierher überhaupt der Teewagen kommt ...«

Vorsichtig unterbrach Steed. »Entschuldigung, aber ich habe nicht viel Zeit. Würden Sie sich bitte diese Karte einmal ansehen.« Er zog die SCHIRM-Karte hervor und hielt sie der Pfeife hin. »Und ich muß mehr über das Prospero-Programm sowie über etwas namens Zwillinge wissen.«

Steed war innerlich in Sack und Asche gegangen, seitdem er gemerkt hatte, daß Alice ihm etwas über Zwillinge hatte sagen wollen. Wie hatte er nur annehmen können, daß die ältere Dame ein bißchen spann, anstatt zu merken, daß sie den Schlüssel zu ihrem ganzen katastrophalen Problem in Händen hielt? Wie haßte er es zugeben zu müssen, daß er sie unterschätzt hatte. Nun bezahlten sowohl sie als auch Emma den Preis dafür.

Steed ließ sich wie ein Häufchen Elend auf einem Stuhl vor einem unordentlichen Metallschreibtisch nieder, der einst in häßlichem Grün lackiert gewesen war. Hinter dem Schreibtisch, wo sich die Pfeife herumtrieb, drehte sich plötzlich ein Stuhl, und eine Schublade ging auf. Eine Akte sprang heraus und schwebte durch die Luft.

»Sie wollen also etwas über das Zwillinge-Projekt wissen. Ich habe hier irgendwo einen kleinen Verdauungskeks ...« Colonel Jones reichte Steed einen Keks der versprochenen Art, zusammen mit einer Tasse Tee. Ein Löffel Zucker folgte ihm durch die Luft.

»Sehr freundlich«, murmelte Steed. Wie konnte er hier sitzen und Earl Grey kippen, während sich Emma in einer Zelle des Ministeriums quälte. Er bemühte sich, nicht ungeduldig zu klingen. »Verstehen Sie, Colonel Jones, das hier ist wirklich ziemlich dringend.«

»Nennen Sie mich ›Colonel‹ – verzichten wir auf Förmlichkeiten.« Er hob die SCHIRM-Karte in die Luft. »Hmm. Wollen mal sehen.« Der Stuhl schob sich zurück, die Karte hob sich, und Steed folgte unsichtbaren Schritten, die von ihm forttappten. Als der Colonel um eine Ecke bog, folgte Steed ihm durch die Tür, einen weiteren dämmrigen Tunnel entlang. Ihrer beider Fußschritte hallten grimmig von den Wänden wider.

»Das Zwillinge-Projekt«, sagte der Colonel plötzlich. »Ah ja.«

Steed folgte ihm in einen anderen Gang am Ende des Tunnels, der mit Aktenschränken gefüllt war, aus denen Kanzleiakten quollen. Steed fand es bemerkenswert, daß sich hier irgend etwas auffinden ließ, wo Akten und Papiere wie geologische Schichten übereinander lagen. Der Colonel führte ihn durch eine Doppeltür in die Bibliothek. In dem Raum war es neblig, oder war das der Staub?

»Hatschiii!« Steeds Nasenmembranen teilten ihm mit, daß die Luft tatsächlich mit Staub gesättigt war. Erstaunt sah er sich um. Hohe Holzregale ragten bis zur Decke, und aus Kästen, die den Stempel ›Höchste Geheimhaltung‹ trugen, quollen lose Papiere hervor.

Der Colonel zog seine Taschenlampe heraus und machte sich daran, alles zu durchsuchen, wobei er willkürlich im mittleren Regal anfing. »Ein Platz für jedes, und alles an seinem Platz«, sagte er unerklärlicherweise. »Fröhliche Jagd.«

Steed blickte unerschütterlich auf seine Uhr und fing an, den ersten Kasten auf dem ersten Regalbrett zu durchwühlen.

Durchhalten, Emma, dachte er. *Ich komme.*

Vater trat auf die Glasgalerie und sprach durch die Sprechanlage. Bis zu diesem Tag hatte es ihr nie Spaß gemacht, in das Psychiatrische Krankenhaus des Ministeriums zu gehen, aber nun empfand sie durchaus Vergnügen. »Hallo, Mrs. Peel«, hörte man ihre eisige Stimme. »Willkommen im Ministerium.«

Sie konnte sich Emma unten in der gepolsterten Zelle vorstellen. Man hatte ihr Emmas Äußeres beschrieben, und sie war nicht überrascht, daß Auggie sie so attraktiv fand. Seit vielen Jahren schon spielte sie neben dieser Emma Peel die zweite Geige, obwohl Auggie sie, Vater, als seine Partnerin gebraucht hatte. Nun, dachte sie, er würde nicht mehr lange Emma Peel begehren können. Vielleicht würde er Vater mit neuen Augen sehen …

Vater starrte in die Richtung von Emmas Zelle. Man hatte ihr gesagt, daß das wattierte Vinyl in diesen Ultrahochsicherheitswürfeln hellneonorange und dazu bestimmt war, allein durch seine Grelle den Gefangenen zu schwächen. Ob die ach so schlaue Mrs. Peel herausgefunden hatte, daß sie sich in einer Hochsicherheitsverhörzelle befand? Vater hoffte, daß es so richtig fies werden würde.

»Dr. Darling hat seine Diagnose bestätigt«, sagte sie in die Sprechanlage. »Sie leiden an Wahnvorstellungen. Eine extreme psychotische Persönlichkeitsstörung. Ein klassisches Syndrom zur Überwindung ihrer unterbewußten Schuldgefühle ... Möchten Sie sich nicht setzen?«

»Danke, aber das Herumhängen paßt mir gut.« Die Frau klang irritierend gelassen, fand Vater. Sie hatte den speziellen Befehl erteilt, die Frau in die allerkleinste Zelle bringen zu lassen, da die ausführliche Überprüfung ihres gesamten Hintergrundes einen Hinweis darauf ergeben hatte, daß sie möglicherweise zur Klaustrophobie neigte. Nun, sie würde alles tun, um Mrs. Peel aus dem Gleichgewicht zu bringen.

»Wir müssen miteinander sprechen«, begann Vater.

»Über das Wetter? Wie topaktuell. Oder sollte ich sagen, wie tropisch toll?«

Freches kleines Luder, diese Mrs. Peel. »Das wird uns helfen, die Zeit herumzukriegen«, sagte Vater mit wachsendem Ärger.

Dann geschah etwas, das Vater verblüffte. Emma Peel fing an zu sprechen, so schnell, als ob sie sich zwang, wieder zu Verstand zu kommen, um zu zeigen, daß mit ihr alles in Ordnung war.

»Die Zeit würde ohnehin verstreichen, wenn Sie einmal logisch darüber nachdenken. Aber schließlich denken so wenige logisch, oder auch nur antilogisch. Im Uhrzeigersinn oder gegen den Uhrzeigersinn. Ticktack tick-tack, zickzack Donald Duck, es läuft auf das gleiche hinaus. Woher wollen Sie eigentlich wissen, daß ich die richtige Mrs. Peel bin?«

Vater lächelte. O doch. Sie waren ganz sicher, daß sie die richtige Mrs. Peel hatten. Aber ... vielleicht hatte die Zelle im Hinblick auf Geistesgestörtheit besser gewirkt, als sie geglaubt hatte. Oder bluffte Mrs. Peel nur?

»Wie richtig *fühlen* Sie sich denn, Mrs. Peel?« fragte Vater grinsend. Vielleicht konnte sie sie über die Kante stoßen.

Mrs. Peel schien ihre geistesgestörte Logik noch weiterzutreiben. »Ich werde die Frage wiederholen und das Wetter dabei umgehen – zu dem wir als Briten zweifellos in Kürze ohnehin zurückkehren werden. Laufe ich wie Mrs. Peel, spreche ich wie Mrs. Peel. Bin ich witzig, geistreich, eine wundervolle Bekanntschaft? Oder renne ich durch die Gegend, erschieße Agenten des Ministeriums und versuche an meinen freien Tagen die Welt zu regieren? Kein Zweifel daran, logisch oder sogar antilogisch, per Definition, wie auch immer das Wetter, ich werde verrückt.«

Vater runzelte die Stirn. »Na, jetzt spielen Sie aber Theater.« Sie glaubte einen kalten und geistig ganz gesunden Blick von Mrs. Peel zu spüren. Na gut. Zeit, sich jetzt selbst etwas zu amüsieren. In der Ferne läutete Big Ben, während Vater auf einen Knopf drückte und von der Galerie aus eine Treppe hinunter und auf die Zellen zuging. Lächelnd gab sie der bösen Emma ein Zeichen, die in dem Gang gewartet hatte. Die beiden liefen zur letzten Zelle, der von Mrs. Peel, wo Vater auf einen weiteren Knopf drückte. Die Tür zu dem winzigen Würfel glitt auf. Die beiden traten ein, und hinter ihnen glitt die Tür wieder zu.

Vater konnte die Spannung in der Luft spüren, als die beiden Emmas sich voller Haß ansahen. Sie wünschte, sie könnte es sehen, aber eigentlich brauchte sie es gar nicht. Die Feindseligkeit war spürbar. Vater schnipste mit den Fingern, worauf die böse Emma einen Gasbehälter hervorzog. Noch bevor irgendein Wort gesprochen wurde, drückte die böse Emma vor der Gefangenen mit einem befriedigenden *ppppffffftttt!* auf den Hebel.

Vater hörte, wie der Körper der bewußtlosen Frau gegen das Vinyl fiel.

Gut. Das war's dann also.

Kapitel 19

Was siehst du noch
Im dunklen Damals und im Loch der Zeit?
Der Sturm, *William Shakespeare*

In Colonel Unsichtbar Jones' ›Tarn‹-Büro richtete sich der Projektorstrahl auf ein wunderbarerweise unverbautes Wandstück und erhellte ein Dia von Sir August, der ›Dolly‹ und ›Dolly‹ – laut Diabeschriftung zwei geklonten Schafen – zulächelte. Es war eines von vielen, die Steed und der Colonel betreffend Zwillinge und Prospero gefunden hatten. Zu Steeds Erstaunen hatte das Aktensystem tatsächlich funktioniert.

Während er an seiner dritten Tasse Tee nippte, blätterte Steed im Dämmerlicht, das des Colonels Schreibtischlampe verbreitete, mit der linken Hand die Seiten eines Berichtes zum Projekt Zwillinge durch. Laut diesem verfügten die Klone sowohl über eine menschliche Anatomie als auch über zusätzliche Bioschaltkreise. Colonel Jones reichte Steed, der sich vorwarf, ein gewaltiges Brett vor dem Kopf gehabt zu haben, einen anderen Ordner.

»Zwillinge ... Zwillinge ... natürlich. Ein Klonexperiment des Ministeriums. Sir August leitete es, aber er ging offenbar zu weit. Sie haben ihn von dem Projekt abgezogen.«

»Aber Sir August stand nach ›Zwillinge‹ unter Beobachtung des Ministeriums«, warf der Colonel ein.

Eine Akte fegte durch die Luft auf Steed zu. Er fing sie auf, als der Colonel auf den Projektorknopf drückte und ein Dia von dem jungen Sir August mit einer noch jüngeren Vater zum Vorschein brachte. Sie war tatsächlich einmal relativ attraktiv gewesen, stellte Steed überrascht fest. Der Colonel klickte weiter zu einem Dia, auf dem die Zwillinge-Ziele festgehalten waren, dann zu einem mit den Prospero-Zielen. Die Dias enthielten auch Einzelheiten über Senderstandorte, unter anderem den Serpentine-See.

»Beobachtung – durch Vater?«

»Ja«, erwiderte der Colonel. »Sir August konnte Prospero erst aufziehen, nachdem Vater ihm grünes Licht gegeben hatte. Deshalb erfuhr Mrs. Peel nie davon.«

»Verstehe«, sagte Steed. »Als Mutter die Leitung des Ministeriums übernahm, hat Sir August sich also mit Vater zusammengetan …«

»Eene-meene-mo – und bingo!« Der Colonel blies einen Rauchring in die Luft und trat vor den Lichtstrahl des Projektors. Interessiert nahm Steed zur Kenntnis, daß der unsichtbare Mann tatsächlich einen Schatten warf. Wenn nur H. G. Wells noch lebte, um das zu sehen …

»Steht alles hier drin, Colonel. Warum haben Sie das nie jemandem mitgeteilt?«

»Hat mich nie jemand gefragt.«

Der unsichtbare Mann blies Rauch nach oben zu einem Gitterglas in der Decke. Überrascht merkte Steed, daß es mit Schnee bedeckt war. Er runzelte die Stirn. »Bilde ich mir das ein, oder wird es hier drin kälter?«

Draußen begann es zu dämmern. Die Temperatur war auf unirdische minus zehn Grad gefallen, was an einem 15. Juli wohl kaum der Norm entsprach. Eine unheimliche Stille herrschte.

Die Bewohner Londons hatten erkannt, daß etwas gefährlich Finsteres im Gange war. Zeitungsreporter hatten empfohlen, daß jeder nach Hause gehen und bis auf weiteres drin bleiben sollte, so daß die normalerweise lebendige Stadt wie zu Kriegszeiten evakuiert wirkte.

Die sonst vor Menschen wimmelnden Straßen waren leergefegt. Freie Taxen standen über die ganze Länge der Oxford Street hintereinander am Straßenrand; die Busse für Stadtrundfahrten standen unbenutzt am Trafalgar Square. Harrods hatte alle nach Hause geschickt, wobei man ein Dutzend zäher Amerikaner im wahrsten Sinne des Wortes zur Tür hinausdrängen mußte. Sogar die Pforten von All Souls auf der Regent Street waren verschlossen, ein noch nie dagewesenes Ereignis. Selbst der Fleischmarkt in Smithfield hatte dichtgemacht. Die kleinen Restaurants in ganz Whitechapel waren geschlossen und ihre Stahlgitter heruntergelassen.

Das verhieß nichts Gutes.

Wind kam auf und trieb Papier die Straßen entlang. Die Blätter an den Bäumen raschelten. Vögel suchten Schutz, und eine Wetterfahne begann sich unheilvoll zu drehen. Im Hyde Park war die Oberfläche des Serpentine gekräuselt, und am Bootshaus las man ein hastig bekritzeltes Schild mit der Aufschrift ›Bis auf weiteres geschlossen‹.

Schwarze Wolken rasten vorbei und warfen ihre Schatten auf den Boden. Taubenschwärme flogen im Zickzack durch den Himmel und zogen zu einem sanfteren, freundlicheren Ort – einem Ort, wo die Menschen ihnen noch Brotkrumen zuwarfen.

Im Buckingham-Palast sah die Königin stirnrunzelnd aus ihrem Privatgemach. Das Wetter war gewiß unzeitgemäß kühl, besonders für St.-Swithins-Tag. Und bewölkt. Jeder wußte, was *das* bedeutete … wenn das Wetter heute schlecht war, bedeutete das Regen für die nächsten vierzig Tage. So ein ungünstiger Zeitpunkt … In wenigen Tagen würden sie zu ihrem Familienurlaub nach Balmoral aufbrechen. Das schottische

Wetter war auch ohne schlechten St.-Swithins-Tag schwierig genug. Und ihre Corgis spürten ihr Rheuma bei Kälte sehr viel stärker …

Sie erschauerte. Das war der einzige Nachteil an ihrem Königreich. Das verflixte elende Wetter. Abgesehen davon war die unter ihrem Zepter regierte Insel perfekt. Sie seufzte. Wenn nicht all die hübschen tropischen Inseln ihre Unabhängigkeit erklärt hätten, könnte sie ihren Familienurlaub dort verbringen. Immer. Aber die Tradition war stark. Was würde die Nation tun, wenn man sie im Badeanzug an einem weißen Sandstrand herumtollen sähe, anstatt unerschütterlich in Tweedkleidung über die Heidefelder wandernd, mit heißen Corgis zu ihren Füßen, die in angemessenen Schuhen steckten? Nein, sie würde sich an die Tradition halten müssen.

Vielleicht wäre ja eines Tages irgend jemand in der Lage, etwas an diesem dummen Wetter zu ändern. Bei all dem Geld, das in das geheime Wetterforschungsprojekt gesteckt worden war, sollte doch mal etwas dabei herauskommen. Obwohl jetzt auch das noch vermasselt worden war, nachdem sie die ganze teure Einrichtung in die Luft gejagt hatten. Sie schüttelte den Kopf und wünschte sich, sie würden dort die Ärmel aufkrempeln und machen, daß sie vorankamen. In der Zwischenzeit würde man einfach tapfer sein und sich irgendwie durchschlagen müssen.

Hinter dem Bootshaus am Serpentine hatten Bailey und seine Spießgesellen den glitzernden silbernen Sender auf den Boden gestellt und für ihr Vorhaben mit ausklappbaren Spikes verankert. Bailey drehte an der schwarzen Senderscheibe, und man hörte zweimal deutlich *Tut*. Auf einem Display blinkten neongrün die Worte ›Sender AN‹.

Bailey wußte, daß der Sender zu seinen Füßen mit

einem anderen verbunden war, der zwischen den Bäumen gegenüber dem Bootshaus auf der Serpentine-Insel versteckt war. Als er von dort ebenfalls *Tut-tut* hörte, wußte er, daß alles bereit war.

Er riß das Funkgerät aus seinem Gürtel. »Ariel an Prospero. Ariel an Prospero. Serpentine ist *magisch*. Ich wiederhole, Serpentine ist *magisch*.«

Sir August lehnte sich gegen die Täfelung des holzverkleideten Konferenzraums und leckte an dem Eis, das er in einem Geschäft draußen auf der Straße gekauft hatte. Irgendwie war ihm ein Eis namens Weiße Schokoladenlawine als das Gegebene vorgekommen. Kopfschüttelnd beobachtete er, wie im Großen Saal des Ministeriums die Fetzen flogen. Hier kreischten und wühlten die angeblichen Führer der Welt herum, um ihren Willen durchzusetzen, ohne die geringste Ahnung, daß *er*, Sir August, jetzt die ganze Erdkugel beherrschte.

»Jämmerlich«, stieß er hervor, während er ihre Debatte weiter verfolgte, obwohl es ihm kein geringes Vergnügen bereitete, den von ihm ausgelösten netten Krach zu beobachten. Diese Idioten hatten ihm hübsch in die Hände gespielt. Die Gruppe führte sich auf, als gehörte sie zu den Vereinten Nationen. Sie war mitten in ihrer Sitzung: Um einen riesigen runden Kirschholztisch versammelt, stritten die lächerlichen Dummköpfe pompös miteinander.

Sir Augusts Blick wanderte über sie bis zu den großartigen Aussichtsfenstern auf der anderen Raumseite und zu dem Panorama von London. Big Ben erhob sich in der Nähe der Themse, eine wirkungsvolle Erinnerung, fand Sir August, an die kurze Zeit, die ihnen blieb, um seine Forderungen zu erfüllen. Das Beste an der Aussicht war, daß seine Wolken sich oben unheilvoll zusammenzogen und mit jedem Augenblick stärker, dunkler und dicker wurden. Er selbst hatte dafür gesorgt, da er wußte, daß Massen dunkler Wolken zusammen mit extremer Kälte als Boten bevorstehenden Unheils galten. Und zwar zu Recht.

Sir August biß in das Eis und wandte seine Aufmerksamkeit wieder den Ministern zu, die er voller Verachtung beobachtete. Ihre Egos waren so schwach, daß sie sich nur an einem runden Tisch treffen wollten. Eine riesige, zwanzig Meter umfassende Holzfläche war nötig, um alle unterzubringen, und sie konnten einander nur über eine interne Videoanlage sehen, deren Monitore kreisförmig über der Tischmitte angebracht waren. Es war das Ende ihres ersten Konferenztages, und die Gemüter waren erhitzt. Sie hatten absolut nichts erreicht. Seit der Mittagszeit hatte er sie aus dem Schatten heraus beobachtet, nachdem er die Wächter und Sicherheitsleute erledigt hatte.

»Arme Babys«, murmelte Sir August hinter seinem Eis. Mit gelösten Krawatten und verrutschten Schals waren die bedauernswerten Galionsfiguren mutlos zusammengesackt. Die einzige Ausnahme bildeten zwei Minister, die sich gerade zu einem Wortwechsel erhoben hatten.

Nun gut, sagte er sich und lutschte einen Tropfen unten an seinem Eis ab. Bald würden diese armen Idioten abgesetzt sein – de facto jedenfalls –, und jemand wirklich Intelligentes würde die Show leiten. Er lächelte.

Ein korpulenter Minister mit unidentifizierbarem ausländischen Akzent und verschwitztem Gesicht schlug mit der Faust auf den polierten Kirschholztisch. Er dröhnte ins Mikrofon: »Diese Wetterwechsel sind gesteuert und aggressiv. Wir müssen mit *Gewalt* reagieren!«

Auf der anderen Raumseite schüttelte eine Ministerin den Kopf. Sie dröhnte mit gleicher Stimmkraft: »Sie übersehen, daß wir hier zusammengekommen sind, um einen Verteidigungsvertrag zu verabschieden!« Neben ihr explodierte ein Mann: »Und *Sie* übersehen, daß diese geheimen Tests ja bereits feindselig sind!«

»Ich habe wiederholt geäußert«, fing die Frau mit zusammengebissenen Zähnen an, »daß diese Tests …«

»Ich halte es nicht mehr aus«, murmelte Sir August und warf seinen Eisstiel in einen nahen Abfalleimer. Er fiel klackend auf den Eimerboden, was aber im Lärm der Ministerstimmen unterging.

Sir August nahm seinen Stab auf, den er an die Wand gelehnt hatte, und schritt zu dem runden Tisch hinüber. *»Genug!«* brüllte er. Sogar ohne Mikrofon war seine Stimme lauter als alle verstärkten Ministerstimmen zusammen, stellte er befriedigt fest. Und er war sich sicher, daß er in seiner schottischen Tracht eine eindrucksvolle Figur abgab. Mit dem über die Schulter gelegten Stoff seines Familienclans und der vor seinen Geschlechtsteilen baumelnden Felltasche über dem Kilt beherrschte er alles. Nun also wollte er seine Macht enthüllen …

Er schlug einmal kräftig mit seinem Stab auf den Tisch, um die Aufmerksamkeit auf sich zu ziehen. In dem hallenden Raum hatte das eine ähnliche Wirkung, als wenn ein Schuß gefallen wäre. Die Minister in seiner Nähe wichen vor dem plötzlichen Knall zurück, dann starrten sie eingeschüchtert auf den Abdruck, den er mit dem Stab auf dem Tisch hinterlassen hatte. Mit einem mächtigen Sprung war Sir August auf dem Tisch, wo er die Aufmerksamkeit der Versammlung beherrschte. Absichtlich respektlos trat er auf die Unterlagen der Minister, während er mit dem Stab zum Himmel wies.

»Nun ward der Winter unsers Mißvergnügens …« Seine Stimme dröhnte durch den schweigenden Raum,

und er dachte daran, wie sehr er einem Shakespeare-Darsteller gleichen mußte. Er hielt in seinem Vortrag inne, um die maximale Wirkung zu erreichen, und reckte seinen Stab in die Höhe. »Über Ihnen ändert sich das Wetter. Die Temperatur fällt.«

Mit vor Schock offenem Mund atmete der falkenhafte Minister aus, und sein Atem gefror zu einer kleinen weißen Wolke.

»Bald wird es frieren.« Sir August richtete seinen Stab nach unten und klappte den Mund des staunenden Ministers zu. »Warum? Hmmm? *Warum?*« Auf dem massiven Tisch sah er sich nach einer Antwort um.

Es kam keine.

Enttäuscht verdrehte er die Augen und sagte mit einer Stimme, als ob er zu einem etwas dümmlichen Kind spräche: »Weil das Wetter offensichtlich nicht mehr in Gottes Hand liegt.« Langsam breitete sich ein Lächeln auf seinem Gesicht aus. »Es liegt in meinen Händen.«

»Unmöglich!« rief der Minister zu seinen Füßen aus.

»Absurd!« kreischte ein anderer.

Allgemeines Chaos kam auf, in dem alle Minister heftig Sir Augusts Worten widersprachen. Sie erhoben sich, schlugen in wichtigtuerischem Zorn auf den Tisch; ihre Stimmen vermischten sich und wurden lauter, bis es wie auf einem Spielplatz voller Kinder klang.

Aber Sir August redete sie nieder, wobei er zur Mitte des Tisches lief. »Diese Wolken«, rief er und zeigte mit seinem Stab auf die riesigen Panoramafenster an der Wand gegenüber, »stehen alle unter meiner Kontrolle und prägen das Wetter.«

Er hielt inne und sah auf die Wolken, die sich unheilvoll über der Themse zusammenzogen. »Das ist erst der Anfang«, sagte er in die gemurmelten Äußerungen und Rufe der verstimmten Minister hinein. »Ich habe eine Kettenreaktion in Gang gesetzt, die London lahmlegen und schließlich zerstören wird. Der Countdown hat begonnen.«

Das brachte sie zum Schweigen. Schließlich standen sie stumm da und starrten auf die Wolken, verstört angesichts der Erkenntnis, daß die Welt ihm auf Gedeih und Verderb ausgeliefert war. *Sie sollten dankbar sein,* dachte Sir August. Sie kommen zusammen, um über problematische Wetterveränderungen zu diskutieren, und ich biete ihnen hier eine Lösung an.

Freundlich lächelte er in die Runde. Sie sahen verängstigt aus. Gut, dachte er. Das sollten sie auch sein. »Meine Bedingungen sind einfach. Eine Milliarde. In Gold. Sonst ... Sollen wir diskutieren?«

Der Raum explodierte in einem Aufruhr, als erst einer, dann ein anderer Minister aufsprang und schrie:

»Erpressung!«

»Skandal!«

»Schafft ihn hinaus!«

»Terrorist!«

»Verrückt!«

»Inakzeptabel!«

Sir August hob seinen Stab. »Oh, *seien* Sie doch still.« Er fing an, sie wie Musiker in einem Orchester zu dirigieren, was von der Wirklichkeit nicht weit entfernt war. Tatsächlich waren sie ein wesentlicher Bestandteil der herrlichen Symfonie, die den Höhepunkt seiner Träume bildete. Wann immer ein Minister zu einer Wortmeldung aufsprang, wedelte Sir August mit der Hand und seinem Stab zu ihm in der klassischen Art, wie ein Dirigent etwa die Geigen dämpft, die das Solospiel des Pianisten übertrumpfen.

»Hundert Millionen werden sterben«, intonierte er, während er sie mit dem Taktstock zum Schweigen brachte. »Sie werden erfrieren, ertrinken, verbrennen. Eis, Schnee, Sonne, Regen – alles zu meiner Verfügung.

Unter meiner Kontrolle.« Er lächelte bescheiden. »Sie und Ihre Regierungen haben keine Wahl. Sie werden sich Ihr Wetter von mir kaufen. O ja. Und bei Gott« – er machte keine Witze –, »Sie werden bezahlen.«

Ein paar großspurige Minister hatten immer noch nicht begriffen. Sie sprangen auf die Füße und riefen aus, daß sie Sir August und sein Komplott zurückwiesen. Na gut, dachte Sir August. Ein oder zwei Augenblicke Geduld konnte er sich noch leisten. In jeder Klasse gab es schließlich ein oder zwei langsame Kinder.

»Das ist völlig inakzeptabel …«

»Wir werden doch nicht einem Wahnsinnigen nachgeben!«

»Ganz wie Sie wollen«, sagte Sir August fröhlich und hüpfte vom Tisch. »Wie Sie wünschen.« Er lief durch den Raum, bereit hinauszugehen. *Dummköpfe*, dachte er. Aber er hatte ja damit gerechnet, ihnen eine Demonstration geben zu müssen. Nun, die würden sie kriegen.

Er stand an der Tür, über eine riesige verzierte Kugel gebeugt, nahm seinen Stab wie einen Golfschläger und stellte sich vor, daß es sein gewaltiger Driver sei. Er schob die Füße zurecht, wie Golfer es tun, bis der Abstand zwischen seinem Körper und der Kugel perfekt war, dann trat er zu einem Übungsschwung zurück. Er hob den Schläger hoch über seine rechte Schulter, zog ihn mit dem linken Arm durch und spürte die Drehung in den Hüften, als er den vollkommenen Schlag ausführte. Das hatte er vor langer Zeit gelernt, als er auf dem alten, königlichen Golfplatz von St. Andrews bei dem weltbesten Spiel zugesehen hatte.

Wieder machte er einen Schritt zur Kugel vor und sagte dann nachdenklich: »Genießen Sie es, solange Sie noch können.« Schlagbereit setzte er den Stab gegen die Kugel. Er sah zu den verblüfften Ministern am

Tisch hinüber und lächelte. »Sie haben noch bis Mitternacht Zeit. Oh, übrigens« – wieder ein Lächeln, das alle Zähne entblößte –, »Sie haben noch bis Mitternacht.«

Nach einem leichten Rückschwung traf Sir August sauber die Kugel. *Zack*! Sie schoß mit tiefer Symbolik an den verdutzten Gesichtern der versammelten Minister vorbei, unmißverständlich seine Worte unterstreichend.

Kapitel 20

Jetzt würd ich tausend Meilen Meer für ein halb Morgen dürres Land geben, Brennesseln, Dornen, Disteln, was auch immer. Gottes Wille geschehe, aber ich hätt den Tod lieber trocken.

Der Sturm, *William Shakespeare*

Steed raste die tunnelartigen Gänge entlang, die Colonel Unsichtbar Jones' Archiv mit dem restlichen Ministerium verbanden. Auf dem Weg zum Psychiatrischen Operationskrankenhaus des Ministeriums betete er darum, nicht zu spät zu kommen. Er flog förmlich die Gänge zum Verhörzellenblock hinunter, bis zur letzten Zelle, wo Vater, wie er wußte, die schlimmsten Verbrecher unterzubringen beliebte. Er drückte auf den Knopf, öffnete die Zelle, aber sie war leer. Vollkommen leer.

Zeit, ernst zu machen, sagte sich Steed. Mit neuer Entschlossenheit, Emma zu finden, drückte er auf einen Knopf an seiner Uhr. *Piep-piep-piep …*

Gut. Der Mikrosender funktionierte. Es würde jetzt nicht mehr lange dauern.

Emma wußte nicht, daß die Zielsucheinrichtung in ihrem Stiefel Steed direkt zu ihr führte. Sie erkannte jedoch vage, daß die böse Emma sie irgendwohin trug, angeführt von Vater. Sie war so müde … benebelt … in der einen Minute aphrodisische Pfeile … in der nächsten Giftgas …

Die böse Emma war stehengeblieben – an einem Fenster oder einer Tür, wie es Emma schien. Es war heller. Wenn sie nur einschlafen könnte …

Aber irgendwo hinter ihr im Gang des Ministeriums ging eine Tür auf. Mutters Stimme erklang. »Sorry, Vater. Das Spiel ist aus.«

Die böse Emma drehte sich um, wobei sie Emma immer noch in den Armen hielt – und zwar keineswegs besonders sanft. Emma blinzelte und glaubte in Mutters Hand einen winzigen Revolver zu sehen, der auf Vater gerichtet war.

Vater schien die Waffe zu spüren. Hohntriefend spuckte sie aus: »Vorsicht damit, Mutter. Könnte losgehen. Wir wollen doch nicht noch einen Unfall, oder? Wo Sie ja nur zur Hälfte funktionieren.« Sie trat auf Mutter zu. »Arme Mutter. Haben Sie es endlich herausgefunden – zu spät.«

»Unsinn«, zischte Mutter. »Mutter weiß es am besten. Ich möchte, daß Sie Mrs. Peel freilassen.«

»Gewiß.« Emma sah Vaters häßliches Lächeln. »Aber welche?«

Erschrocken sah Mutter erst die eine, dann die andere an. Emma versuchte ihm zuzuwinken, um ihm zu bedeuten ›Hier bin ich‹, aber ihre Hand gehorchte ihr nicht. Sie hing schlaff über dem Arm der bösen Emma.

Dann brach die Hölle los. Emma strengte sich furchtbar an, um mitzubekommen, was als nächstes passierte. So wie sie es mit ihrem von der bösen Emma herabhängenden Kopf mitbekam, gab Vater Mutter einen Stoß und schlug ihm die Pistole aus der Hand. Mutter schlug zurück, und sie kämpften wie beim Late-night-Wrestling, bis Vater Mutter aus seinem Rollstuhl stieß. Mutter schlug stöhnend auf dem Boden auf und krümmte sich dort, während der Rollstuhl außerhalb seiner Reichweite, auf Automatik gestellt, immerzu im Kreis fuhr. Vater stieß die böse Emma vor sich durch die Tür und folgte ihnen. Emma hörte Vater ironisch sagen: »Heute ist wirklich nicht Mutters Tag«, als sie in irgendein merkwürdiges weißes Zeug hinaustraten. Um sie herum fiel es herab …

Schon Weihnachten? dachte Emma. Ihr schien es, als

wäre gerade erst St.-Swithins-Tag gewesen. Wo war nur die Zeit geblieben …

Der falkenartige Minister mit dem undefinierbaren Akzent, der in Wirklichkeit aus einem der seit kurzem unabhängigen osteuropäischen Länder kam, eilte zur Tür, durch die der verrückte Golfer seinen Abgang gemacht hatte. Verschlossen! Der Minister trommelte mit den Fäusten gegen die Tür. »Wachen! Wachen!« Er stieß seinen einschüchterndsten, polterndsten Schrei aus – den, der gewöhnlich seine Assistenten mit vor Schreck geweiteten Augen herbeieilen ließ.

Keine Reaktion. Er stellte sich vor, wie die paramilitärischen Wächter draußen gefesselt und geknebelt auf dem Boden lagen – oder eher tot, wenn man den Wahnsinn des schottischen Golfers in Betracht zog. Das war absurd – sie waren die Führer der Welt, die Herren des Universums! Und sie waren wie eine Gruppe ungezogener kleiner Jungs in dem Raum eingesperrt!

Aber noch während er sich zornig von der Tür abwandte und quer durch den Raum zu den anderen Türen stürzte, wußte er, daß sie ebenfalls verschlossen sein würden. Wie hatte der Terrorist überhaupt in das Gebäude gelangen können? Der als verwegener Schotte verkleidete Mann hatte der Gruppe amerikanischer Terroristen, die in den siebziger Jahren als ›Wettermänner‹ bekannt gewesen waren, eine ganz neue Bedeutung gegeben. Er erlaubte sich ein spöttisches Lächeln. Was war er doch für ein gewitzter Kerl. Kein Wunder, daß er, Sergej, sich aus der Masse erhoben hatte und zu einer Berühmtheit geworden war.

Jemand würde hierfür bezahlen müssen; dafür würde er sorgen. *Sie*, die mächtigsten Menschen der Welt, wie Dummköpfe aussehen zu lassen!

Verdammt! Auch die andere Tür war verschlossen. Er riß mächtig an den französischen Türklinken, in dem Bewußtsein, daß die anderen ihn beobachteten, *was für ein Held, dieser Sergej Iwanowitsch* ... Von der ungewohnten Anstrengung keuchend, sprintete der Minister mit dem ganzen Elan eines amerikanischen Actionhelden zu dem Telefon an der Wand, so als wäre er im Begriff, sie alle zu retten. An der Tür hatten die Wachen die Handys aller Beteiligten sorgfältig eingesammelt; man war übereingekommen, daß private Anrufe inmitten ihrer kritischen Zusammenkunft aufdringlich und respektlos wären. Er nahm den Hörer ab, hörte aber keinen Ton. Tot.

Während er langsam wieder auflegte, in ungläubiger Verblüffung, daß so etwas an der Schwelle des 21. Jahrhunderts passieren konnte, vergaß er vorübergehend, vor den anderen Ministern seine Tob- und Kraftshow abzuziehen. Statt dessen dachte er an sein Image zu Hause. Sein Land kämpfte sich durch die Post-Flitterwochen-Ära der Unabhängigkeit und ökonomischen Dezentralisierung, und die Menschen wurden allmählich nervös, da die Steigerung ihres Lebensstandards bisher ausgeblieben war. Sie lernten auf die harte Tour, daß die freie Marktwirtschaft ihren Preis kostete. In den vergangenen paar Monaten hatte er oft gespürt, daß er sich nur mit knapper Not halten konnte und kaum noch die Kontrolle besaß. Er hatte die kaum mehr verhüllte Verachtung in den Kommentaren seines Volkes gehört, sogar bei denen, die für ihn arbeiteten.

Zu der Konferenz war Sergej in dem Bewußtsein gekommen, daß sie einen Wendepunkt darstellte: Er mußte die Führung ergreifen, seinem Volk und der Welt zeigen, daß ihre kleine Nation eine Macht war, mit der man rechnen mußte. Wenn er diese Situation nicht in den Griff bekam, würde er es böse bezahlen. Vielleicht würde man ihn sogar umbringen. Es war vor ihm schon anderen so ergangen.

Er hörte eine Geräuschwelle, eine Kreuzung aus Keuchen und Seufzen, und drehte sich zu den anderen Ministern um, die sich langsam dem Aussichtsfenster näherten. Mit gutem Grund: Der schlimmste aller Wirbelstürme hatte draußen zu toben begonnen und blies mit grausiger Wucht Wände des weißen Zeugs vor sich her. Schon häufte sich der Schnee an, anstatt auf dem Pflaster zu schmelzen, wie man es erwartet hätte. Das bedeutete, daß die Temperatur in einem gefährlichen Ausmaß gefallen war.

Der Verrückte hatte es tödlich ernstgemeint. Als Sergej hinüber zum Fenster ging und wie in Trance nach draußen starrte, wußte er, daß sie einen schrecklichen Fehler gemacht hatten, indem sie den Golfer unterschätzten. Und er wußte auch, daß seine Zukunft wirklich sehr düster war. Er hätte noch Glück, wenn er an einen ebenso kalten und verschneiten Ort wie das derzeitige London geschickt würde – vielleicht in die Steppe des äußersten Sibirien, falls sie ihn nicht vorher umbrachten.

Als Steed eintraf, war Emma wieder fort. Im Ministerium heulte durchdringend die Alarmsirene und verstärkte sein Gefühl, daß ein Unheil nahte.

Er stürmte über den Gang zu der Stelle, wo Mutter verletzt auf dem Boden lag.

»Das Dach, Steed. Das Dach!« Mutters Stimme klang schmerzverzerrt.

Steed raste weiter, den Schirm in der Hand, die Melone bei diesem Wetter fest auf den Kopf gedrückt. Er nahm drei Stufen auf einmal und hoffte, daß er nicht zu spät kommen würde. »Im Namen von St. Swithin, möge mit ihr alles in Ordnung sein«, keuchte er, während er alle sechs Treppen hinauflief. Im Lauf der Jahre hatte er gelernt, daß dies schneller ging, als auf Fahrstühle zu warten.

Schließlich tauchte er um Atem ringend auf dem Ministeriumsdach auf. Es war dunkel, eiskalt und schneite heftig. Ein grausamer Wind fegte den Schnee mit hoher Geschwindigkeit heran und stach ihm ins Gesicht. Stolpernd kam er zum Stehen und sah auf dem Dach umher.

Blinzelnd entdeckte er in einiger Entfernung auf dem Dach eine seltsame Erscheinung im Wirbelsturm. Was ...? Aus Nebel und Schnee tauchte eine zwiebelartige Form auf, die offensichtlich aus Seide bestand und sich wie ein Jules-Verne-Monster in der Luft blähte. Steed erkannte Gaszellen und Behälter mit Flüssigsauerstoff ... und dann fiel bei ihm der Groschen. Das war ein aufgemotzter Hightech-Wetterballon. Zweifellos auch von Prospero entwendet. Steed raste, so schnell er konnte, darauf los.

Im Näherkommen erblickte er Vater, die fluchtbereit im Cockpit saß. Sie hörte, wie er herbeigerannt kam, und rief: »Mehr Glück beim nächsten Mal, Steed!«, wobei der Ballon zischend und mit eindrucksvoller Geschwindigkeit abhob. Steed machte einen Satz nach vorn; beinahe berührte er noch die glänzende Seide mit den Fingerspitzen, aber sie war etwas zu weit entfernt. Verdammt! Und Emma war sicher irgendwo in diesem Ballon ...

Er rannte zur Dachkante, fand dort aber keinen Ausgang. Dann lief er zur Feuerleiter, kletterte über die vereisten Stufen hinunter, fünf Stockwerke über der Straße. Große Höhen waren beim Agententraining nie seine Stärke gewesen ... aber er hatte jetzt keine Zeit zu zaudern. Steed nahm seinen Schirm zwischen die Zähne und kletterte zur Straße hinunter, Schritt für eisigen Schritt.

Als die böse Emma sie durch die Tür schwang, traf die kalte Luft Emma wie eine Ohrfeige. Ihr Kopf wurde klar, und sie wußte, daß sie etwas unternehmen mußte. Vor sich sah sie einen riesigen weißen Ballon, ähnlich einem Wetterballon, aus dessen Brenner Flammen schossen.

Die böse Emma, die sie immer noch trug, rannte auf den Ballon zu. *Carpe diem,* sagte sich Emma und kickte ihre Füße nach unten, so daß die böse Emma sie nicht packen konnte. Dann drehte sie sich herum und versetzte dem Hals ihrer Namensvetterin einen Karateschlag, der es in sich hatte.

Die böse Emma taumelte und stolperte von ihr fort, aber Emma sah, daß sie sich vor Rachegelüsten verzehrte. Emma hatte kaum selbst ihr Gleichgewicht wiedergefunden, als die böse Emma einen eindrucksvollen Salto ausführte und dabei mit ihren riesigen Füßen nach ihr zielte. Sahen ihre eigenen Füße auch so groß aus, oder war das eine Veränderung – eine Verbesserung gegenüber dem Original –, die Sir August vorgenommen hatte? Sie konnte nicht umhin, sich das zu fragen.

Emma, deren Reflexe durch Vaters Giftgasattacke in der Zelle verlangsamt waren, reagierte erst, als es zu spät war. Der Schlag traf sie direkt unter dem Kinn und schleuderte sie gegen die Dachkante zurück.

Nicht schon wieder! dachte Emma, als die böse Emma sie auf das schneebedeckte, rutschige Dach drückte, wobei ihr Kopf und die Schultern über der Horseguards Avenue im Leeren hingen. *Schade, daß ich keine Zeit habe, den Anblick zu genießen,* dachte Emma, bevor sie ernsthaft zu kämpfen begann.

Mit den Händen schlug sie auf die bionische Frau ein, aber die böse Emma widerstand dem mühelos. *Mehr,* dachte Emma. *Ich muß mehr …*

Sie wand ihren Hals, bis sie mit dem Mund an den Arm der bösen Emma kam, dem, der sie gegen das Dach drückte. Sie biß kräftig zu, wich aber zurück, als sie auf Metall traf. *Iiiieeeh*, dachte sie. *Werde das mit einem halbbionischen Klon nicht noch mal versuchen*.

Ernsthaft beunruhigt und um Atem ringend nahm Emma all ihre Kraft für den großen Kick zusammen. Eins ... zwei ... drei ... sie schwang ihre Beine hoch, umschlang mit ihnen die muskulösen Seiten der bösen Emma und trat mit ihrer ganzen Kraft gegen deren Körper. Es klappte. Die böse Emma hatte nicht mit einem so wirkungsvollen Gegenschlag gerechnet und wurde auf das rutschige Dach zurückgeworfen.

Aber die böse Emma war eine Kampfmaschine. Und sie war gerade menschlich genug, um jetzt wirklich wütend zu sein, erkannte Emma. In ihren Augen blitzte die gleiche unheimliche Drohung auf, die Emma schon vorher gesehen hatte. Viel zu oft eigentlich.

Als sie die böse Emma mit beunruhigender Geschwindigkeit auf sich zustürmen sah, bewegte sich Emma von der Dachkante weg. Sie wich einem Tritt gegen ihren Kopf aus, dann wurde sie am Solarplexus getroffen. Taumelnd und keuchend wehrte sie sich, so gut sie konnte, bis die böse Emma ihr einen wirklich garstigen Tritt gegen das Bein versetzte. Emma knickte ein und sank auf das Dach. Sie spürte, wie ihr böser Zwilling sie in einer tödlichen Umarmung packte und ihr das bißchen Luft, das sie hatte einatmen können, abdrückte.

»Uuuuff!« Schon halb in der Erwartung, wie von einer Boa constrictor zu Tode gequetscht zu werden, wappnete sich Emma für das Schlimmste. Sie war überrascht, als die böse Emma sie sich plötzlich unter einen Arm packte und wie wild auf den Wetterballon zulief, wobei ihr Tempo durch ihre Last offenbar nicht im geringsten verlangsamt wurde.

Eine Strickleiter schaukelte gefährlich, vom Ballon zwanzig Meter in die Tiefe.

Nein, dachte Emma. *Doch sicher nicht das*. Als sie sich

umdrehte, sah sie, daß Vater die Strickleiter einzog und flammendes Gas in den Ballon schoß.

Endlich, dachte Steed, als er von der letzten Stufe der verdammten Feuerleiter auf festen Boden sprang. Mit steifen Fingern zupfte er sich den Schirm aus dem Mund und bewegte seinen Kiefer. »Gott sei Dank ist das geschafft«, murmelte er und sah zu dem geisterhaften Ballon auf.

»Du lieber Himmel!« rief er, leicht beunruhigt angesichts der zwei winzigen Emmas, die von etwas herabhingen, das wie ein mit dem Ballon verbundener Faden wirkte. Die Strickleiter wurde in den Ballon gezogen. Wäre er doch nur auf dem verdammten Dach *geblieben* …

Während der Ballon über die Stadt trieb, rannte Steed unten hinter ihm her, wobei er ohne Rücksicht auf seine Schuhe durch das Schneetreiben stapfte. Es war das erste Mal, daß er so etwas tat. Trubshaw würde das nicht gutheißen.

Im Himmel über London wurde Emma – allem Anschein nach mühelos – von der bösen Emma in den Ballon gezogen. Als sie dort schließlich angekommen war, befreite sich Emma aus dem Griff der Frau. Flammen loderten neben ihnen und speisten den Ballon mit ihrem Atem aus heißer Luft. Der weiße Ballonstoff bauschte sich um sie herum, als wären sie in einer riesigen Wolke. *Eindeutig Kumulus,* dachte Emma, bevor die böse Emma einen Satz machte und Emma wie ein Schraubstock in die Zange nahm. Mit allem, was ihr zur Verfügung stand, drückte Emma gegen ihre Nemesis; dennoch zwang die böse Emma sie immer näher an die Flammen. Heftig kämpfend spürte sie deren Hitze an ihrem Hinterkopf und fragte sich, ob ihre Haare bereits Feuer gefangen hatten …

Aaaahh! Emma gewann einige Zentimeter, wußte aber, daß sie sich mehr anstrengen mußte. Verzweifelt löste sie eine Hand von der bösen Emma und tastete hinter ihrem Rücken nach dem Gaszufuhrhebel. Vor ein paar Augenblicken hatte sie ihn gesehen ... Mit nervös wedelnder Hand fand sie ihn und schnippte gegen den Schalter.

Wuuusssch! Gas entwich aus dem Tank, und Emma wußte, daß sie damit wahrscheinlich ihr eigenes Schicksal besiegelt hatte. Aber wenigstens hätte sie die Erde dann von zwei unerhörten Bösewichtern befreit.

»Sie Dummkopf!« schrie Vater von der Kontrolltafel her. Sie kochte vor Wut, als die merkte, daß der Ballon Luft verlor.

Auf dem Kanister entdeckte Emma eine Aufschrift: ›Flüssigsauerstoff – Gefährlich‹. Die Nadel auf seiner Druckanzeige stieg ständig, dann bewegte sie sich zitternd aus der Skala heraus und in die rote Gefahrenzone hinüber. Vater kam mit teuflischer Intensität auf sie zu. Emma wich langsam zurück und fand sich mit der Möglichkeit ab, daß dies das Ende sein könnte.

Kapitel 21

Ertrunken, arme Seelen!
Der Sturm, *William Shakespeare*

Von unten sah Steed angstvoll zu, wie aus dem Ballon offenbar Luft abgelassen wurde und er ungefähr über Scotland Yard vom Kurs abkam. Dann beschleunigte er wieder, wenngleich Steed nicht erraten konnte, wodurch. Der Ballon raste in den peitschenden Wirbelsturm über der schneebedeckten Stadt, hoch genug, um die Gebäude zu passieren, nicht jedoch, wie Steed beklommen erkannte, hoch genug, um in der Charing Cross Road an einer massiven Reklametafel von Wunderland Wetter vorbeizukommen.

»Welch ironische Wendung«, schimpfte Steed, der sich zu Fuß zu der Reklametafel begab. Während er atemlos lief, sah er, wie sich der Ballon über ihm der bedrohlichen Reklame immer mehr näherte. Dann nahm er noch etwas sehr viel Beängstigenderes wahr. Jeder Muskel in seinem Körper spannte sich, als plötzlich Vater und Emma miteinander kämpften und Vater versuchte, Emma über Bord zu werfen.

In äußerster Spannung blieb Steed im Schnee stehen, als die böse Emma ins Spiel kam. Er beobachtete, wie sie sich unter Emma beugte, sie hochhob, als wäre sie eine Gliederpuppe, und einfach … hinaus in die Luft stieß.

Zum ersten Mal in seinem Leben klappte Steed der Mund auf. Mit nutzlos ausgestreckten Armen rannte er, den Blick auf die herabfallende Emma gerichtet. Er konnte sie nicht auffangen, er wußte, daß er es nicht konnte, und dennoch mußte er … Aus dem Augenwinkel sah er, wie die Elektrik des bunten Wunderland-Wetter-Schildes zischte und blinkte. ›FRÜHER ALS SIE GLAUBEN!‹ gellte die Reklametafel in großen orangefarbenen Buchstaben.

Zu wahr, dachte Steed. *Zu wahr.*

Der Ballon begann tatsächlich zu steigen, bevor er auf die Reklametafel traf, aber er schaffte es nicht. Steed sah nicht richtig hin, da sein Blick auf Emma gerichtet war, aber niemandem in London blieb der riesige Feuerball aus Flüssigsauerstoff, Gas und Strom verborgen.

Die Stadt erhellte sich, und in ihrem Aufleuchten wurde Emma rot reflektiert. Steed schien es, als falle sie in Zeitlupe, mit ausgestreckten Gliedmaßen. Sein Gesicht war eine Maske des Entsetzens. Als letztes sah er von ihr, daß sie ein wenig nordöstlich von ihm war, doch er wußte nicht genau, wo sie zu Boden stürzen würde. Als sie seinem Blick entschwand, schloß er die Augen.

»Oberlippe nicht zittern lassen, Steed«, ermahnte er sich. Trotzdem liefen ihm Tränen über das Gesicht, und er sprintete sofort hinter ihr her. Wenn sie durch irgendein Wunder noch am Leben wäre, würde er nie mehr zulassen, daß irgend etwas sie noch einmal bedrohte … Im Laufen sah er das brennende Ballonwrack wie ein besiegtes Monster über sich hängen. Kabel hingen aus der Reklametafel, Funken sprühten, und die Elektrik zischte, wenn Schneeflocken auftrafen.

Dann erhellte sich der Himmel, und Steed bedeckte sich die Ohren, als eine riesige zweite Explosion wie ein Feuerwerksblitz aufschien und zum letztenmal den Slogan von Wunderland Wetter aufleuchten ließ.

Steed war so nahe, daß der heiße Stoß der Schockwelle ihn gegen eine Mülltonne und zu Boden warf. Er kämpfte sich auf die Füße und rannte durch den tiefen Schnee. Dabei hielt er seine Uhr mit dem Empfänger für Emmas Mikrosender in der Hand. Der führte ihn zu Trafalgar Square. Ein umgefallener Doppeldeckerbus blockierte ihm den Weg; er kletterte darüber und glitt an der anderen Seite hinunter. Durch den Schnee kämpfte er sich voran auf den leeren Trafalgar Square. Keine Emma.

Verzweifelt um sich blickend, sah er nur die zum Himmel aufragende Nelson-Säule und die Löwenstatuen. Aber halt – das Piepen hatte sich beschleunigt, als er auf die Löwen zulief. Er konnte Emma nicht sehen, doch sie war ganz in der Nähe. Halb fürchtete er ihren zerschmetterten Körper zu finden, aber er wußte, er mußte zu ihr.

Steed schritt weiter auf die gigantischen Schneemassen zu, die sich um die Löwenstatuen angehäuft hatten, und erkannte eine vertraute Figur, die zwischen den Pfoten eines der Biester lag. In den ausgestreckten Löwenpfoten hatte sich ein guter Meter Schnee angesammelt, ein Bett für Emma. Mit einem Satz sprang er zu ihr hin und schrie beim Anblick ihrer ausgestreckten Glieder und des vor Kälte und Tod weißen Gesichtes auf. Sie war für immer fort … dem Schnee übergeben.

Als er nach ihr griff, flatterten ihre Augenlider. Lächelnd sah sie ihn an. »Der Märchenprinz, vermutlich.« Sie klang nur eine Spur zittrig, und er traute seiner Stimme keine Antwort zu, also hob er sie sanft auf und trug sie sicher hinunter auf den Boden.

Steed räusperte sich und wischte sich einige – öhm – geschmolzene Schneeflocken von den Wangen. »Kaum«, sagte er mit einem Blick in ihre Augen. »Ein Mikrosender, der in Ihren Stiefeln versteckt war, Mrs. Peel.«

»Danke, Trubshaw.«

Steed huschte aufgeregt um Emma herum, strich den Schnee von ihr herunter und rieb ihre Arme, damit sie warm würden.

»Wie fühlen Sie sich?« fragte er besorgt.

»Nichts gebrochen«, sagte sie leichthin, wenngleich er merkte, daß sie ein Bein nicht zu belasten versuchte. Argwöhnisch betrachtete er sie.

»Und die *andere* Mrs. Peel?« Fast wünschte er sich, nicht daran gedacht zu haben. Plötzlich sah er sie mit verhohlenem Mißtrauen an. War dies wirklich seine Emma? Sorgfältig studierte er ihre Augen und erblickte den tänzelnden Funken von Wärme und Humor, auf den er sich mittlerweile verließ.

»Erledigt, glaube ich«, antwortete sie. »Traurig, in gewisser Weise ...«

»Na ja, ich weiß nicht.«

Entschlossen, der Schneenacht zu entkommen, liefen sie weiter. Beide hatten sie seit geraumer Zeit gezittert. Aber Steed konnte nicht umhin, Emma verwundert anzusehen ...

»Ja?« fragte Emma schließlich und blieb stehen.

»Ich kann sie nicht ganz aus meinem Kopf bekommen«, sagte er entschuldigend. »Ich habe nur gerade gedacht ...« Ohne Vorwarnung, die seiner Ansicht nach in solchen Situationen den Kampf immer schon zur Hälfte entschied, zog er sie an sich und küßte sie voll auf den Mund. Im fallenden Schnee blieben sie aneinander geschmiegt stehen und knutschten richtig und wahrhaftig herum. Sie genossen es, verwöhnten sich damit, kamen nicht dagegen an – bis Steed sich löste.

Emma starrte ihn an. »Wenn ich mich nicht sehr täusche, war das ein Kuß, Steed.«

»Ja ... rein technisch.«

»Technisch?«

»Mrs. Peel, Sie erstaunen mich. Sie werden doch sicher wissen, daß ich mir *niemals* anmaßen würde ... Mehr im Sinne einer wissenschaftlichen Untersuchung. Beweismaterial sozusagen.«

»Mmm. Das war mir sofort klar.«

»Natürlich. Ich brauchte den Beweis, daß Sie wirklich Mrs. Peel sind.«

Emma nickte vernünftig. »Verstehe. Und ... überzeugt?«

»Überlege immer noch ...« Aus dem Augenwinkel sah er sie im Weitergehen an.

»Was überlegen Sie?«

»Daß ich meine Oberlippe nicht zittern lassen darf.«

Emma schob ihren Arm unter seinen, als sie durch den Schneesturm von Trafalgar Square in Richtung Whitehall und Ministerium aufbrachen.

Sergej starrte aus dem Aussichtsfenster, atemlos angesichts der Katastrophe. Sie hatten nicht verhindert, daß sie nun die gesamte Welt heimsuchte. Alle Minister klebten an der Scheibe und betrachteten die unglaubliche Ansicht von London, das durch einen Schneefall lahmgelegt war, der normalerweise nur hohe Bergpässe ereilte. Viele Minister zitterten vor Kälte; niemand war da, der die Temperatur in dem großen Konferenzsaal hochgestellt hätte.

Ausnahmsweise war Sergej froh über seine riesigen Fettreserven. Die Lektionen seines Volkes während zahlloser Hungersnöte hatten ihm gute Dienste geleistet. Aber er sehnte sich allmählich nach einem Drink – er konnte mittlerweile einen Stoli gebrauchen. Seit seinem Muntermacher vor dem Frühstück waren Stunden vergangen.

Er stand vorn in der Menge und spürte, wie die Kälte durch das Fenster drang. Die roten Busse, die früher am Tag ihre Fahrt eingestellt hatten, lagen nun unter Schnee begraben, der sich immer noch in erschreckendem Ausmaß vermehrte. Er vermutete, daß sogar die Tür zum Ministeriumsgebäude mittlerweile zugeschneit sein mußte. Die Straßen waren vollkommen versperrt; Notfallwagen waren nutzlos. Wenn einer von ihnen jetzt vor Streß einen Herzanfall bekäme, würde kein Krankenwagen kommen.

Ein Gefühl der Hilflosigkeit überkam ihn. Er war hier infolge der britischen Höflichkeit gefangen; daheim trug er normalerweise jederzeit eine Waffe. Wenn er hier nur seine Pistole hätte, so hätte er schon vor langem die Tür entzwei schießen, Hilfe holen und sie alle retten können. Nun saßen sie hier bis zum Ende fest. Und niemandem schien dies aufzufallen ...

Brenda spürte jedesmal einen Schauder, wenn Mutter über den heißen Draht mit dem Premierminister sprach. Und Downing Street war nur ein paar Straßen entfernt ... in solchen Augenblicken hatte sie den Eindruck, daß sie praktisch die Hand ausstrecken und ihn berühren konnte. Brenda kümmerte sich um die anderen Telefone, während sie durch Mutters offene Tür mit einem Ohr dem Gespräch folgte.

Mutter sagte: »Ja, ich weiß, Sir. Die Stadt ist lahmgelegt. Als Geisel genommen. Ja, Sir, haben wir. Eine dichte Wolkenformation bewegt sich nordöstlich, Sir. Eine Art Radiosender.«

Brenda wartete, während der Premierminister sprach, und seufzte bei dem Gedanken an John. Sie hoffte, daß es ihm gutging ... Oh, wenn sie an den Tag dachte, an dem er hereinkommen und sich Hals über Kopf in sie verlieben würde! *Möglich wäre es,* sagte sie sich.

»Natürlich haben wir alles unter Kontrolle, Sir ...« Mutter hörte wieder einen Augenblick zu und zuckte zusammen. »Na ja, nicht *ganz* unter Kontrolle, aber ...« Er rieb sich mit seiner freien Hand die Augen. »Ja, Sir. Verstehe, Sir. Ein Mann ... und eine Frau, Sir.«

Nachdem er eingehängt hatte, brachte Brenda ihm Tee mit Milch und Zucker. Die Art, wie Mutter den

Kopf in die Hände stützte, zeigte ihr, daß sie ihn besser nicht ansprach. Sie stellte den dampfenden Becher aus der National-Trust-Töpferei mit dem Zitat von Winston Churchill darauf ab – »Ein Tag, den man nicht in Chartwell verbringt, ist ein verlorener Tag« – und ging leise hinaus.

Weiterhin fiel gnadenlos Schnee über London. Er verstopfte und erstickte die Stadt. Sogar der Buckingham-Palast war eingeschneit. Aber nicht weit vom Palast entfernt, wo die Königin unter Schneewehen zum Verweilen gezwungen war, gab es eine rätselhafte Anomalie: die Serpentine-Insel. Der träge Paddelbootsee inmitten von Hyde Park war um die Insel herum nicht zugefroren, und die Insel selbst war völlig schneefrei. Tatsächlich sah sie eher wie ein tropischer Dschungel aus. Als Reaktion auf eine dampfende Ansammlung von Mikroklimastrukturen, die ausschließlich über der Insel kreisten, war schweres Dickicht aus dem Boden geschossen.

Aber das war an diesem Abend nicht das einzig Ungewöhnliche an der Serpentine-Insel. Wenn es nicht dunkel, das Bootshaus und das Restaurant nicht geschlossen gewesen und jeder zu Hause geblieben wäre, um sich warm zu halten, hätten die verblüfften Bootsfahrer etwas aus dem Wasser auftauchen sehen. ›Alien auf Serpentine gesichtet!‹ hätte die riesige, schreierische Schlagzeile der *News Express* gelautet.

Denn zwei unmenschliche weiße Hülsen trieben auf dem eisigen Wasser. In dem Dunst aus Nebel und weißen Schneeflocken blubberten und trieben sie langsam immer näher zur Insel. Die vollkommenen weißen Kugeln hätten ein Anzeichen dafür sein können, daß die Wesen von einer überlegenen Zivilisation stammten.

Als sie schließlich gegen das Ufer stießen, hätte jeder Beobachter erkannt, daß die Kugeln in Wirklichkeit mannsgroß waren. Ihre makellose Oberfläche brach auf; Schlitze wurden sichtbar. Dann – unglaublich – schienen Wesen aus den Eiern zu schlüpfen. Von innen vernahm man das Geräusch von sich öffnenden Reißverschlüssen, und die Eierschalen blätterten zur Seite, um – eine entschieden überlegene Zivilisation freizugeben.

Denn die Bewohner, Emma Peel und John Steed, waren Briten.

Trotz ihrer überlegenen Intelligenz wußten sie nicht, daß tief im Inneren der dunklen Insel ein mechanischer Pfau sein Rad schlug und dabei jede Bewegung fotografierte.

»Ein Spaziergang im Park?« fragte Steed Mrs. Peel. Emma stellte fest, daß er in einem frisch gebügelten Anzug, mit der unvermeidlichen Melone, dem Schirm und – da er, wie er sagte, glücklich war – einer roten Rose im Revers wie aus dem Ei gepellt aussah.

»Wie hübsch«, antwortete sie. In einer weniger traditionellen Kleidung, nämlich ihrem bevorzugten schwarzen Ledereinteiler, und den Trubshaw-Stiefeln war Emma bereit, aktiv zu werden. Es war keine Zeit zu verlieren.

Aus einer Innentasche seiner Jacke zog Steed die SCHIRM-Karte hervor. »Eine Insel im Serpentine-See«, seufzte er. »Laut Colonel Jones ist das eine Karte geheimer Einrichtungen des Ministeriums. Vor vielen Jahren verkauft an …«

»Wunderland Wetter, möchte ich wetten.«

»Genau.« Steed strich sein Revers glatt und befestigte die Rose.

Emma sah ihn ungläubig an. Wie konnte er nur ein solches Theater um seine Kleidung machen? »Ich glaube wirklich, wir sollten gehen. Macht es Ihnen was aus?«

Er sah sie zerstreut an. »Nein, ganz und gar nicht,

Mrs. Peel.« Mit seiner Schirmspitze stach er in die beiden weißen Hülsen, aus denen die Luft entwich und die kooperativ als kleine weiße Stoffhäufchen auf den Boden sackten. »Nach Ihnen.«

»Nein, nach Ihnen.«

Wie Livingstone und Stanley krochen sie durch das dichte Dschungelunterholz und schlängelten sich durch verschlungene Ranken und Lianen. Man konnte auch auf der Insel Ausläufer des Wirbelsturms spüren, der hier in dem tropischen Mikroklima allerdings ein warmer Zephir war. In beängstigenden Salven fuhr er durch die üppige Vegetation und rief huschende Schatten hervor. Mehr als einmal hatte Emma das Gefühl, daß sie nicht allein waren.

»Ein hübsches Wetter für einen Waldspaziergang.« Emma sah, daß Steed plötzlich stehenblieb und sich dann hinter einem hohen Busch versteckte. Sie tat es ihm nach.

»Irgend etwas ist vor uns«, flüsterte er. »Wie kommen Sie mit Tieren zurecht?«

»Zweibeiner oder Vierbeiner?«

»Wenn ich das wüßte.«

Steed und Emma spürten etwas direkt vor ihnen und bewegten sich vorsichtig zentimeterweise voran. Schließlich bog Emma die Zweige und Ranken auseinander und stieß auf einen fast zwei Meter großen, bewegungslosen rosafarbenen Teddybär. Wahrscheinlich war der Teddy tot, sie kannten ja Sir August. Steed eilte zu dem Bären und kniete sich neben ihn, während Emma den rosa Plüschkopf abzog.

»Oje, armer Teddy«, sagte Steed.

»Ich kannte ihn, Steed.« Emma betrachtete das Gesicht des Mannes. »Penrose ... verantwortlich für die Antimateriespaltung bei Prospero.«

»Die Teddybären machen wohl gerade ein Picknick. Es wird wärmer, Mrs. Peel.«

Emma und Steed drangen tiefer in den Wald. Steed sagte: »Ich muß sagen, mir gefällt es hier nicht besonders.«

»Ich weiß, was Sie meinen«, sagte Emma. Sie hatte eine düstere Vorahnung, ein Gefühl, als wäre etwas Böses im Gange ...

Sie bogen die Büsche zur Seite und sahen nicht einen, sondern noch zwei weitere Bären. Türkis und lila. Tot. Emma kniete sich über die felligen Körper und hob die Masken, während Steed Wache hielt. Um sie herum glänzte unheimlich der Wald, und der Wind in den Bäumen brachte fremdartige harmonische Akkorde hervor.

»Professor Pemberton«, sagte Emma. »Und Dr. Nesbitt. Die Spur wird deutlicher, wirklich sehr warm.«

»Und noch wärmer, Mrs. Peel. ›Oh, schöne neue Welt, die solche Wesen trägt ...‹«

Steed zeigte auf den Wald vor ihnen, als wüßte er, was sich dort befand. Emma sah zurück und erblickte eine Spur aus Teddybärleichen.

»Hmm – etwas *zu* warm.« Emma trennte sich von Steed, um die Spur zu untersuchen. Grün, scharlachrot, malvenfarben ... und ein immenser Verlust für die Welt der Wissenschaft, dachte sie. Eine Tragödie. Sie kniete sich hin, um das Kopffell des ihr am nächsten liegenden Bären abzuziehen, dann nahm sie etwas zwischen den Bäumen wahr, nicht weit von ihr. Sie hörte ein Geräusch und stand auf, fuhr herum und sah sich mit einer äußerst störenden Entwicklung konfrontiert.

Die rasiermesserscharfe, spitze Klinge eines bekannten Silberstabs pikte gegen ihren Hals. Da die dahinjagenden Wolken gerade den Mond freigaben, sah sie – Sir August de Wynter. Seine wahnsinnigen Augen glänzten, nachdem er reihenweise Teddybären hingerichtet hatte.

»Pscht.« Er hielt die Klinge so gegen ihren Hals, daß

sie das Stechen spürte. »Ich könnte Sie in einem Augenblick auslöschen.«

Emma spürte einen bösen Drang, ihn zu ärgern. »Wirklich? Was für eine Überraschung. Immer Ärger beim Picknick der Teddybären … Hätte ich wissen sollen.« Sie lächelte. »Sollen wir tanzen?«

»Nein«, knurrte er. »Jetzt nicht. Zu spät dafür.«

»Wirklich?« fragte sie überrascht. »Ich dachte, Sie tanzen gern. Wie konnten Sie das vergessen? ›August ist ein hübscher Monat, hübscher geht es nicht. Nun ist es Winter, kälter geht es nicht …‹«

Herausfordernd griff Emma nach dem Stab, aber Sir August konterte, indem er ihr seinen Stab quer über den Rücken legte. Er zog sie zu sich, bis sie Auge in Auge waren.

»Dummes Mädchen«, sagte er. »Sehen Sie« – er fing eine verirrte Schneeflocke mit der Hand auf und hielt sie ihr hin. Sie war perfekt, wunderschön in ihrer Symmetrie und Komplexität.

»So schön, so tödlich. Dieser Wirbelsturm wird Ihr Grab sein. Welcher Sarg wäre wohl erlesener?« Er blies die Schneeflocke zu ihr. »Irgendein letzter Wunsch?«

Sie sah ihn aus verengten Augen an. »Nun, da Sie fragen – es gab da einen Punkt, über den ich Klarheit haben wollte …« Sie wußte, daß er wußte, daß sie sich nach ihrem kleinen Tête-à-tête im Spiegelsaal erkundigte. Es hatte sie jedesmal gequält, wenn sie ihren Einteiler an- oder ausgezogen hatte; denn als sie nach der Liebesmischung auf dem Samtdiwan wieder zu sich gekommen war, war ihr Anzug vollkommen geöffnet gewesen. Sie mußte wissen, ob sie kompromittiert worden war.

»Das?« fragte er überrumpelt. Dann sah er sie absichtlich ausdruckslos an. *Natürlich,* dachte Emma. *Er weiß, daß er diese Macht über mich hat.* Sie sah, daß Wut in ihm aufstieg. Er führte die Klinge um sie herum und

drückte sie gegen ihre Wange. Sie konnte die scharfe Spitze spüren. *So, so,* dachte sie. *Er ist über etwas wütend. Ich wette, er ist nie dazu gekommen …*

Sie drehte ihren Kopf von der rasiermesserscharfen Spitze weg und sah, daß er wankend wurde. Dann tauchte in seinen gefährlich psychotischen Augen eine Idee auf; sie konnte sie lesen. Er würde sie nicht töten; er würde sie in der Qual leben lassen, nie genau zu wissen, was an jenem Tag geschehen war. Das würde sie sich ewig fragen.

»Emma, Liebste …« Er lachte kurz. »Sie werden es nie erfahren.«

Als er sie losließ, hörte sie ein Rauschen in den Blättern. Sie fuhr herum; er war fort. Verschwunden. Wie schaffte er es, so zu verschwinden? Während sie ihn vergeblich im Nebelschleier suchte, sah sie Steed, der aus der Dunkelheit auftauchte.

Zu ihrer großen Zufriedenheit hörte sie die Worte, nach denen sie sich gesehnt hatte: »Sie werden gebraucht, Mrs. Peel.«

Kapitel 22

Zeusblitze, Boten
Brüllenden Donnerkrachs, warn blickflüchtig
Schnell-zuckender niemals. Feuer und Schlag
Vom Schwefelknall …
Der Sturm, *William Shakespeare*

Genau auf dem Mittelpunkt der Insel schob Steed Emma in eine Telefonzelle und quetschte auch sich selbst noch hinein. Er nahm den Duft ihrer Haare – sie benutzte irgendein Kräutershampoo – und des Leders ihres Einteilers wahr. Der Anzug war so sinnlich, so verführerisch … er wunderte sich, daß sie darin durch die Londoner Straßen gehen konnte, ohne von der Menge angefallen zu werden. Eines Tages, so hoffte er, würde er Gelegenheit haben, mit seinen Hände über die gesamte Länge ihres langen Beines zu streichen, von Trubshaws Stiefelspitze bis zur Innenseite des Oberschenkels, bis an die Naht, wo …

Sie betrachtete ihn, als er den Hörer aufnahm. »Entschuldigen Sie«, sagte er, und hoffte völlig gelassen zu klingen. »Das Inventar muß etwas gerichtet werden.«

»Hoffentlich nichts kaputt?« fragte sie schelmisch. Sie konnte erbarmungslos sein, fand er.

Er fuchtelte mit seinem Schirm vor sich herum und sagte entschuldigend: »Mein *Schirm,* Mrs. Peel. Ziemlich eng hier.«

»Erlauben Sie«, sagte Emma. Steed erlebte einen Augenblick panischen Entzückens, als er sich fragte, was sie vorhatte, dann hörte er sie in den Hörer sprechen. »Was nun, braune Kuh? Der schnelle braune Fuchs sprang über den trägen Hund.« Sie drückte auf die ›B‹-Taste, und der Boden senkte sich. Gemeinsam fuhren sie hinunter. Steed wünschte sich sehnsüchtig, daß die Fahrt immer und immer so weiterginge. Er war nicht besonders scharf darauf, das Hauptquartier des unheimlichen SCHIRM zu betreten – nicht, wenn er sich der Nähe von Mrs. Peel erfreuen konnte. Wer wußte, was sie unten erwartete?

Kampfbereit gelangten sie aus der Dunkelheit in einen hellen, leeren weißen Raum. Die Decke war so niedrig, daß Steeds Melone nur um Haaresbreite daran vorbeistrich. Der Ort war völlig verlassen, kein Alarm oder sonst etwas. Steed sah stirnrunzelnd zu Emma. Nur seine Schuhe waren zu hören, als er in eine Halle voranging. Emma folgte ihm, wobei auch ihre Stiefel auf der glatten weißen Oberfläche klapperten.

Plötzlich hielt Steed an und bedeutete ihr stehenzubleiben. Sie lauschten: völlige Stille. *Klack-klack-klack,* machten ihre Schuhe, als sie wieder weitergingen. Sie wechselten wachsame Blicke, als sich die Perspektive änderte. Fast wie in Hallucinogen Hall, dachte Steed. Sie betraten einen Bereich, der wie ein riesiger, neoklassischer Autoparkplatz wirkte. Leer. Weiß. *Ziemlich rätselhaft,* fand Steed. *Entschieden bedrohlich.*

Vor sich sahen sie eine Säule, die einen klaustrophobischen Durchgang stützte. *Klack-klack-klack* ... Der Widerhall ihrer Schuhe auf dem Boden blieb das einzige Geräusch. Bis plötzlich aus dem Nichts ein Telefon klingelte und beide mit seinem kurzen Doppelläuten erschreckte. Auf der Suche nach dem Telefon wandte sich Steed um. Emma trat zu ihm. Schon wieder veränderte sich die Perspektive. *Ganz klar die Cityversion von Hallucinogen Hall,* dachte Steed.

In einem engen Gang erstreckte sich vor ihnen bis ins Unendliche eine Reihe makelloser dorischer Säulen. Die Decke war unangenehm niedrig; Steed fand sie ziemlich bedrückend. Er glaubte zu spüren, daß Emma an seiner Seite sich in dem engen Raum ebenfalls unwohl fühlte.

Irgendwo klingelte weiterhin das Telefon und hallte

hohl durch den niedrigen Gang. Steed suchte mit Emma hinter jeder einzelnen Säule, bis er schließlich hinter einer ein altes Bakelit-Telefon sah. Er hob ab.

»Hallo? Hallo?« Während er lauschte, wurde aufgelegt. Er hängte ein und lief weiter, als hätte er gerade nur die Zeitansage angerufen. »Verwählt«, sagte er über die Schulter zu Emma.

Sie gingen die lange Promenade entlang, wobei ihre Schritte in dem höhlenhaften Raum widerhallten. Steed machte es Freude, neben Emma in freundschaftlichem Schweigen zu laufen, so als würden sie sich schon ewig kennen. Manchmal kam es ihm wirklich so vor. Sie war alles, was er in seinen Träumen je von einer Frau erwartet hatte, und noch mehr. Die vielen Nächte, in denen er von ihr geträumt hatte, ohne ihr Gesicht oder ihren Namen zu kennen, nur ihre furchtlose Art … Doch es war nicht vernünftig, sich weiter diesen Gedanken hinzugeben. Er hielt seinen Blick sorgfältig vor sich gerichtet, von ihr abgewandt.

In der Ferne sah Steed etwas, das ein Fenster zu sein schien … eine Glaswand. Je näher er und Emma herankamen, desto größer wurde sie. *Halt,* dachte Steed. Nicht eine, sondern zwei … drei … nein, eine ganze Glas*struktur*. Sie bogen um eine Ecke, und Steed war dankbar, das Ende der Promenade erreicht zu haben.

Was vor ihnen aufragte, war kein Fenster, nicht einmal eine Fensterreihe. Es war eine riesige gläserne Kuppel, die einen hohen Raum ausfüllte, einen weiteren riesigen weißen Raum – diesmal mit einer wirklich sehr hohen Decke. Steed und Emma traten heran, um ihn zu betrachten. Steed konnte nicht erkennen, was sich hinter der Kuppel befand, doch wie er bemerkte, war die Neigung so sanft, daß sie darüber laufen konnten.

»Müßte zur Kontrollkapsel führen«, flüsterte Emma. »Die Antimaterieschaltkreise werden ganz in der Nähe sein.«

»Ich wüßte nicht, wo ich anfangen sollte«, sagte Steed und sah sich verloren um. »Bei Ihnen klingt es so einfach.«

Emma warf ihm über die Schulter einen überlegenen Blick zu. »Ich habe es schließlich entworfen.«

Ach ja, richtig, dachte Steed. *Punkt für sie.* Er rettete, was von seiner Selbstachtung übriggeblieben war, indem er auf der Kuppel die Führung übernahm, wobei er vorsichtige Schritte auf dem Glas machte. Auf der kristallenen Oberfläche waren ihre Schritte noch lauter. Sie stiegen bis zum Zentrum der Kugel hinauf, und als sie durch das Glas nach unten sahen, erblickten sie hundert Meter unter sich einen Kontrollraum, der eine riesige Glasblase beherbergte. Emma sank zuerst auf die Knie, um besser sehen zu können, und legte sich dann mit ausgebreiteten Armen und Beinen auf die Kuppel, von wo aus sie direkt in die Blase hinunterstarrte. Steed klemmte sich seinen Schirm unter den Arm und tat das gleiche.

»Du lieber Himmel«, sagte Emma beeindruckt. »Sie ist zehnmal so groß wie die, die wir bei Prospero zu Forschungszwecken verwendet haben.«

An der einen Seite der Riesenblase sahen sie einen senkrechten Turm, der solide wie eine Bohrinsel aus geschweißtem Stahl gebaut war. Ein Stahlsteg verband eine Miniausgabe der Glasblase, die sich auf halber Höhe an dem Turm befand, mit ihrer Mutterblase. Um den Turm sprudelten und knisterten Stürme, und schwarze Wolken spien Regen. Obwohl sich dies alles innen befand, hätte es ebensogut inmitten der Nordsee sein können.

»Wie Sie schon sagten, Mrs. Peel.«

»Hmm. Etwas größer, als ich es in Erinnerung hatte.«

»Gibt es noch etwas, das Sie sagen möchten – rein aus Expertensicht?«

Sie nickte. »Nur eines. Bald wird dieser Prozeß nicht mehr rückgängig zu machen sein. Wir haben noch wenige Minuten, bis alles explodiert.«

»Wie tröstlich. Ich werde Sir August aufhalten, Sie unterbrechen die Antimaterieschaltkreise ...«

»Falls ich sie finden kann.«

Von weit unter ihnen vernahmen sie ein tiefes Grollen. Angesichts ihrer gegenwärtigen Lage war es kein gutes Zeichen.

»Ihre Zuversicht ist inspirierend«, sagte er ironisch.

»Beruht auf Gegenseitigkeit. Wollen wir?«

Vorsichtig verließen sie die Glaskuppel und hörten neben dem Tick-tack ihrer Schritte wieder ein langsames tiefes Grollen. Sie sahen sich an. Das Grollen nahm an Lautstärke und seismischer Intensität zu, bis der Boden zu vibrieren anfing. Dann heulte zu allem Überfluß in der Ferne noch eine Maschine auf, und elektrischer Strom begann zu summen. Daraus wurde ein ohrenbetäubendes Sirren; instinktiv zuckten sie nicht nur vor dem Krach, sondern auch vor dem Klang schierer Elektrizität zurück. Etwas extrem Kraftvolles war in Bewegung gesetzt worden.

Zeit zu handeln. Nahe einer Säule neben der Kuppel entdeckte Steed eine Freitreppe in die Tiefe. Sie mußte zu der Kontrollkapsel führen.

»Hier entlang«, rief er. Emma folgte ihm zur Treppe, während sowohl das Grollen als auch das Sirren stärker wurden und sie davon überzeugten, daß der sich anbahnende Höhepunkt ohne jeden Zweifel beschleunigt nahte.

In der unteren, kleineren Glaskugel saß Sir August auf dem Schleudersitz und kontrollierte die Stürme. Das Wummern und Krachen der kleineren Stürme, die Steed und Emma kennengelernt hatten, waren für ihn nur Hintergrundgeräusche. Mit lässigem Lächeln schnippte er schwungvoll gegen einen Schalter und ließ einen Zyklon von der Leine. Auf einer ganzen Palette an Monitoren über ihm verfolgte er befriedigt, wie der Wirbelsturm weiterhin die Stadt lahmlegte.

Besonders gefielen ihm die Bildschirme, auf denen jeweils Big Ben und der Buckingham-Palast zu sehen waren. Big Ben, eines der größten Wahrzeichen Londons, war nun so stark mit treibendem nassen Schnee eingeschmiert, daß er nicht mehr zu gebrauchen war. Sir August starrte auf den Monitor und freute sich hämisch. Absichtlich hatte er dem Schnee gerade genug Feuchtigkeit gegeben, daß er an allem kleben blieb. Viel schmutziger; weit überwältigender für Mensch und Maschine gleichermaßen.

»Antimateriespaltung beginnt. Noch fünf Minuten ...« Die weibliche Lautsprecherstimme war so synthetisiert, daß sie Emmas Stimme ähnelte. Er liebte es, sie zu hören. Auch wenn keine SCHIRM-Wissenschaftler mehr am Leben waren, die die Ankündigungen hören konnten, ließ er sie im gesamten SCHIRM-Hauptquartier erklingen – wie hatte es ihm Spaß gemacht, diese potentiellen Verräter umzulegen, nachdem sie ihre Aufgabe erfüllt hatten.

Eine Abwärtsfolge roter Zahlen jagte über das Display, als die synthetische Emma-Stimme mit dem Countdown begann. »Vier Minuten, achtundfünfzig Sekunden. Vier Minuten, sechsundfünfzig Sekunden ...« Sir August hatte seine zuverlässige, aufziehbare Uhr bei sich; auch sie tickte fröhlich mit dem Countdown. Im zarten Alter von sieben Jahren hatte er beim Übergang ins Gymnasium von seinem Teddy zur Uhr wechseln müssen. Aber *von ihr* hatte er sich nie abnabeln können. Auch jetzt, als Herr der Welt, brauchte er die Uhr. Er hob sie auf und hielt sie an sein Ohr, wie er es in all den Nächten im Internat getan hatte, als er so einsam gewesen war.

Bei der Überprüfung der Bildschirme sah Sir August, daß aus der Ferne die dunklen Wolken, die er vorgesehen hatte, äußerst befriedigend herangefegt kamen. Tatsächlich sahen sie seiner Meinung nach ein wenig wie eine Armee aus, die in London einmarschierte und ihre Schatten über die Straßen warf. Denn der Sturm durfte nicht nachlassen. Das war erst der Anfang. Sie würden schon sehen. Einen Augenblick lang beobachtete er schadenfroh die schnell heranziehenden schwarzen Wolken. Unnatürliche Energie knisterte und zuckte tief in ihnen; zwar entlud sie sich in kleineren elektrischen Ladungen, doch sie sparte sich für den großen Augenblick auf – den er, Prospero, kontrollierte!

Er hatte Steed und Emma wie zwei kleine Xe auf dem oberen Glas der Deckenkuppel liegen und in sein Reich spähen sehen. Doch sie konnten ihn jetzt nicht mehr aufhalten. Nichts vermochte das. Schade, daß sie so würde leiden müssen, aber immerhin ... er hatte ihr ja die Wahl gelassen. Eigentlich sehr großzügig von ihm.

Er seufzte. Es war wirklich eine großartige Nacht, die Krönung seines Lebenswerks und seiner liebsten Träume.

Steed und Emma schlossen hinter sich die Tür, nachdem sie den Kontrollraum betreten hatten. Sie kletterten in den senkrechten Turm, wo Emma sagte: »Sehen Sie! Der Schaltplan. Praktisch ...« Sie studierte kurz die an der Wand befestigte Karte und sagte dann: »Kommen Sie – in die Wetterröhre. Es ist jetzt nicht mehr weit.« Vor ihm stieg sie einige Stufen zu einer weiteren Treppe hinunter, die sich in einer engen Spirale unendlich in die Tiefe fortsetzte.

Als Steed und Emma hinabstiegen, hörten sie einen unglaublichen Lärm. Steed spürte, wie sich die statisch aufgeladenen Haare auf seinen Händen aufrichteten, und sah, wie sich vor ihm Emmas Haare hoben. Um sie herum bebten die Wände durch die Kraft einer allmächtigen Maschine. In der Röhre bildete sich Frost. Die Luft kühlte mit jeder Sekunde weiter ab. Immer noch gingen sie abwärts, tiefer und tiefer, und Schneeflocken fielen. Die Temperatur stürzte katastrophal. Steed verlor allmählich das Gefühl in den Fingern und wußte, daß auch Emma fror. Mit bemerkenswerter Kraft schüttelte der Wind sie durch und schleuderte ihnen Wände aus eisiger Luft entgegen.

Emma drehte sich zu ihm um, wobei sie sich mit beiden Händen am Geländer festhielt, und schrie ihm zu: »Irgendwo muß es eine Luke geben! Ich muß die Schaltkreise finden, die Codes ungültig machen und die Kabel unterbrechen.«

»Woher werden Sie wissen, ob es klappt?« rief er hinunter.

»Werde ich nicht – erst wenn ich die richtige Verbindung herstelle. Halten Sie besser den Kopf unten …«

»Soviel zur Wissenschaft«, rief Steed abfällig. »Ich halte mich lieber an mein Schwert.«

Ein tobender Wirbelsturm griff sie jetzt an, mit Schnee und Eis zusätzlich zu Kälte und Wind. Steed und Emma kämpften sich voran, und ihnen wurde immer kälter, aber allen Widrigkeiten zum Trotz gaben sie nicht nach. Hierauf hatte ihr Training sie vorbereitet. Während Steed Emma beobachtete, die unter ihm ging, dachte er wieder, daß sie eine hoch zu schätzende Frau war. Er konnte sich keine andere vorstellen, die fähig wäre, auch in der Not noch so weiterzumachen, wie sie es tat. Und er wußte aus erster Hand, von dem Identitätstest, den er nach ihrem Sturz aus dem Ballon vorgenommen hatte, daß sie über genügend Übung verfügte, um *ihre* Lippe nicht zittern zu lassen.

Sie hatten die Treppe zur Hälfte hinter sich. Im heulenden Sturm hielt sich Emma mit einer Hand am Treppengeländer fest und deutete mit der anderen auf etwas. Durch das Schneetreiben erkannte Steed eine Türluke. »Genau danach habe ich gesucht«, rief sie. »Hier geht es zur Verbindungsröhre.« Emma kurbelte an einem Rad vor der Tür. Er kam näher an sie heran, damit er sie verstehen konnte. »Gehen Sie weiter hinunter«, rief sie. »Warten Sie nicht auf mich.«

»Gott bewahre.« Dann, als sie sich zum Gehen wandte, konnte er sich eine Äußerung nicht verkneifen: »Oh, nur für alle Fälle ...«

Sie wandte sich noch einmal zu ihm um. »Viel Glück?«

»So was Ähnliches. Nicht, daß Sie es brauchen würden, natürlich.«

Einen Augenblick lang sah sie ihn merkwürdig an; fast so, als ob sie triumphierte, dachte Steed. Dann rief sie ihm zu: »Sie brauchen es vielleicht mehr als ich.«

Sie verschwand durch die Luke, und Steed warf ihr einen langen, sehnsüchtigen Blick hinterher. Als Emmas Tür zuschlug, spürte er einen plötzlichen Windstoß. Dann blickte er die Röhre hinunter, sah etwas äußerst Bemerkenswertes und wußte, was Emma gemeint hatte: Eine wirbelnde Luftsäule, nicht unähnlich denen, die er auf Fotos von Tornados gesehen hatte, wenn auch ohne Trümmer, kam geradewegs auf ihn zu.

Kapitel 23

Der baumelt noch,
Und würd auch jeder Wassertropfen sich verschwören
Und's Maul aufreißen, um ihn zu verschlucken.
Der Sturm, *William Shakespeare*

Die Königin trauerte wegen dieses neuesten Terroristenangriffs auf London, wenngleich ihrer Kenntnis nach niemand im Wirbelsturm umgekommen war – bis jetzt. Sie saß neben der Königinmutter und sah BBC 1, das zu ständiger Berichterstattung übergegangen war. Den beiden Nachrichtensprechern, die den ganzen Tag im Studio festsaßen, war die Anstrengung anzusehen.

»Dies ist wirklich ein schwarzer Tag für England«, verkündete der rotgesichtige Sprecher. Warum mußten sie immer so theatralisch sein, fragte sich die Königin. Warum konnte der Mann nicht einfach zur Sache kommen? »London und die umliegenden Grafschaften sind unter einer fast zwei Meter hohen Schneedecke begraben.« Aus verschiedenen Gegenden lieferten Außenkameras dem Hauptstudio Ansichten von der zerstörten, verlassenen Stadt, und die Königin starrte nun auf die furchteinflößenden Bilder vor ihr. Saint Paul ähnelte einem runden, mit Zuckerguß überzogenen Kuchen, und die Haustür des Premierministers war bis obenhin zugeschneit.

»Niemand weiß, warum London mitten im Juli einen heftigen Wintereinbruch erlebt, aber wir bleiben dran. Wir stehen in telefonischer Verbindung mit einer Reihe von Regierungsbeamten. Und die stehen unter dem Eindruck, daß dieser Angriff das Werk von Terroristen ist und im Zusammenhang mit dem heutigen Beginn der Weltministerkonferenz in Whitehall steht.«

Die Königin verdrehte die Augen. Nicht nur, daß der

Mann den ganzen Tag schon die gleichen idiotischen, bedeutungslosen Worte wiederholte, auch die Weltministerkonferenz war die bisher lächerlichste Erfindung der modernen Welt. Diese Entwicklungsländer brauchten jemanden, der ihnen *sagte,* was sie tun sollten. Nicht im entferntesten waren sie in der Lage, sich selbst zu regieren. Na ja, vielleicht würde ihnen das eine Lehre sein. Die Welt brauchte Monarchien. Die Welt brauchte eine stabile, wohlwollende Autorität und nicht diesen mit Mehrheitsbeschluß regierten Blödsinn.

Neben ihr rutschte die Königinmutter ungeduldig auf den daunengefüllten Sofakissen hin und her. Infolge ihrer Aufregung schwappte der Tee unordentlich aus ihrer Chinatasse, als diese auf der Untertasse klapperte. »Wenn du mich fragst, sobald wir herausgefunden haben, wer das getan hat, sollten wir ein paar Atombomben in ihre Richtung kicken. So darf das nicht weitergehen. Und auch noch an St. Swithin! Balmoral wird ein Reinfall werden! Du mußt ihnen eine Lektion erteilen, Lilibet.«

»Ich fürchte, das ist nicht meine Sache, Mum«, murmelte die Königin. Aber sie hatte das Gefühl, daß die Dinge ihr entglitten. Sie hatte ihren Termin an diesem Tag verpaßt – die Eröffnung der Chelsea-Blumenshow –, weil sie durch den Wirbelsturm nicht dorthin gelangen konnten. Der Hubschrauberpilot hatte gesagt, bei diesem Wetter könne er nicht fliegen, und ihre Berater hatten sie darauf hingewiesen, daß ihre Untertanen ohnehin nicht teilnehmen konnten. Also wirklich, das ging doch alles ein bißchen zu weit. Und dabei hatte sie so gehofft, daß sich das Wetter *verbessern* ließe …

Sir August sah wieder zu dem Big-Ben-Monitor auf. Wie liebte er den Anblick der in Schnee verpackten Uhr. Sein Wetter, das nun um das größte britische

Wahrzeichen tobte! Er machte Geschichte! Er war unbesiegbar!!

Weiße Wolken wurden sichtlich dunkler, bis sie gänzlich schwarz waren, und blähten sich auf bizarre Weise mit Gasen auf, gewannen an Masse und zogen durch die Straßen der Stadt. Auf dem äußeren, die Serpentine-Insel zeigenden Monitor konnte er den Sender vor dem wirbelnden Himmel sehen und ihn fröhlich piepen hören. *Gut so*, dachte er und begann vergnügt zu lachen.

»›Nun strebt mein Schmelzwerk zum Gerinnungspunkt.‹ Es ist … *Zeit!*«

Auf seinen Bildschirmen beobachtete er die Wahnsinnswucht, mit der die Stadt vernichtet wurde. Unter einem gewalttätigen Himmel, der vor Energie geradezu knisterte, sah er London in der Apokalypse. Kirchen waren bis hinauf zu den Glockentürmen unter Schnee begraben und gotische Türme verschwunden. Der Schnee fiel zu heftig und schnell, als daß irgend jemand ihn hätte zur Seite schaufeln können, selbst wenn die Menschen irgendwie aus den Haustüren oder Garagen hätten herauskommen können.

Sir August seufzte. Die Stadt war so schön, da nun all ihr Staub und Ruß mit einer weißen Decke überzogen war. Und das ganze ameisenhafte Gewimmel hatte aufgehört. Abgesehen von Wind und Schneetreiben war alles vollkommen still, wie an Weihnachten. Und wenn die Minister seine Bedingungen nicht annahmen, würde es für immer Weihnachten bleiben.

Er hielt sich seine Uhr ans Ohr und lächelte, wobei ihm eine Träne über die Wange rollte. Er war der Herrscher der größten Stadt der Welt.

Emma drückte das Metallgitter heraus, das sie von der Turmplattform trennte. Sie hörte es einmal gegen den Metallturm krachen, als es in die Tiefe fiel. *Geschafft!*

munterte sie sich auf. Wenn sie durch diese klaustrophobisch enge Röhre, und dazu noch in dieser Höhe, kriechen könnte, dann würde sie alles schaffen. Sie kroch durch die Luke und hielt sich an der Turmplattform fest, indem sie diese mit den Fingern umklammerte. Nun hing sie im Leeren, die Glasblase weit, weit unter sich.

»Oooooh.«

Sie zwang sich, ihre Aufmerksamkeit auf das Miniaturkontrollgehäuse zu richten, die Baby-Glasblase, die sie und Steed von oben gesehen hatten. »Ah«, sagte sie. Das war ihr Bestimmungsort. Das Gehäuse hing im Freien, knapp zwanzig Meter von ihr entfernt, und war mit vier starken, eckigen Stahlseilen an der Turmseite befestigt. Die Stahlträger dehnten sich unter dem anstürmenden Wind ständig und drohten einzubrechen.

Einfach konnte es ja nicht sein, dachte sie. *O nein.*

Emma schwang sich nach oben und bemühte sich, währenddessen nicht in die Tiefe zu sehen. Sie legte ihren linken Fuß auf eines der Stahlseile und zog ihn wieder zurück. Wie ein Blitzableiter zuckte das Metallseil vor Energie.

Aber sie mußte es schaffen. Entschlossen machte Emma sich auf den Weg. Sie legte Hand nach Hand um das Stahlseil und hangelte sich so über den steilen Abgrund. Elektrische Stürme entluden sich um sie herum, und sie hoffte, daß dieses Stahlseil irgendwie und wunderbarerweise keinen davon erden würde. Das Stahlseil war oben dünn, nicht breiter als einen Zentimeter, und seine scharfen Kanten schnitten Emma in die Hände, während sie an ihm hing. Auf halber Strecke schwang sie – das Kontrollgehäuse fest im Blick – ihre Füße hoch und legte sie gekreuzt über das Seil, so daß sie sich nun mit Händen und Füßen weiterzog. Das war für ihre Hände etwas einfacher …

Das Seil fing an zu vibrieren und zu schwingen. Heftige Winde fegten durch den Raum, pfiffen unheimlich und rüttelten alles durch. *Es hat begonnen,* dachte Emma und klammerte sich an das Metall. Der Wind bedeutete, daß es bald zu spät sein würde. Während sie hin und her schwang, sah sie auf dem Seil vor sich etwas Dunkles. Bei genauerem Hinsehen erkannte sie Bailey, Sir Augusts Gehilfen, der in seinem schwarzen Polohemd auf dem Seil auf sie zugekrochen kam.

Der hat mir gerade noch gefehlt. Ein kleiner Härtefall.

Zentimeterweise bewegte sich Emma voran, wobei ihre Arme und Beine förmlich aufschrien. Sie lenkte sich von ihnen ab, indem sie Bailey beobachtete, dem es nicht besser ging als ihr. Er war schon beträchtlich vorangekommen und bedachte sie mit einem häßlichen Grinsen, als er sich plötzlich überhastete und ausglitt. Wie sie es von einem Rüpel nicht anders erwartet hatte.

Mit Bedauern sah sie, wie er sich mit den Händen fing und einen Augenblick lang einfach dahing, ehe er sich wieder auf das Seil hochzog. Dann stellte er sich zu ihrer Überraschung tatsächlich hin und breitete die Arme aus, um das Gleichgewicht zu wahren. Sicher würde er fallen, dachte sie, besonders, da das Seil unter dem Angriff der Stürme schwankte. Aber er kam mit erneuerter Drohgebärde heran und war jetzt nur noch knapp zwei Meter vor ihr.

Da kam ihr eine Idee. Während Bailey sich ihr näherte, hielt sie inne. Dann ließ sie ihre Füße wieder herab und hing an den Händen im Leeren. Nach Baileys Auftritt und der Anstrengung auf dem Seil waren ihre Hände schweißnaß und rutschig geworden. *Verdammt und zugenäht!* Sie wollte ihre Hände nacheinander lösen und an ihrem Anzug abwischen, aber der Gedanke, an einer einzigen Hand zu hängen, behagte ihr nicht. Ihr Griff war fest, doch ihre Hände verkrampften sich allmählich bei dieser Tortur. Sie war sich nicht sicher, wie lange sie sich noch festhalten konnte.

Ping! Wie ein Peitschenriemen schnellte eines der anderen Seile durch die Luft und verpaßte sie knapp, als sie zurückzuckte. Bailey schien das nicht einmal zu bemerken; er kam immer weiter auf sie zu. Vorsichtig hatte er sich vorgebeugt und benutzte Hände und Füße. Jetzt war er nur noch wenige Zentimeter von ihr entfernt, zehn, um genau zu sein, und Emma glaubte, er wolle ihr auf die Hände treten.

Kann ich nicht zulassen, dachte sie und bereitete sich auf extreme Maßnahmen vor. Sie spannte die Muskeln an und spürte einen Adrenalinstoß, als sie sich zu einem zweibeinigen Kick – ihre Spezialität – emporschwang. Mit ihren Stiefeln traf sie Bailey mit beachtlicher Kraft mitten in den Bauch. Bailey flog auf das Seil zurück, streckte die Hand nach einem Halt aus und fand ihn, als er eben von der dünnen Metallfläche abglitt. Wieder schwang er sich nach oben, taumelnd, atemlos, und hielt sich mit Händen und Füßen an dem Seil fest, während Emma neuerlich mit den Händen am Seil hing.

Sie zog sich hoch und setzte sich rittlings auf das Seil. Bailey hatte sich offenbar einigermaßen erholt und versuchte sie zu schlagen und zu treten. Aha! Nun hatte sie ihn, dachte sie, als sie seinen bloßen Nacken sah. Sie ging ein großes Risiko ein, als sie mit der rechten Hand losließ und ihn – *zack!* – mit ihrem besten Karateschlag in den Nacken traf. Aus dem Gleichgewicht geworfen, neigte er sich heftig zur Seite und fiel beinahe von dem Seil herunter. Sie sah, wie er um sein Gleichgewicht rang, aber schließlich taumelnd zur Seite kippte. Sein grauenerregender Schrei verhallte, als er in die Tiefe stürzte, und echote weit unter ihr ein letztes Mal.

»Armer Junge. Nicht geeignet für große Höhen«, knurrte Emma und zog sich die zwei letzten Meter zu dem Gehäuse heran. Sie bemerkte, daß die Stahlpfeiler böse ramponiert waren und die Nähte an dem Glasgehäuse Risse zeigten. Die Pfeiler, die ächzten und sich wiegten wie alte Holzstücke, gehörten fast schon der Geschichte an. Unten zuckten Blitze auf, während Emma durch die runde Öffnung in das Gehäuse kletterte, auf den Stuhl hinter der Kontrolltafel stieg und schnell den Schalter umlegte, von dem sie wußte, daß er Sir Augusts Stürme ausschalten würde.

»Keinen Augenblick zu früh«, sagte sie sich, als die Stürme nachließen. Blitze, Wind und Grollen legten sich; tatsächlich bemerkte sie, daß der ganze Raum tödlich still war. Irgendwie beunruhigend ... etwas stimmte nicht ...

Da hörte sie ein komisches *Tick-tack* wie von einem alten Wecker. Wo ...? Das Gehäuse knackte und sackte auf die geschwächten Seile. *Na wunderbar,* dachte Emma, während das ganze Ding um gut zwanzig Zentimeter in die Tiefe sank.

Nachdem Emma durch die Luke verschwunden war, zog sich Steed, gegen den Wind ankämpfend, die spiralförmige Turmtreppe hinab. In der Tat brauchte er mehr Glück als sie, denn dieser wirbelnde Energieball – der überhaupt nichts Natürlichem ähnelte, sondern eher wie ein elektrischer Sturm war – kam auf ihn zugebraust. Er hatte keine Zeit zu reagieren. *Halt dich an deinem Hut fest, Steed,* sagte er sich. Dann packte ihn der Wind, hob ihn empor und knallte ihn gegen die Wände des Treppenhauses, während er seinen Schirmgriff um das Treppengeländer hakte. Er war jetzt nur noch eine Schachfigur von Prospero. Einmal, in dem berühmten Wiltshire-Sturm von '93, war er draußen in einem Sturm mit Windgeschwindigkeiten von neunzig Stundenkilometern gewesen. Das hier kam ihm doppelt so stark vor, und dabei hatten die neunzig Stundenkilometer bereits gereicht, die alten Ulmen seiner Mutter zu entwurzeln.

Taumelnd bedeckte er seinen Kopf und die Melone, so gut es ging, und sah weit, weit unten in der Ferne eine Tür. Sie war seine einzige Hoffnung, aus diesem Zyklon herauszukommen …

Plötzlich hörte der Sturm in der Röhre auf. Steed landete in einigermaßen betriebsfähigem Zustand Hals über Kopf auf den Stufen. Er lächelte, da er wußte, daß Emma es geschafft hatte, und suchte seine Gliedmaßen zusammen. Eine wirklich bemerkenswerte Frau, dachte er und lauschte mit geneigtem Kopf nach Geräuschen. In der unheimlichen, hallenden Stille fühlte er sich merkwürdig beunruhigt. Er konnte seinen eigenen Herzschlag hören.

Sein Lächeln schwand.

Wütend stapfte Sir August auf die Rampe. Sollten etwa alle seine Pläne wegen dieser einen elenden – na gut, fantastischen – Frau scheitern? Und wegen diesem lächerlichen Depp mit der Melone!

Er sah zu seinen verpufften Stürmen hinauf, vor Wut heulend. Dann hatte er eine großartige Idee. Langsam zog ein teuflisches Grinsen über sein Gesicht. »Ja, *ja!*« schrie er und raste in den Kontrollraum zurück.

Steed runzelte die Stirn. Da war doch wieder dieses Grollen. Aber wenn Emma es geschafft hatte, den Sturm zu beenden, warum …? Ja, da war es – schwach, aber eindeutig und in der engen Röhre endlos widerhallend. Jetzt war es ein unheimliches Grollen, das immer lauter wurde. Die metallene Treppe vibrierte, dröhnte, als das Grollen noch betäubender – und bedrohlicher – wurde. Und doch geschah anscheinend nichts …

Irgendwo begann Glas zu bersten, und Scherben regneten von oben auf ihn herab. Das Glas der Kuppel, erkannte er sekundenschnell, Abschnitt für Abschnitt fiel es auf ihn herab. Schnell öffnete er seinen Schirm, um die herunterprasselnden Glasscherben und Trümmer abzuwehren. Es klang ziemlich wie Hagel, fand er.

Immer noch zerbrach Glas, Stück für Stück, als ob ein wütendes Monster auf seinem Weg zur Hölle gegen die Kuppel trat. Ein ziemlich passendes Bild für Sir August, seiner Meinung nach. Und im nächsten Augenblick versetzte das wütende Monster, welches das Glas zerbrochen hatte, auch ihm einen Tritt. Eine ungeheure Kraft rammte ihn durch eine völlig unerwartete Öffnung. Die Tür, die er von oben gesehen hatte? Oder eine von Sir Augusts überraschenden Manipulationen von Ort und Struktur? Er bemerkte, daß er an seinem aufgespannten Schirm, der sich in der Öffnung verfangen hatte, mindestens fünfzig Meter über dem ausgesprochen stürmischen Wetter hing.

Nicht schlecht, daß ich meinen Schirm mitgebracht habe, dachte er.

Emma war auf das Schlimmste gefaßt und spürte, daß ihr Herz noch härter als der Stahl wurde, zu dem es ohnehin bereits geworden war. Von dem Gehäuse aus sah sie Steed in dem riesigen Raum hängen, wo er von Dutzenden wieder aktivierter Sturmzellen hin und her geschaukelt wurde. Falls er keine Mary-Poppins-Nummer hinbekam, wäre es um ihn geschehen. Wirklich eine Schande … sie mochte ihn mittlerweile ganz gut leiden.

Sie schnippte den Schalter auf ihrer Konsole auf Aus, aber nichts geschah. Versuchte es wieder … und wieder. Sir August hatte das Gehäuse lahmgelegt.

Hmm, dachte sie. *Vielleicht war's das dann, und nicht nur für Steed.*

Sir August summte kraftvoll den ›Ritt der Walküren‹, als er glaubte, ein Geräusch gehört zu haben. Nicht einfach irgendein Geräusch, sondern eines, daß nicht zu seiner großartigen Sinfonie der Stürme paßte. Er saß in der riesigen Glaskugel unten, überwachte den Sturm und beobachtete auf seinen Bildschirmen den größten Zyklon, den die Welt je gesehen hatte. Die wirbelnde Wolke ragte meilenweit über London in die Höhe. Er bedauerte das arme Flugzeug, das gerade in seinem rasenden Strudel verschluckt wurde. Bald würde London nur noch eine tödliche Schneeskulptur sein.

Stirnrunzelnd aufgrund des merkwürdigen Geräuschs von der Kontrolltafel fuhr Sir August herum und erblickte Steed, der vom Turm her auf der Rampe auftauchte. Sir August grinste, stand auf und ging auf Steed zu, wie um einen lange verlorenen Freund wieder in die Arme zu schließen. »Bis an mein Lebensende … John Steed. Was für ein blödsinniger Name …«

»Keine Zeit für Freundlichkeiten, Sir August. Wir müssen etwas bereinigen.«

»Ich sehe, Sie haben Ihren Schirm gefunden. Sicher, daß Sie bereit sind, alter Junge?«

»Absolut. Ich wollte Sie das gleiche fragen.«

Sir August kochte vor Wut über diese Beleidigung. Hohntriefend ging er auf Steed zu. Er konnte nicht zulassen, daß dieses Kind – dieser Dandy, dieser lächerliche Hanswurst von einem Mann – ihm seine Zeit raubte. Nicht in dieser Nacht, der größten Nacht seines Lebens.

Zischend glitt Steeds Schirmschwert aus der Scheide, und er hielt es wie ein Pirat in die Luft. Sofort bemerkte Sir August das kleine Wappen, das unten auf Steeds Stahlklinge eingraviert war: das königliche Wappen in Miniaturgröße, mit Einhorn und allem, *Honni soit qui mal y pense,* und über allem hob sich der Schriftzug ›ERII‹ hervor. Wirklich etwas sehr anmaßend … dann aber erschien ihm Steed als der Typ, der wahrscheinlich alles, was er tat, als Dienst für die Königin betrachtete. Der arme, getäuschte Junge ... man brauchte sich doch nur anzusehen, wohin Emmas Ehemann im Dienst Ihrer Majestät gekommen war. Nun, *das* war immerhin ein würdiger Mann gewesen ...

»Ist es nicht an der Zeit, Sie ins Bett zu stecken?« fragte Sir August. »Ich kann mir nicht vorstellen, warum Sie hier sind.«

»Ganz einfach. Man hat mir gesagt, daß Sie ein ordentliches Durchpeitschen mögen.«

»Ja. Gelegentlich.«

»Dann erlauben Sie.« Steed nahm mit seinem Schwert eine förmliche Haltung ein, als wäre er einer von König Arthurs Rittern.

Sir August murmelte: »Oh, um Himmels willen«, und verdrehte die Augen. Halb wandte er sich ab und verbarg dabei seine Hand. Im Nu zog er sie wirbelnd wieder hervor und schleuderte drei tödliche Pfeile gegen Steed. Das Melonenbürschchen würde gar nicht wissen, was ihn da traf, dachte er, begierig, diese Plage loszuwerden.

Aber Steed wußte nicht, wie man einen anständigen Abgang machte, erkannte Sir August. Im Bruchteil einer Sekunde hatte er nämlich seine Melone heruntergerissen und mit bemerkenswerter Geschwindigkeit die Pfeile aufgefangen. Die Melone sah aus wie ein Nadelkissen, in dem die Pfeile harmlos steckten. Angesichts des Zustands seines Hutes sah der Junge niedergeschlagen aus. Er hob ihn hoch und betrachtete ihn und die Pfeile eingehend.

»Sie sehen wirklich verärgert aus«, sagte Sir August, der sich nicht die Mühe machte, sein Lächeln zu verbergen. »Ist Ihr Mützchen durchlöchert?«

Er bemerkte, daß Steed tödlich ernst wurde. *Bei Georg und dem Drachen,* dachte Sir August, *jetzt ist er richtig wütend.*

»Ruiniert.« Steed sah ihn aus funkelnden Augen an. »Dafür werden Sie bezahlen.«

»Mit Vergnügen«, antwortete Sir August freundlich.

»Das Vergnügen ist ganz auf *meiner* Seite.« Steeds Augen waren überraschend kalt, bemerkte Sir August zum erstenmal. Nicht unähnlich den Äußeren Hebriden im Januar.

Sir August nahm seinen Stab auf. Für mehr blieb ihm keine Zeit. John Steed konnte so ermüdend sein. Er warf den Silberstab gegen einen roten Schalter auf der Kontrolltafel und stellte den Schalter auf Ein. Ein leises Grollen drang aus der riesigen Glasblase und schwoll mit jeder Sekunde an. Um sie herum entwickelten sich neue Stürme, die immer größer und intensiver wurden.

»Überraschung«, sagte er leise zu Steed.

Der Lärm steigerte sich dramatisch und nahm betäubende Dimensionen an. Sir August lief auf Steed zu, wobei die scharfe Spitze seines Stabes unter den aufleuchtenden Blitzen glänzte.

En garde, kleines Hütchen, dachte Sir August. Mühelos würde er mit dem Wäscheständer fertig werden. Er bewegte sich weiter auf Steed zu, der sich ihm merkwürdig unängstlich näherte. Ihre Blicke bohrten sich ineinander, während sie näher zueinander traten und dann noch näher. Zufrieden dachte Sir August an die roten Countdown-Zahlen, die sich unerbittlich auf Null zu bewegten, dann schlug die Klinge seiner Waffe endlich gegen die von Steed.

Sie kämpften nun in tödlichem Ernst. Sir August merkte, daß Steed keinen jener Fehler machte, die für weniger erfahrene Fechter typisch waren. Vor allem versuchte er nicht den Kampf zu beschleunigen. Er zeigte Anzeichen eines klassischen Kriegers, wie er selbst einer war. Sir August gefiel es, mit einem würdigen Gegner zu kämpfen.

Ihre Waffen schlugen rhythmisch aufeinander, während die beiden Männer sich leichtfüßig die Rampe hinab und dann wieder hinauf bewegten. Die Herausforderung wurde dadurch noch größer, daß sie sich vor den wirbelnden, krachenden Feuerkugeln um sie herum wegducken mußten. Sir August kam zu dem Schluß, daß St.-Elms-Feuer eine der exotischsten durch Antimaterie erschaffenen Wettererscheinungen waren. Im Verlauf des Kampfes gelangte er überdies zu der Ansicht, daß Steeds Zahnstocher von einem Schwert nicht viel gegen den Silberstab auszurichten vermochte. Der Stab hatte ihn noch nie im Stich gelassen.

Widerstrebend sagte Sir August: »Nicht schlecht für einen Anfänger.«

»Aufschneiderei ist nicht meine Sache, Sir August.«

»Hmmm … bescheiden. Und zu Recht.«

Direkt hinter Steed schlug ein Blitz ein. Vielleicht kriegt ihn das Wetter zuerst, dachte der allzeit optimistische Sir August. Brandgeruch umgab sie nach dem Blitz. Ah, der Geruch von Wetter. Sir August freute sich; er war in seinem Element.

In dem kleinen Gehäuse, das so unsicher über der kreischenden, krachenden Leere hing, duckte sich Emma nach hinten, als sie ein *Boooiiiinnnngggg!* hörte. Sie kannte dieses Geräusch: Eines der Stahlseile dehnte sich. Ein anderes Seil hatte den Geist aufgegeben und flog frei herum, nachdem Wind und Druck schließlich zu stark geworden waren. So weit wie möglich tauchte sie von der Kontrolltafel fort und bedeckte ihren Kopf mit den Armen, als das Seil, getrieben von kreischendem Wind, gegen das Glas des Gehäuses knallte. Das Glas zerbarst, und das Seil jagte auf Nimmerwiedersehen davon.

Nun war Emma den Elementen ausgesetzt. Sie klammerte sich fest, da der Wind sie geradewegs aus dem Gehäuse herauszupusten drohte. Blitze tobten nun ständig dort, wo noch Augenblicke zuvor ihr Kopf gewesen war. Sie mußte über den Boden kriechen, um zur Kontrolltafel zu gelangen. Die Stahlstangen kreischten, das Metall bekam Risse und bog sich. Sie sah hinauf zu dem Timer, auf dem die Ziffern immer weiter in Richtung Nullpunkt rasten … Ihr blieben noch genau neunundfünfzig Sekunden, um alle zu retten. Kein Druck …

Emma hielt sich an der eingebauten Kontrolltafel fest und spähte über die Kante hinweg auf die riesige Glaskugel unter ihr. Plötzlich baute sich ein wahnsinniges elektrisches Knistern auf, dann schoß leuchtendes Licht durch die Luft, als ein gezackter Blitz eine Verbindung zwischen zwei wütenden Sturmzellen herstellte, die Hunderte Meter voneinander entfernt waren. Der Sturm heulte wild, schüttelte das Gehäuse heftig hin und her, auf und nieder, vor und zurück, wie auf einer Achterbahnfahrt. Betäubender Donner widerhallte um sie herum, während sie hinaufgriff, nach der Kontrolltafel tastete und sich zugleich mit aller Kraft festklammerte.

Kapitel 24

... Der Ebbe-Mann
Läuft in der Tat nur allzuoft auf Grund
Durch eigne Furcht und Trägheit.
Der Sturm, *William Shakespeare*

Nicht Steed verschärfte das Tempo. Sir August beschloß, es sei an der Zeit, diesem hübschen Jungen zu zeigen, was ein richtiger Kampf war. Unter Mißachtung von Regeln und Anstand zielte Sir August auf die Halsvene, hauend, stoßend und sogar sparrend. Steed erwies sich als überraschend agil, wich den Schlägen aus und machte selbst einige recht gewagte Bewegungen. Aber Sir August war nicht beunruhigt.

Klick-klack-klick ... das Kampftempo nahm mit jedem Moment zu, ebenso wie die sich entwickelnden Stürme rundherum. Der Wind heulte nun ohrenbetäubend und peitschte sie unbarmherzig durch. Lichtblitze und ihr Verwandter, die runde, leuchtendhelle elektrische Entladung namens St.-Elms-Feuer, flammten auf und entluden sich überall krachend, so daß man ihnen nicht ausweichen konnte. Sie schlugen nach Lust und Laune ein.

Mit tänzelndem Schritt wich Sir August kurz zurück, und Steed gelangte auf der Rampe an ihm vorbei. Sir August, der nie eine Gelegenheit ausließ, jemanden zu hintergehen, streifte den Jungen in dem Moment mit einem Hieb, als der um ihn herumlief. Der gemeine Schlag warf Steed nach hinten; er taumelte beinahe, doch im nächsten Augenblick hatte er wieder festen Boden unter den Füßen.

Steeds Blick bewies, daß er die Heimtücke zur Kenntnis genommen hatte. Plötzlich wurde Sir August von einem Hagel aggressiver Schläge bedrängt, die ihm zeigten, daß er nicht so leicht davonkommen würde, wie er gedacht hatte. Bei allem, was barometrisch war, der Junge wußte, wie man focht.

Aber Sir August hatte noch ein paar Tricks auf Lager. Er zwang Steed von der Rampe auf die Treppe und die Stufen hinauf. Während sie fechtend aufwärts gelangten, hielt Sir August Steeds Blick fest. Seine eigenen wahnsinnigen Augen leuchteten, als er seinen Stab mit blendender Geschwindigkeit wirbelte. Die Waffe erinnerte mehr an sich drehende, verschwimmende Ventilatorflügel, als er sie hinauf und hinunter, vor und zurück schwang. Es würde kinderleicht sein, Steed das Schwert aus der Hand zu schlagen.

Aber Steed griff seinerseits an und zwang Sir August wieder die Treppe hinunter, obwohl der weiterhin mit seinem Stab herumwirbelte.

»Eindrucksvoll, Sir August.« Steed mußte aus vollem Hals schreien, um bei dem tobenden Wind und dem krachenden Donner gehört zu werden. »Ein Mann mit seltenen Talenten. Solcher Fähigkeit … Hingabe … absolutem Wahnsinn.«

»Ich werde meine Aufgabe schon erledigen. Sie halten mich für verrückt?« Sir August fand das amüsant. »Ich würde mich eher für ›böse‹ entscheiden. Aber wir wollen nicht herumstreiten.«

Klick-klack-klick.

»Alle großen Männer müssen sich entscheiden«, rief Sir August. »Herr oder Sklave? Schon in meiner Kindheit, als mein Kindermädchen mir die Namen der Wolken beibrachte …«

»Ah … häßliche Vorfälle in der Kinderstube.«

»O ja«, sagte Sir August. »Schieben Sie nur der Kinderfrau die Schuld zu.«

Steed schüttelte den Kopf. »Der arme Teddy muß schrecklich gelitten haben.«

Klick-klack-klick-klack-klick.

»Zu sentimental, Steed, das ist Ihr Problem. Kleine Geister beschäftigen sich mit kleinen Dingen. Sie und Ihresgleichen im Ministerium ... Pygmäen! Dummköpfe! Verabschieden Sie sich von allem – Sommer, Herbst, Winter ...«

»Für einiges lohnt es sich zu kämpfen«, rief Steed. »Ein englischer Frühling? Traurig, ihn zu verlieren ...«

»Nun, alter Junge, ich hoffe, Sie sind ein guter Verlierer.« Plötzlich trat Sir August mit dem Fuß gegen Steed, der sein Gleichgewicht verlor. Doch schnell gewann er es wieder, als Sir August auf ihn zustürzte und Stabschläge auf ihn niederprasseln ließ. Zu Sir Augusts Überraschung wurden sie alle glatt von diesem kleinen Stück Alufolie abgewehrt, das Steed als Waffe bezeichnete. Und dieser absurde Schirmgriff ... er war richtig jämmerlich.

»Sie halten sich nicht an die Regeln, Sir August.«

»Regeln sind dazu da, gebrochen zu werden.«

»Das hätte ich mir denken können.«

Sir August schlug mit dem Stab gegen Steeds Beine und zwang ihn hochzuspringen, so daß er aus der Balance geriet. Er fiel und versuchte über der Kante der steil nach unten führenden Treppe sein Gleichgewicht wiederzufinden. Ein Blick nach unten bestärkte Steed offenbar in seiner Entschlossenheit, bemerkte Sir August, als er sich dem Jungen näherte, um einen Vorteil aus dessen mißlicher Lage zu ziehen. Aber zu Sir Augusts völligem Erstaunen sprang Steed wieder auf die Füße und stieß seine Waffe gegen Sir Augusts Herz. Der alte Mann entkam dem Angriff knapp und mußte zurückweichen, was ihn ein winziges bißchen verärgerte. Seine Augen verengten sich.

Er würde mit dieser Alberei Schluß machen – jetzt.

Emma kniete auf dem Fußboden dessen, was von dem Gehäuse übrig war, bereit, in die digitalen Innereien von Sir Augusts Computersystem einzutauchen. Sie hoffte, daß Sir Augusts System ähnlich strukturiert war wie das von Prospero. Emmas Kopf tauchte gerade lang genug oben auf, daß sie den Befehl eintippen konnte, auf dem Monitor eine Karte der elektrischen Leitungen zu zeigen, dann duckte sie sich wieder von den Blitzen weg. Wie ein Blatt wurde das Gehäuse in Sir Augusts verrücktem Netzwerk aus Wind und elektrischen Stürmen hin und her geschüttelt. Als sie einen Augenblick später wieder auftauchte, war die Karte vor ihr auf dem Bildschirm. Sir August hatte nicht einmal die Befehle modifiziert, die sie bei Prospero benutzt hatten, um ihre eigene Karte aufzurufen. Lächelnd sah sie sich den Bildschirm genau an und prägte sich Struktur und Form der Einrichtung ein.

Sie wich einem Blitz aus, der direkt in das Gehäuse jagte, riß die Tastatur mit sich und warf sich wieder auf den Boden. In das Keyboard auf ihrem Schoß tippte sie dann die Befehle ein, die ihr die Koordinaten für Sir Augusts letzten Sturm zeigen sollten. Die Kartenkoordinaten erschienen auf dem Bildschirm; die Linien trafen bei Parliament Square und Big Ben zusammen. Eine Reihe von Befehlen tauchte auf: ›ANTIMATERIE-SPALTUNG AN‹. ›UNTERBRECHUNGSPROZESS: CODES ENTHÜLLEN‹. Zeilen mit achtzehnstelligen Codes liefen über den Bildschirm. Aha. Sie gab einen anderen Befehl ein, und da tauchten die Worte auf, die sie sehen wollte: ›MANUELLE AUFHEBUNG‹. Aber diesen hübschen Worten folgten zwei weitere, die weit weniger erfreulich waren: ›BITTE WARTEN‹. Seufzend gehorchte Emma. Sie zog ihren Kopf wieder unter den schützenden Computertisch, während das Gehäuse wogte und stöhnte. Es krängte jetzt deutlich nach Steuerbord …

Emma schob ihren Kopf wieder nach oben, um zu

sehen, was der Computer geantwortet hatte. Sie wurde mit einem Schaltdiagramm belohnt, das einen Spaghettiknoten aus Kabeln aufzeigte. Sie grinste. Beinahe hatte sie es geschafft.

Das Duell zwischen Steed und Sir August war an der Schwelle des totalen Krieges angelangt. Beide wußten, daß sie bis zum Tod kämpfen würden, und Sir August verdoppelte seine Angriffsbemühungen. Steed ärgerte ihn, indem er an ihm vorbeihuschte, um von der Treppe fortzukommen. Sie hatten effektvoll die Seiten gewechselt, und Steed war nun in der stärkeren Position, da Sir August seinen Rücken wieder der Rampe zuwandte. *Zeit, den Jungen heimzuschicken,* dachte Sir August und fuchtelte Steed mit seinem Stab vor dem Gesicht herum. Er zwang ihn rückwärts über die hohe Rampe.

Der Alte ist vielleicht verrückt, dachte Steed, *aber er weiß, wie man kämpft. Auch wenn er gelegentlich betrügt.*

Klick-klack-klick-klack-klick-klack-wumm! Steed verteidigte sich gegen Sir August, dann knallte er Sir August die stählerne Feuertür zwischen Treppe und Rampe ins Gesicht. Gedemütigt, aber nur leicht verblüfft tauchte der ältere Mann voller Entschlossenheit wieder hinter der Tür auf. Steed hatte keine Ahnung, gegen wen er da kämpfte …

Sie faßten sich fest in den Blick. Steed erkannte, daß sein Gegner es jetzt tödlich ernst meinte, ungefähr so vielleicht, wie er selbst sich gefühlt hatte, als seine Melone zerstört worden war. Ihre Waffen klirrten in einem heftigen Schlagabtausch, doch dieser Lärm wurde vollkommen vom Tosen des ständig stärker werdenden Sturms um sie herum übertönt. Steed errang einen kurzfristigen Vorteil, als Sir August zur Kontrolltafel blickte. Er ließ einige inspirierte Hiebe auf Sir August niedergehen und zwang ihn zum Rückzug. *Der Mann*, dachte Steed, *konnte doch wohl nicht gehofft haben …*

Zu seiner Überraschung vollzog Sir August plötzlich eine halbe Drehung und wandte Steed eine Schulter zu. In einer blitzschnellen Bewegung wedelte er mit seinem verdammten Stab und schlug Steed – *kling!* – das Schwert aus den Händen. Beunruhigt sah Steed, wie seine Waffe mit dem Rosenholzgriff in die Tiefe stürzte und versank in … war es Wasser, was da unten jetzt aufstieg?

Schnell konzentrierte er sich wieder auf Sir August und sah, daß der Mann den Geschmack des Sieges gekostet hatte. Bösartig, unnachgiebig jagte er Steed die Stahlrampe entlang, Schlag auf Schlag – und traf ihn zuerst an der Schulter, dann am Arm und schließlich an der Brust.

Das könnte häßlich werden, dachte Steed, während der Mann mit der rasiermesserscharfen Spitze nach ihm hieb. Immer wieder traf ihn die Spitze, zerfetzte seine Trubshaw-Weste, bohrte sich durch seine Anzugjacke und das Turnbull-&-Asser-Hemd und ritzte ihm die Haut. Als er verwundet wurde, zuckte ein Muskel in seinem Kiefer, aber er würde Sir August – oder wem auch immer – nie erlauben, mehr als das zu sehen. Steed trippelte auf die Rampe zurück, weg von der Klinge, und fand sich schließlich mit dem Rücken zu einer Ecke außerhalb des Kontrollraums. Schon vorher war er der Meinung gewesen, daß dies eine starke Position sein könnte.

Er nahm all seine Energie zusammen und schnellte dann wie von einer Sprungfeder getrieben aus der Ecke. Dabei konzentrierte er sich völlig darauf, den Stab zu ergreifen. Er sah Sir August nicht einmal, als er seine Hände ausstreckte und sie um den silbernen Zylinder schloß. Jetzt stand er Auge in Auge vor Sir August und klammerte sich an der Waffe fest, auf der nun vier Hände lagen. Mit grimmiger Entschlossenheit stieß Steed den Stab gegen seinen Gegner und zwang ihn zurückzuweichen. Er gewann an Boden, bis Sir August ihm direkt über dem Stab einen kräftigen Faustschlag auf die Nase versetzte. Seine *Nase*! Stolz und Freude der Steeds.

Einen Moment lang benommen, verlor Steed an Boden. Dann löste er eine Hand vom Stab und präsentierte seine eigene harte Rechte am gegnerischen Kiefer. Sir August konnte nicht wissen, daß er für Oxford geboxt hatte. Es würde ihm noch leid tun, daß er diese spezielle Büchse der Pandora geöffnet hatte.

Sir August taumelte unter diesem Schlag, erholte sich aber überraschend schnell. Bevor Steed mit seiner rechten Hand den Stab wieder umfassen konnte, riß Sir August ihn weg und knallte ihn – *bums!* – kräftig auf Steeds Kopf!

Steed spürte den Stoß und hörte das für üble Schläge typische Geräusch einer hohlen Kokosnuß. Er spürte, wie er fiel, immer weiter fiel, endlos in die Tiefe … und hoffte, daß er ins Wasser stürzen würde, anstatt auf …

Mit beträchtlichem Schwung krachte Steed brutal auf die untere Rampe, wo er flach auf dem Rücken landete. Er blickte einen Moment hinauf, sah Sir August über sich und dann nichts mehr.

Emma hielt die Luft an, als sie Steed stürzen sah. Wenn ich es nur früher geschafft hätte, dachte sie gequält. Das Gehäuse schaukelte und bebte, als sie schließlich die Kabel kontaktbereit hielt. Zwei nahm sie in die linke Hand, eins in die rechte. Stirnrunzelnd versuchte sie sich zu erinnern, welches auf dem nun vom Bildschirm verschwundenen Diagramm welches gewesen war. Sie hatte keine *Zeit!*

»Rot … oder war es schwarz?«

Sir August tänzelte praktisch die Treppe zur unteren Rampe hinab, wo er auf den betäubten Steed zulief. Mit hoch erhobenem Stab stand er über dem Jungen, der völlig benommen aussah. Wer weiß, dachte er. Das Rückgrat eines Mannes konnte bei einem solchen Sturz brechen. Er beugte sich vor und sah, wie Steed die Lider bewegte, seine Augen aufriß und dann blinzelnd etwas zu erkennen versuchte. Er rollte den Kopf langsam hin und her, als ob er so den Schmerz besser ertragen könne …

Das machte Spaß. Sir August richtete sich lächelnd auf. Er hob seinen Stab so hoch in den Himmel, als wäre es Merlins Zauberstab. Entzückt über Steeds nahes köstliches Ende bewegte er sich die Rampe entlang. Er hatte für diesen Augenblick das perfekte Shakespeare-Zitat parat …

Sir August räusperte sich und begann: »›Wir sind vom Stoff, / Aus dem die Träume sind, und unser kleines Leben / Beginnt und schließt ein Schlaf …‹« Er warf einen kurzen Blick auf Steed hinab, der ihn aus glasigen Augen und mit geöffnetem Mund ansah. »Sag gute Nacht, alter Junge.«

Während er den Stab mit beiden Händen zum allerletzten Stoß umfaßte, sah Sir August, wie Steed den Kopf drehte, als wollte er dem Schlag ausweichen. *Elende Kreatur,* dachte er voller Verachtung. Aber zu seiner Überraschung rollte Steed auf die Seite und griff unter den Rampenrand, wo schwere Stromkabel hingen. Als Sir August zu der Stelle blickte, sah er, wie Steed geschickt den Rosenholzgriff seines Schirms von einem Kabel löste. John Steed schien ein verzaubertes Wesen zu sein … wenn auch natürlich nicht so verzaubert wie er selbst.

Plötzlich sah er sich Steeds lächerlichem Schirmschwert gegenüber, das sich vor Steed erhob, als der auf die Füße kam. Er stieß seinen Stab hinab, aber Steed konnte den Stoß abwenden, obwohl Sir August bemerkte, daß er ziemlich angeschlagen war. Jetzt würde es einfach werden.

Emma spürte, daß das Gehäuse gefährlich sackte, und wußte, daß die Seile nicht mehr lange halten würden. Sie ging ein Risiko ein – »Auf geht's … eene-meene-mu …« – und steckte zwei Kabel zusammen. Rot und Schwarz. *Kraaaccccckkkk!* Eine gewaltige Energiewelle brach sich Bahn. Emma sprang zurück.

Hmm … gut geraten.

Steed wußte, daß er im Vorteil war; er spürte es. Der kleine Sturz war nicht gerade förderlich gewesen, aber Sir August hatte offenbar nicht erwartet, daß er sich von der Rampe nochmals erheben würde. Und er *war* ja in Ordnung – in seinem Kopf summte es etwas, oder gehörte das zum Sturm? Sir August wußte jedenfalls, wie man einen hübschen Sturm zusammenbraute, soviel stand fest.

Wie Zwillingsderwische kämpften sie weiter, wobei die Waffen zwischen ihnen zu einer silbernen Wolke verschwammen. Steed zwang Sir Augusts Stab in die Höhe, hielt ihn dort fern von seinem Schwert, und dann stieß er ohne Umstände Sir August seine Klinge ins Herz.

Steed sah, daß der Wahnsinnige, zu Tode getroffen, abrupt stehen blieb, nun ja, *fast* zu Tode getroffen – mit hoch erhobenem Stab in der rechten Hand. Ungläubig und schmerzerfüllt starrte Sir August ihn an.

»Sir, ich bin verärgert …«

Kraccchhh! Eine seiner geliebten St.-Elms-Feuerkugeln stieß ihn zurück und bildete um Sir August einen starken, intensiven kleinen Sturm. Ein ganz besonderes Exemplar von einem Blitz, der es augenscheinlich gar nicht abwarten konnte, bei der Party dabeizusein, schnellte herab und schlug in den Stab in Sir Augusts erhobener Hand ein. *Ein wahrhaftiger Blitzableiter*, dachte Steed, als er sah, wie der Blitz durch Sir Augusts Körper jagte und diesen in einer tödlichen Umarmung hielt.

Eindeutig elektrisierende Aufführung, fand Steed.

Ein letztes Mal noch schrie Sir August auf, immer noch von dem wilden Fluß der natürlichen Energie gepeinigt, bis sein Hirn – na ja – gebraten war. Steed sah zu, wie der Wahnsinnige rückwärts von der Rampe in den Strudel gesogen wurde und davonjagte, kreisend in dem von ihm selbst geschaffenen Sturm.

»Wie man sich bettet, so liegt man«, sagte Steed und strich sein Revers glatt. Plötzlich vernahm er einen entsetzlichen Lärm von kreischendem Metall und das laute *Zzzzzzt!* einer Starkstromentladung, die sogar im allgemeinen Sturmgetöse zu hören war.

Ruckartig sah er zu Emmas Gehäuse hinauf, das in einer theatralischen Blüte aus Stromfunken und Rauch explodierte. Er sah, wie sie von der Explosion wegsprang, ihre langen Gliedmaßen und den Rücken krümmte und dann über die Seite in den Mahlstrom sprang. Den Kopf hin und her wendend, verfolgte er, wie sie durch den Raum segelte und dabei einen perfekten Schwalbensprung ausführte, der seine zehn Punkte wert war. Energie krachte in einem elektrischen Sog um sie herum, als sie glatt in das Wasser unten eintauchte, durch die Flammen, die auf der Oberfläche tänzelten.

Noch einmal schnellte Steeds Kopf nach oben, als er ein zweites unheilvolles Krachen von dem Gehäuse hörte. Es brach vom Turm ab und stürzte hinter Emma in das Feuerwasser.

Im Laufschritt rannte Steed auf die Treppe zu.

Draußen ließen die Stürme allmählich nach. Der Riesenzyklon, der über Big Ben gekreist war, löste sich auf und zerfiel in sanfte Zirruswölkchen. Der glitzernde Schneefall wurde weniger und hörte schließlich ganz auf. Helle Sonne drang durch die Wolken. Tautropfen fielen vom Kirchturm von Saint Bride auf der Fleet Street, der wie eine mit einem Zuckerguß überzogene Hochzeitstorte aussah, und von der Kuppel von Saint Paul rutschte die schwere Kappe aus schmelzendem Schnee herab.

Die Königin trat auf ihren Privatbalkon und betrachtete befriedigt die Szene. Es sah so aus, als würden sie schließlich doch nach Balmoral fahren, und da der heutige Tag mit schönem Wetter abschloß, konnten die nächsten vierzig Tage ebenfalls schön werden.

Aber eines hatte sie an diesem Tag gelernt: Vielleicht könnte sie, wenn die experimentelle Wettereinrichtung wieder funktionierte, sich hin und wieder einen Schneetag wie heute bestellen – nicht wahr, als königliches Privileg. Man konnte von ihr nicht erwarten, daß sie diesen undankbaren Job weitermachte, ohne ein paar Vorrechte zu erhalten.

Endlich hatte sie einen ehrenhaften Weg gefunden, um sich den allerschwersten Pflichten zu entziehen. Sie hatte nichts gegen die Chelsea-Blumenshow, freute sich sogar darauf. Aber es gab einige öffentliche Auftritte, auf die sie wirklich verzichten konnte ...

Falls also ihre Experten nun in der Lage waren, das Wetter zu kontrollieren, konnten sie vielleicht überall dort, wo die königliche Jacht kreuzte, für gutes Segelwetter sorgen. Für September hatten sie einen Kurzurlaub in der Karibik geplant ...

Lächelnd blickte sie nach draußen, auf den schnell schmelzenden Schnee.

Völlig außer sich lief Steed über die untere Rampe, doch er sah kein Zeichen von Emma. Er hielt sich an einem senkrechten Balken fest, beugte sich über das

Wasser und suchte die gurgelnden Wellen ab. Es wäre ein Wunder, wenn sie überlebt hätte, sagte er sich. Der Sturz, die Flammen, der Strom – und wer wußte, was unter der Wasseroberfläche war …

Dann tauchte zu seiner Verwunderung direkt vor ihm in den Wogen Emmas Kopf auf. Er hörte ein verzweifeltes unwillkürliches Keuchen, als sie, inmitten der Flammen auf dem Wasser schaukelnd, die Luft einsog. Er konnte hören, wie sie heftig um Atem rang, begierig, ihre Lungen zu füllen, jedoch in dem Rauch hustete. Da ließ sich Steed von der Rampe hinab, indem er sich an dem sie stützenden Gerüst entlang ins Wasser hinunter hangelte. Er streckte die Hand nach ihr aus, erwischte ihren Einteiler an der Stelle, wo er über der Brust geöffnet war, und zog sie aus dem Wasser. Er warf sie sich über die rechte Schulter und kletterte mit ihr in Sicherheit, einen Arm um ihre Beine gelegt. Als er mit ihr auf der Rampe anlangte, hob er sie von seiner Schulter und legte sie sanft auf das perforierte Metall.

Er kniete sich über sie und sah, wie sie hustete und heftig atmete. »Mrs. Peel.«

»Was … hat Sie aufgehalten?« Sie sah ihm in die Augen. Ein Lächeln breitete sich in ihrem nassen Gesicht aus, bis hinauf in die Augen. Er sonnte sich in diesem Lächeln und schenkte ihr ebenfalls eines.

Mit Hilfe von Steeds besorgter Hand, die sie unter ihrem Ellbogen stützte, stand Emma auf. *Klick-klick!* Sie wirbelten herum, als sie den unheilvollen mechanischen Klang aus dem Kontrollraum hörten, als ob dort Gänge eingelegt würden.

Emma runzelte die Stirn. »Klingt … als würde das Programm neu konfiguriert«, sagte sie. Sie hörten ein *Piep!* und dann die beunruhigende Mitteilung der synthetisierten Computerstimme: »Selbstzerstörung in zehn Sekunden.« Die Botschaft leuchtete auf dem Bildschirm hinter Emma im Kontrollraum auf. Eine neue Abwärtsfolge von Zahlen leuchtete auf.

»Das kann doch nur ein Witz sein«, sagte Emma ungläubig.

Sie sahen sich aus weit aufgerissenen Augen an.

»Und ich dachte, Sie hätten alles unter Kontrolle«, sagte Steed.

Sir Augusts kleiner Wecker tickte beunruhigend, während die synthetisierte Emma-Stimme ruhig intonierte: »Neun, acht, sieben ...«

In Prosperos Höhle ging der Countdown weiter. »Drei, zwei, eins ...«

Eine Druckwelle, gewaltig wie eine Atomexplosion, erschütterte das unterirdische Hauptquartier und setzte sich mit einem *Wuuussscchhhhh!* in der riesigen inneren Kammer fort. Der Feuersturm fegte durch den parkplatzgroßen Raum mit den dorischen Säulen und durch die endlosen Gänge von Sir Augusts unheilvoller Domäne.

Die Druckwelle raste durch die Fahrstuhlkammer zur Telefonzelle und schoß zum Himmel hinauf, wobei sie zuerst die Oberfläche des Serpentine-Sees kräuselte und dann die Blätter von den Bäumen schüttelte. Nachdem sie tief unter der Erde gegrollt hatte, erreichte die Welle die Oberfläche. Ein Feuerball so groß wie Bedford Square quoll aus dem Wasser empor und schleuderte Trümmer in den Himmel. Er hinterließ eine pilzförmige Rauchwolke, die vor statischer Elektrizität krachte. Die ganze Schweinerei stieg in die Wolken hinauf, wo langsam polarlichtartige Farben aufglühten, durch den Himmel wirbelten und die Fährte des Feuerballs grell beleuchteten.

Die Königin nahm gerade mit Prinz Philip ihr Abendessen ein, als sie die Explosion vernahm. Da sie vermutete, daß die Irisch-Republikanische Armee wieder einmal die Muskeln spielen ließ, stöhnte sie auf und schloß ihre Ausgabe von *Welt der Corgis.* »Würdest du mich bitte einen Moment entschuldigen«, sagte sie zu Prinz Philip und ging zum Fenster, wo sie ein wenig Abstand wahrte, wie ihre Leibwachen es ihr aufgetragen hatten. Prinz Philip schien gar nichts zu bemerken; er las in einer Ausgabe seiner geliebten Zeitschrift *Pferd und Hund*.

Während die Königin den Blick über ihren Herrschaftsbereich wandern ließ, wunderte sie sich über die Anzahl der Katastrophen, die sich an einem einzigen Tag ereignen konnten. Sie war darauf eingestellt, Rauch von irgendeinem unglücklichen Ziel der IRA aufsteigen zu sehen. Aber vor dem Fenster sah sie nur einen gewöhnlichen Sommerabend in London: Die sanften Farben der untergehenden Sonne vermischten sich mit einem hellblauen Himmel, der mit Wölkchen betupft schien. Gott sei Dank war das Wetter wieder aufgeklart! Sie sah keinen Rauch, keine rasenden Rettungs- oder Streifenwagen und gelangte zu einer Entscheidung:

»Ich muß wohl geträumt haben«, sagte sie.

Kapitel 25

Von jetzt bis sechs die Zeit
Muß kostbar ausgenutzt sein von uns zwein.
Der Sturm, *William Shakespeare*

Tief im Innern des Ministeriums starrte Brenda zum Fenster hinaus auf die Themse. Über der Erde würden sich, wie sie wußte, die herrlichen Farben des späten sommerlichen Sonnenuntergangs auf dem Fluß reflektieren, nun, da der Himmel wieder klar war. Die Katastrophe war offenbar vorbei – sie hatte gewußt, daß John sie retten würde –, aber welch ein Verlust! Und Emma Peel ebenfalls … wenn sie nur daran dachte, daß sie sie früher tatsächlich von der Bildfläche *weggewünscht* hatte. Sie schämte sich so.

Händeringend beobachtete sie das trübe vorbeiziehende Wasser. Mutter hatte ihr aufgetragen, Makronen, Kekse und Tee zu bestellen – in dieser Stunde! Sie hatte kaum gewußt, was sie von Mutters Gefühllosigkeit angesichts von Johns Verschwinden halten sollte, auch wenn es stimmte, daß er eine Art hatte, nach legendären Katastrophen plötzlich unversehrt wieder aufzutauchen …

Sie kämpfte gegen Tränen, als sie hörte, daß Mutter über den heißen Draht mit dem Premierminister sprach.

»Ja, Sir. Bestätige Berichte, daß der Sturm nachläßt … Kleine interne Schwierigkeit. Habe alles fest im Griff. Ein oder zwei Tote. Noch kein Wort von unseren Leuten … Danke, Sir.«

Er legte den Hörer auf und wandte sich Brenda zu. »Schade um Steed und Mrs. Peel«, sagte er.

»Vermißt?« fragte sie.

»Besser, wir schicken einen Suchtrupp aus. Man weiß nie.«

Brenda raste zum Telefon.

Hätte Brenda sich nicht vom Fenster abgewandt, um eine Befreiungsaktion für Steed zu organisieren, so hätte sie einen äußerst bemerkenswerten Anblick erlebt. Eine riesige weiße Blase trieb in der Themse am Aussichtsfenster des Ministeriums vorbei nach oben. Gleich oberhalb des Ministeriums kräuselte die auftauchende Blase die glasglatte Wasseroberfläche. Dann drehte sie sich und trieb mit der Strömung abwärts.

In der Notfallfluchthülse von SCHIRM kuschelte sich Emma enger an Steed.

»Die Eule und das Kätzchen stachen in See ...« begann er.

»... In einem schönen erbsengrünen Boot.«

»Ein schöner Abend, Mrs. Peel. Nur ein wenig kühl. Ich finde, wir haben Champagner verdient ...«

Sergej Iwanowitsch schritt in den freundlichen Londoner Abend hinaus. Kein Wagen wartete; seinem Chauffeur konnte alles Erdenkliche passiert sein. Vielleicht war er erfroren. Egal, mittlerweile kannte er seinen Weg ins Savoy gut genug. Er konnte es kaum erwarten, endlich in sein sicheres Zimmer zu gelangen, von wo aus er sein Heimatland anrufen und berichten würde, daß er, nun Vorsitzender der Weltministerkonferenz, die globale Wetterkrise bewältigt hatte. Er würde erklären, daß dies gewaltiges Verhandlungsgeschick gegenüber einem der heimtückischsten Übeltäter der Welt erfordert hatte. Während die anderen Minister jammerten und heulten, hatte er allein sich durchgesetzt und geweigert, den Forderungen eines Wahnsinnigen nachzugeben. Die Welt konnte nun zur Ruhe kommen in der sicheren Gewißheit, daß er, Sergej Iwanowitsch, die Verantwortung trug.

Ja, das würde es bringen. Er müßte sich wegen seiner Position daheim keine Sorgen mehr machen. Vielleicht würde er sogar den Briten gegenüber eine Geste des Edelmuts zeigen, da er nun eine so große Nummer war. Immer schon hatte er die Königin persönlich kennenlernen wollen.

Strahlend näherte sich Sergej dem Savoy. Ah, die Themse war hübsch. Und bald würde er ein hübsches englisches Abendessen – warum die Leute sich nur immer über das englische Essen beklagten, konnte er nicht verstehen – und guten russischen Wodka zu sich nehmen.

Steed sonnte sich im 28 Grad warmen Paradies auf seiner Dachterrasse. Hin und wieder öffnete er die Augen lange genug, um einen Blick auf Emma zu werfen. Sie war entzückend mit Sonnenbrille, einem freizügigen Oberteil – überhaupt nichts um ihre Taille – und einem fast inexistenten Rock bekleidet – alles in haarsträubendem Limonengrün. Mutter, der sich für ein kurzes Sonnenbad zu ihnen gesellt hatte, trug seine übliche schwarze Hose, aber mit einem wild exotischen, tropenbunten Hemd, das ihm einmal geschenkt worden war. Steed selbst hatte eine kurze Hose und ein Golfhemd an; für ihn fast etwas gewagt. Wie Touristen am Strand von Mallorca lagen die drei nebeneinander auf Liegestühlen.

Emma seufzte zufrieden. »Ich kann mich nicht erinnern, daß es in London schon einmal so warm gewesen wäre, Steed.«

Er blickte in die nebelverhangene Stadt, die ihren winzigen blauen Himmelsausschnitt umrahmte. »Wunderland Wetter, Mrs. Peel. Der letzte Schrei. Ich habe früh gebucht.«

Steed hörte die Champagnerflasche im Eis klappern und sah zu Mutter hinüber, der sich daran machte, sie zu öffnen. Mit geübtem Geschick entfernte er Draht und Papier, und Steed hörte ein leises *Plop*, das den Kitzel eines Trinkspruchs und prickelnder Bläschen verhieß.

»Champagner?« bot Mutter an. In einer Hand hielt er ein Glas, mit der anderen hob er die Flasche.

»Bitte«, sagte Emma.

»Natürlich«, sagte Steed.

»Ein Toast« – Mutter hob sein Glas – »auf einen gut ausgeführten Auftrag.«

Die drei erhoben ihre Gläser, stießen an und tranken. Der kalte Wein, unter der heißen Sonne getrunken, schmeckte himmlisch, fand Steed.

»Auf ein knappes Entkommen«, sagte Emma und blickte absichtlich gelassen über London.

»Natürlich habe ich ihn gekriegt«, sagte Steed leicht defensiv.

»Ah ja«, antwortete sie lächelnd und nippte an ihrem Schampus. Steed glaubte einen Hauch Skepsis zu entdecken.

Er richtete sich in seinem Liegestuhl auf und sagte: »Mrs. Peel, wenn ich sage, ich hatte ihn …«

»Öhm«, unterbrach Mutter. »Makrone?«

Emma lachte, Mutter stimmte ein, und endlich auch Steed. Nochmals hielt Mutter sein Glas hin, damit sie freundschaftlich anstoßen konnten.

»Danke, Steed«, sagte Emma. Sie nahm die Sonnenbrille ab, um ihn direkt anzusehen. Immer noch lächelte sie ihr kleines, unartiges Lächeln.

Steed senkte mit gleicher Höflichkeit seine Sonnenbrille und begegnete ihrem ruhigen Blick.

»Nein. Ich danke *Ihnen*, Mrs. Peel.«